George Baxt · Mordfall für Greta Garbo

H
Entertainer

GEORGE BAXT

Mordfall für Greta Garbo

KRIMINALROMAN

AUS DEM AMERIKANISCHEN
VON
WERNER SCHMITZ

HAFFMANS VERLAG

Die Originalausgabe
»The Greta Garbo Murder Case«
erschien 1992 bei St. Martin's Press, New York.

In Liebe und Dankbarkeit
für
Hope Dellon
und
Eleanor Sullivan

Deutsche Erstausgabe
Konzeption und Gestaltung
von Urs Jakob
Umschlagbild von Klaus Dill

Gesamtherstellung: Ebner Ulm

ISBN 3 251 30039 3

1 2 3 4 5 6 – 98 97 96 95 94 93

EINS

Sie wollte um Hilfe schreien, wagte es aber nicht. Wie sollte sie, falls jemand zu ihrer Rettung herbeikäme, die Situation erklären? Konnte sie etwa zugeben, daß sie spionierte? Eine Verschwörung belauschte beziehungsweise das, was sie und ihr Auftraggeber dafür hielten? Eine ganz brenzlige Sache, der Stoff, aus dem die Schundromane sind? Sie unterbrach ihre Flucht, um Luft zu holen und die Sandalen auszuziehen. Barfuß lief es sich besser auf dem Sand. Sie blickte hinter sich und sah und hörte nichts. Aber die Verfolger waren ihr womöglich noch immer auf den Fersen und würden sie töten, wenn sie sie erwischten. Diese Verschwörer kannten keine Gnade. Gnade ist in Kriegszeiten entbehrlich. Und die Vereinigten Staaten befanden sich im Krieg mit Nazi-Deutschland und Japan. War es nicht erst einen Monat her seit der Niedertracht von Pearl Harbor? Gott, wie die Zeit verfliegt, wenn man in Gefahr ist.

Sie erklomm eine Düne und hockte sich einen Augenblick hin, um die Orientierung wiederzufinden. In der Verdunkelung des Pazifiks war so gut wie nichts zu erkennen. Nur die Sterne blinzelten, wie nur die Sterne über Santa Monica blinzeln konnten. Vor dem Mond hing ein Dunstschleier, und die Wellen brachen sich an der Küste mit dem Stakkato von Maschinengewehrfeuer.

Garbo. Was zum Teufel hat die Garbo mit dieser Sache zu tun? Beim Lauschen an der geschmacklos eingerichteten Villa nur wenige hundert Meter hinter Marion Davies' riesigem Strandhaus hatte sie Garbos Namen mehrmals gehört.

»Die Garbo wäre genau die Richtige.« Der tiefe Bariton eines Mannes, deutscher Akzent. Obwohl man sich im

Krieg befand, konnte Deutscher ebensogut Schweizer oder Österreicher bedeuten.

»Ist sie nicht ein bißchen alt?« Weibliche Stimme, europäisch, fragte sich nur aus welcher Ecke? Schwer zu sagen.

»Siebenunddreißig. Ist das so alt?« Angenehme Stimme. Ebenfalls europäisch, aber aus welchem Teil Europas? Frankreich? Ungarn? Er wiederholte die Frage. »Ist siebenunddreißig *so* alt?«

»Es ist mir völlig egal, wie alt sie ist. Wir *brauchen* sie.« Der tiefe Bariton, sehr nachdrücklich. Zweifellos gewohnt, Befehle zu geben und von anderen Respekt zu erwarten.

»Warum nicht die Dietrich?« Die Frau, europäische Stimme.

Verächtliches Schnaufen, dann die Stimme des Baritons: »Du meinst, die Garbo ist zu alt? Die Dietrich ist dreiundvierzig, Gott schütze sie.«

»Unmöglich. So göttlich, wie sie aussieht.« Kam einem irgendwie bekannt vor. Wahrscheinlich Italien. In England aufgewachsen. Männlich.

»Ich will die Garbo.« Der Bariton nagelte ihnen seine Forderung an die Ohren.

»Still.« Die Frau, europäische Stimme. »Ich glaube, da draußen ist jemand.«

Die Frau hielt den Atem an. Es war ihr gelungen, das Fenster leicht anzuheben, ohne von ihnen gehört zu werden. Was hatte sie sich jetzt verraten? O Gott, ein Pudel. Ein widerlicher schwarzer Pudel mit Bändern in seiner eleganten, kostspieligen Frisur. Er leckte ihr schwanzwedelnd das Gesicht, und sie stieß ihn grob von sich weg. Tief gekränkt gab der Hund Laut, worauf die Frau aus Angst vor Entdeckung das Weite suchte. Zum Glück setzte der Hund ihr nicht nach. Dafür hörte sie eine Tür aufgehen und dann eine Stimme rufen: »Da! Da drüben! Richtung Dünen! Da ist was!«

»Hier! Seht mal! Das Fenster steht leicht offen. Jemand hat uns belauscht.«

»Hört auf zu schreien! Ruhe! Sonst weckt ihr William Randolph Hearst noch auf.«

»Das würde aber auch langsam Zeit.« Wahrscheinlich Italiener, in England zur Schule gegangen.

»W-w-w-was zum Teufel g-g-geht da draußen vor?« Marion Davies stand im umzäunten Garten ihres Strandhauses in Santa Monica, eine Hand auf der linken Hüfte, in der anderen einen frischen Highball: ein perfekter Vamp in den mittleren Jahren.

»Ich höre nichts«, sagte ihr melancholischer Gast, eine Frau mit rauchiger Stimme, heiser vor Verzweiflung.

»Ich f-f-frage mich, wer in dieser B-b-b-bruchbude wohnt.«

»Ich höre nur das Krachen der Brandung.« Sie kicherte hart und trocken. »Besser, das Krachen der Brandung zu hören als das Krachen von Karrieren. Stimmt's, Marion?«

»J-j-j-ja, Greta.«

»Marion, warum stotterst du eigentlich auf der Leinwand nicht?«

»S-s-selbstb-beherrschung. Nimm dir noch einen Sherry.«

»Ich hab noch.«

»Dann nimm dir mehr. Wir schwimmen in Amontillado. Der alte Scheißkerl hat gewußt, daß es Krieg geben wird, und deshalb hat er sich das Zeug aus Spanien, oder wo man es kriegt, gleich gallonenweise kommen lassen.«

»Du stotterst ja gar nicht.«

»Das kommt und geht.«

»Du bist eine Schwindlerin.«

Davies lächelte. Sie bewunderte die einzigartige Schönheit ihres Gastes. William Daniels, der Kameramann, hatte von ihr gesagt: »Greta Garbo ist von allen Seiten fotogen. Egal, wo man die Kamera hinstellt, am Ende sieht sie atemberaubender aus als ein alter Meister.«

»Warum hast du John Gilbert nicht geheiratet?« fragte Davies.

»Er wollte Kinder haben.«

»Ach?«

»Irgendwo gibt es ein ungeborenes Kind, das sich ungeheuer freut, daß ich nicht seine Mutter bin.«

»Wie schrecklich, so was von sich selbst zu sagen.«

»Warum hast *du* keine Kinder gehabt?«

»Ohne Trauschein? Bist du wahnsinnig?«

Das Lachen der Garbo klang, als ob Dynamit explodierte. »Da hast du jahrzehntelang in Sünde gelebt . . . hahaha . . . und nie daran gedacht, dir einen Bastard zuzulegen?«

»Ich *habe* mir einen zugelegt. Er schläft da oben. Was glotzt du so?«

»Würmer.«

»Was für Würmer?«

»Bestimmt ohne Einfluß. Völlig sorgenfrei. Die haben morgen früh keinen Termin bei Louis B. Mayer.«

»Du stehst noch immer bei Metro unter Vertrag?«

»Auf dem Papier, ja. In meiner Seele, nein.«

»Du hast seit einem Jahr keinen Film mehr gemacht. Ich fand *Die Frau mit den zwei Gesichtern* irgendwie süß.«

Die Garbo erhob sich von ihrem Stuhl und streckte überschwenglich die Arme aus. »1941 hat es zwei große Katastrophen gegeben: Pearl Harbor und *Die Frau mit den zwei Gesichtern*.« Sie beugte sich vor und starrte wieder die Würmer an. »Marion?«

»Ja, meine Liebe.«

»Ich frage mich, wie Würmer Liebe machen.« Davies unterdrückte ein Schaudern und kippte ihren Highball runter. »Meinst du nicht, sie finden einander abstoßend? Und trotzdem gibt es so viele Würmer, Millionen und Milliarden. Wenn ich so darüber nachdenke, müßten Würmer eigentlich sehr sexy sein.«

»Greta, darf ich, falls du dich je zu einer Analyse entschließt, an ein paar Sitzungen teilnehmen?«

Die Garbo konzentrierte sich jetzt auf den dunstverhangenen Mond. »Sieh dir den Mond an.«

»Den habe ich bereits gesehen.«

»Sieh dir den Dunst an. Man nennt das den Mond der Bomber.«

»Ist das wahr?«

»Allerdings. Genau das richtige für Luftangriffe. Nicht zu hell, um die Bomber zu verraten, nicht zu dunkel, um die Ziele unsichtbar zu machen.«

»Wo zum Teufel schnappst du bloß solche Sachen auf?«

»Im *›Reader's Digest‹*«, lautete die weltverdrossene Antwort. »Ich glaub, ich geh jetzt nach Hause.«

»Das gibt's doch nicht! So früh schon?«

»Ich muß früh aufstehen, für meinen Strandlauf.«

»Was für eine strapaziöse Vorstellung. Ihr Schweden seid unglaublich. Kein Wunder, daß es in Schweden so eine hohe Selbstmordrate gibt.«

»Danke fürs Essen, es war wunderbar.«

»Ach?« fragte Davies aus ihrer alkoholischen Dunstglocke. »Wir haben gegessen?«

Fünfzehn Minuten später saß die Garbo allein und gedankenverloren auf ihrer Veranda mit Blick aufs Meer. Wie sie es allzu häufig tat, wühlte sie morbide in der Vergangenheit. Ihr vulgärer, alkoholsüchtiger Vater. Ihre passive, freizügige Mutter. Dann dachte sie an Marie Curie und fragte sich, warum Louis B. Mayer das Interesse an der Verfilmung von Curies Lebensgeschichte verloren haben mochte.

»Da passiert doch nichts!« hatte Mayer bei ihrem letzten Treffen behauptet. »Sie entdeckt Radium! Fabelhaft!«

»Aber Sie haben *zwei* Filme über Thomas Edison gemacht.«

»Die beide nichts eingespielt haben!« Mayer paffte heftig an seiner Zigarre. »Eine Weile habe ich überlegt, Ihnen mal eine ganz andere Rolle zu geben, zum Beispiel die der Mother Goddam in *Im Banne von Schanghai*. Sie wissen schon, von Sternbergs Flop. Aber dann dachte ich, was soll's, Sie haben schon genug Huren gespielt. Obwohl eine chinesische Hure natürlich mal was andres gewesen wäre.« Er lächelte gütig. »Also hab ich Sie gar nicht erst damit belästigt.«

»Danke, daß Sie den guten Geschmack besitzen, mich mit Ihrem schlechten Geschmack zu verschonen.«

Und morgen vormittag käme es also zur nächsten Konfrontation mit dem verachteten Chef von Metro-Goldwyn-Mayer. Ich bin siebenunddreißig, dachte sie, und noch immer eine schöne Frau. Ich bin sehr reich, ich habe für den Rest meines Lebens ausgesorgt. Dieser lästige Krieg, wie lang das wohl noch weitergeht? Ein Jahr, vielleicht zwei, dann könnte ich wieder auf Reisen gehen. Der Ferne Osten, wie ich mich nach dem Fernen Osten sehne. Diese verdammten Japaner. Diese verdammten Deutschen. Dieser verdammte Louis B. Mayer.

»Wer ist da?«

Sie hörte ein Geräusch von unterhalb der Veranda. Als sie übers Geländer blickte, glaubte sie hinter einem Rosenbusch eine Frauengestalt auftauchen und über den Sand zu Peter Lorres Haus laufen zu sehen. Sie überlegte, ob sie die Polizei alarmieren sollte, ließ die Idee aber gleich wieder fallen. Ein Haufen Polizisten im Haus entsprach nicht ihrer Vorstellung von absoluter Ruhe. Wahrscheinlich irgendein junges Mädchen, das mit seinem Geliebten Verstecken spielte.

Geliebter. Wie lange ist es her, seit ich einen Geliebten hatte? Und wenn ich jetzt einen hätte, wie würde ich die Sache anfassen? Meine Karriere taumelt auf den Abgrund der Vergessenheit zu, die Welt befindet sich im Kriegszustand, und ich bin zum Soldaten nicht geschaffen. Ich könnte ein Führer sein, aber kein Mitläufer. Was soll ich tun? Was soll ich tun? Sie schnippte mit den Fingern. Ich mach mir eine Ovomaltine.

Peter Lorre war Weltmann genug, seinem unwillkommenen Gast ein charmantes Lächeln zu schenken.

Sie hatte an seiner Hintertür gekratzt, und für einen Augenblick meinte er, es wäre vielleicht ein Hund aus der

Nachbarschaft, der um Essensreste bettelte. Andererseits konnte es auch die Polizei sein. Während er seinen Kokainvorrat in die Speisekammer schaffte, wurde das Scharren nachdrücklicher. Er ging zur Hintertür und öffnete sie einen Spalt. »Ja, Sie wünschen? Wissen Sie nicht, daß wir Verdunkelung haben?«

Sie flehte ihn an: »Bitte, lassen Sie mich rein. Ich habe mich verlaufen. Ich muß mir ein Taxi rufen.«

Es war eine junge Stimme, und junge Stimmen kamen gewöhnlich von jungen Gesichtern, und junge Gesichter gehörten gewöhnlich zu jungen Körpern, und Lorre hatte eine Schwäche für junge Körper. »Schnell rein.« Er zog die Tür auf, und sie huschte hinein. Sie trug eine Handtasche und Sandalen, der Wind hatte ihr die Haare ins Gesicht geweht, aber das konnte ihre Schönheit nicht verschleiern.

»Danke, sehr freundlich von Ihnen.« Dann erkannte sie ihn. »Sie sind Peter Lorre.«

»Ja«, bestätigte er eifrig, »und meine Frau ist nicht zu Hause.«

»Wenn Sie mir das Telefon zeigen könnten?«

Er wollte ihr etwas ganz anderes zeigen, aber erst kürzlich hatte Jack Warner ihm seine Taktlosigkeit beim Umgang mit jungen Frauen vorgehalten. »Mit Vergnügen zeige ich Ihnen mein Telefon. Ich glaube, Sie werden es recht ansprechend finden. Es ist fliederfarben, das einzige fliederfarbene Telefon in ganz Hollywood.« Sie folgte ihm in das geschmackvoll möblierte Wohnzimmer, das normalerweise eine phantastische Aussicht auf den Pazifik bot, jetzt aber mit schweren Vorhängen behängt war, die das Licht drinnen und die Aussicht draußen halten sollten. »Sie sehen ja ganz abgehetzt aus. Hat Sie jemand verfolgt?«

»Ich bin mir nicht sicher. Ich glaube ja. Ich war am Strand spazieren . . .«

»Das ist sehr gefährlich bei Verdunkelung . . .«

»Ich mache das oft. Bis jetzt ist nie was passiert.«

Weil du Lorre noch nicht getroffen hast, dachte er und erteilte sich eine stumme Verwarnung. »Sie waren am Strand spazieren, und ...?« fragte er.

»Plötzlich hörte ich hinter mir so ein Geräusch, so ein Schlurfen, wissen Sie, wie wenn jemand mit Schuhen über den Sand läuft.«

»Ah, verstehe. Ich bin ein Schlurf-*Mejwn*.«

»Mejwn?«

»Fachmann, jiddische Ausgabe.« Sein richtiger Name war Laszlo Lowenstein.

»Mejwn«, wiederholte sie feierlich. »Gefällt mir.«

»Können wir auf das Schlurfgeräusch zurückkommen?«

»Wenn Sie darauf bestehen. Jedenfalls fing ich an zu laufen. Bin einfach in Panik geraten. An Marion Davies' Haus vorbeigelaufen ...«

»Warum haben Sie dort nicht um Hilfe gebeten?«

»Ich konnte die Hintertür nicht finden.«

»Marion verlegt auch ständig was.«

»Und dann habe ich mich hinter einem Rosenbusch unter einer Veranda versteckt ...«

»Das dürfte bei Gretas Haus gewesen sein.«

»Garbo?«

»Wohl kaum Rabinowitz.«

»Greta Garbo hätte ich gern mal kennengelernt.«

»Nun, anscheinend haben Sie Ihre Verfolger abgeschüttelt.« Es klopfte fest an die Hintertür. »Anscheinend doch nicht.« Er zeigte auf die Tür zu ihrer Linken. »Der einzige, der in diese Kammer sieht, ist meine Frau. Kleiderkammern sind ihr heimliches Laster und bei gewissen Unbesonnenheiten mein Verderben.« Das Klopfen wurde heftiger.

»Vielleicht ist es Ihre Frau.«

»Du meine Güte, nein. Sie hat einen Schlüssel. Sie kann sogar damit umgehen.« Während sie in die Kammer schlüpfte, ging er zur Hintertür. Er machte auf und erkannte einen der von der Gemeinde angeheuerten Privatpolizisten, die hier, seit der Krieg erklärt worden war, auf Streife gingen.

»Ach, Thomas Toth, na so was. Was führt Sie denn um diese Zeit an meine Hintertür?«

»Haben Sie eine junge Frau gesehen?«

»Wenn ja, würde ich es Ihnen nicht sagen.«

»Ist das nicht Grouchos Text?«

»Was für eine junge Frau schwebt Ihnen denn so vor?«

»Eine auf der Flucht. Zuletzt beobachtet von Miss Garbos Nachbarin, wie sie unter deren Veranda herumschlich.«

»Unter Gretas Veranda kann sich jeder sicher fühlen.«

»Sie haben sie offenbar nicht gesehen.«

»Offenbar. Ist das mein Stichwort, Sie auf einen Drink einzuladen?«

»Nein, danke. Mein Partner wartet bei Ihrer Düne auf mich.«

»Eine sehr gemütliche Düne. Habe sie selbst entworfen.«

»Mr. Lorre, Sie sind schon eine komische Nummer.« Er verschwand in der Dunkelheit; als Lorre die Tür zumachte, hoffte er, das Licht aus der Küche hätte nicht irgendwelche japanischen Bomber angelockt, die da oben wie die Irren herumtobten. Er eilte ins Wohnzimmer zurück und öffnete die Tür der Kleiderkammer. Sie war nicht mehr da.

»Hallo?« Er schloß die Tür und ging nach nebenan in die Bibliothek. Auch dort war sie nicht. Er ging durch alle Zimmer, fand aber nirgends eine Spur von seiner nächtlichen Besucherin. »Es gibt sie gar nicht«, sagte er laut. »Ich habe mir das Ganze nur eingebildet. Ich sollte mit dem Kokain etwas vorsichtiger umgehen.«

Um zehn Uhr am nächsten Morgen saßen sich Greta Garbo und Louis B. Mayer gegenüber. Neben ihm saß seine rechte Hand und Meisterspionin Ida Koverman. Die Garbo fragte sich, ob Kovermans ewiges Lächeln ihr aufs Gesicht geklebt sei.

»Also, Greta, meine Liebe«, sagte Mayer behaglich, »selbstredend wollen wir auch weiterhin Filme mit Ihnen machen, aber Sie müssen verstehen, große Budgets sind nicht mehr drin.« Die Garbo sagte nichts. Eine Sphinx spricht nie. »Ihr wichtigster Markt existiert für uns nicht mehr.« Er war verlegen. »Europa ist weg. In Europa sind Sie groß, sehr groß, aber Ihr amerikanisches Publikum haben Sie verloren. Trotzdem, meine Liebe, möchten wir Ihnen auch weiterhin Hauptrollen geben. Wir lagern die Filme ein, und wenn der Krieg vorbei ist, wird Europa damit bombardiert.«

Endlich sagte sie etwas, düster: »Das arme Europa. Dauernd wird es bombardiert.«

»Sie sind doch einverstanden, Ida?«

»O ja«, flötete Koverman, die schon seit Jahren die Kunst beherrschte, à la Hollywood ja zu sagen.

»Sie verstehen schon, Greta, wir können für Ihre nächsten Filme nicht viel Geld ausgeben. Wir müssen dafür die gleichen Budgets ansetzen wie für die *Andy Hardy*- und *Doctor Kildare*-Serien.«

»Verstehe.«

»Aber wir können ein paar reizende Stoffe verfilmen. Wir haben eine Idee für einen, wo Sie Zwillingsschwestern spielen ...«

Sie stöhnte: »Ich habe einmal Schwestern gespielt, und es war eine Katastrophe.«

»Aber das waren keine richtigen Schwestern«, warf Koverman ein, »sondern eine Frau, die sich als ihre eigene Zwillingsschwester ausgab ...«

»Bitte, Ida, erinnern Sie mich bloß nicht daran.«

Mayer ging schnell dazwischen. »Mit diesen Zwillingsschwestern hier ist es ganz anders. Eine ist Lehrerin in Brooklyn, und die andere spioniert für die Nazis. Und die Lehrerin wird mit der Nazi verwechselt und bekommt Ärger mit Conrad Veidt ...«

»Die Rolle war nicht Greta Garbo zugedacht, Louis.«

Mayer rieb sich die Augen. »Wir haben ein Stück von Noël Coward, *We were Dancing*. Norma Shearer ist interessiert, aber ich denke, das kann ich ihr ausreden.«

»Bitte nicht. Wie ich höre, macht sie gerade eine schlimme Zeit mit Mickey Rooney durch.«

»Alles Lüge!« brüllte Mayer.

»Ach Louis, es ist mir egal, ob es stimmt oder nicht. Noël ist sehr komisch, ich bin nicht komisch. Ich bin traurig.«

»Gut, ich sage Ihnen was. Jack Warner plant einen Film mit dem Titel *Ring der Verschworenen*. Starbesetzung. Natürlich werden Sie an erster Stelle genannt. Er hat nach Hedy gefragt, aber ich weiß, wenn ich ihm sage, daß Sie interessiert sind, wird er vor Freude in die Luft springen.«

»Sie wollen mich an Jack Warner ausleihen?«

Mayer breitete die Hände aus. »Warum nicht?«

Die Garbo sagte unglücklich: »Louis, ich will keine Leihgabe sein.«

ZWEI

Als die Garbo später an diesem Tag mit ihrer engsten Freundin und Vertrauten Salka Viertel auf der Veranda saß, fragte sie düster: »Was soll nur aus mir werden, jetzt, da ich vergessen und verlassen bin?«

Salka führte lächelnd ein Streichholz an ihre Zigarette. »Du wirst nie vergessen sein und niemals verlassen.« Die Frau hatte sich als polnischer Flüchtling nach Hollywood durchgeschlagen, im Handumdrehen Englisch gelernt und es zu einer der höchstbezahlten Drehbuchautorinnen der Filmindustrie gebracht. Sie hatte an mehreren Garbo-Filmen mitgearbeitet und zählte zu den wenigen Leuten, die sich das Vertrauen und die Wertschätzung des Stars erworben hatten.

»Mayer wollte mich Andy Hardy oder Doctor Kildare spielen lassen.«

»Unverschämtheit!« Salkas Empörung schwelte, kurz vorm Ausbrechen. Sie konnte Louis B. Mayer nicht ausstehen.

Die Garbo lächelte. »Eigentlich nicht. Er wollte mich bloß sehr billige Filme machen lassen.« Sie verschränkte die Arme vor der Brust und sah nachdenklich in den schönen Himmel. »Nach all den Jahren bin ich jetzt also kein MGM-Star mehr.«

Salka riß die Augen auf. »Er hat deinen Vertrag gekündigt?«

»In gegenseitigem Einvernehmen. Scheidung ist immer das beste, wenn es keinen Sinn mehr hat, eine kaputte Ehe fortzusetzen.«

»Ha! Sämtliche Studios in der Stadt werden sich um dich reißen!«

Die Wirtschafterin der Garbo, Lottie Lynton, trat auf die Veranda und fragte: »Soll ich den Tee servieren, Miss Garbo?«

»O ja«, sagte die Garbo begeistert, »trinken wir Tee! Du möchtest sicher auch einen, stimmt's, Salka?«

Die Autorin sagte trocken: »Dafür würd ich zum Mörder werden.«

Die Garbo sagte zu ihrer Haushälterin: »Dazu bitte Kekse, die mit Schokoguß. Und vielleicht ein paar von diesen komischen schmalen Sandwiches mit Gurken und Radieschen. Oder macht das zuviel Umstände an einem so schönen Tag?«

»Ganz und gar nicht, Madam.« Sie hatte mitbekommen, daß die Garbo nicht mehr bei Metro war, und entfernte sich unglücklich. Gewiß, ihre Arbeitgeberin war reich, doch ebenso gewiß litt sie an Fernweh. Andererseits, wohin sollte sie, bei dem Krieg jetzt, schon gehen können, außer vielleicht in den Yosemite National Park; aber daß die Garbo auf Schusters Rappen durch die Gegend zog und Tiere erschreckte, war ziemlich unvorstellbar.

»Ich habe noch nie eine Nonne gespielt. Vor Jahren hat Mayer mir *Die weiße Schwester* angeboten, was ich aber abgelehnt habe; Lillian Gish hatte das schon wunderbar in einem Stummfilm getan. Also hat Helen Hayes die Nonne gespielt.«

Salka spürte, dies war der Auftakt zu einer erstaunlichen Enthüllung.

»Vielleicht sollte ich Nonne werden.«

»In welchem Orden?«

Die Garbo ignorierte den Spott in der Stimme ihrer Freundin. »In keinem bestimmten Orden.«

»Du könntest nie als Nonne leben.« Salka blies einen Rauchring, verließ ihren Korbsessel und gesellte sich zu Garbo auf das Korbsofa. Sie nahm eine Hand ihrer Freundin und drückte sie sanft. »Nun hör mir zu, Liebes, du bist noch viel zu jung für ein Leben in ständiger Abgeschiedenheit.«

»Ich habe das Gefühl, daß Gott mich braucht.«

»Ich weiß nicht, ob dir das schon mal aufgefallen ist, aber Gott ist in letzter Zeit eine ziemliche Nervensäge. Aber selbst er wird wissen, daß jemand dich braucht. Du solltest dich in der Welt umsehen.«

»Die Welt befindet sich im Kriegszustand. Ach! Ich könnte Krankenschwester sein! Weißt du noch, wie ich in *Der bunte Schleier* Leute gepflegt habe?«

»Saublöder Film.«

»Aber Salka, das war doch eins von deinen Kindern! Du hast am Drehbuch mitgeschrieben.«

»Eins meiner Kinder, die besser nicht auf die Welt gekommen wären. Und jetzt laß die Unkerei und sieh den Tatsachen ins Gesicht.«

»Das tue ich doch. Deswegen bin ich ja so einsam.«

»Das hast du dir selbst zuzuschreiben. Jetzt ist es Zeit, daß du aus deinem Schneckenhaus herauskommst und dich wie die anderen für den Krieg engagierst.«

»Ich wäre bestimmt ein guter Soldat. Bin eine sehr gute Schützin. Soll ich mich freiwillig melden?«

»Greta, kannst du nicht dein Wolkenkuckucksheim vermieten und auf die Erde zurückkommen?«

Die Garbo war aufgestanden und ging unruhig auf und ab. »Es hat keinen Sinn, Salka. Ich kann nicht wie Carole Lombard und Dorothy Lamour Werbekampagnen für Kriegsanleihen machen, weil Menschenmengen mich in Panik versetzen. Ich kann nicht Krankenhäuser besuchen und die Verwundeten und Sterbenden aufheitern, weil Verwundete und Sterbende mich krank machen. Ich wüßte nicht, was ich ihnen sagen sollte. Ich kann nicht mit den Jungs im Hollywood-Kasino tanzen, weil ich keine gute Tänzerin bin.«

»Du bist eine wunderbare Tänzerin.«

»Clark hat das nicht gefunden.«

»Dieser Affe. Was weiß der denn schon?«

»Was meinst du, ist es schwer, in die Schweiz zu kommen?«

»Was zum Teufel willst du in der Schweiz?«

»Sie ist neutral. Da wäre ich in Sicherheit.«

»Verdammt noch mal, hier bist du in Sicherheit.«

»Bin ich nicht. Letzte Nacht ist hier jemand rumgeschlichen.«

»Wirklich?«

»Eine Frau. Unterhalb meiner Veranda, hinter dem Rosenbusch.«

»Verstehe. Du warst drüben bei Marion und hast mal wieder getrunken.«

»Doch nur Sherry. Amontillado angeblich. Warum kaufen reiche Leute eigentlich billigen Wein?«

»Warum trinken reiche Leute das Zeug?« Der Seitenhieb entging der Schauspielerin nicht. »Hast du Anzeige erstattet?«

»Natürlich nicht. Die Polizei hätte doch bloß in meiner Privatsphäre herumgeschnüffelt.«

»Wenn da wirklich jemand war, hätte man dich ausrauben oder sogar umbringen können.«

»Und ob da jemand gewesen ist.« Sie erkannten Peter Lorres charakteristische Stimme sofort. Beide lächelten. Sie bewunderten ihn sehr. So ziemlich jeder in der Branche mochte diesen gnomenhaften Schauspieler mit seinem schrägen Sinn für Humor. Er kam vom Strand herauf und hockte sich aufs Holzgeländer der Veranda. »Es war eine Frau. Eine sehr hübsche Frau.« Er erzählte ihnen von seiner Begegnung in der vorigen Nacht.

»Und sie hat sich in Luft aufgelöst?« Die Garbo hielt sich eine Hand an die Kehle, eine Geste, die sie auch in ihrem Stummfilm *Eine skandalöse Frau* benutzt hatte.

»Pfff!« machte Lorre. »Mr. Saloman hat sie angezeigt.«

»Saloman? Der Alte von nebenan?« Salomans Haus stand zwischen denen von der Garbo und Marion Davies. Es war ein bescheidenes Haus, wie es sich für einen pensionierten Versicherungsangestellten gebührte.

»Er machte zufällig gerade ein Fenster auf, um zu lüften;

da hat er sie unterhalb Ihrer Veranda gesehen. Anscheinend hat sie sich hinter Ihrem Rosenbusch versteckt.«

»Da hast du's, Salka!« Ihre Augen funkelten triumphierend. »Ich hatte keine Halluzinationen!«

»Von Halluzinationen habe ich nichts gesagt.«

»Das war auch nicht nötig, aber du hast es gemeint. Danke, Peter, ich danke Ihnen. Womöglich hätte man mich in eine Irrenanstalt gesteckt.«

»Ich hoffe, das wird nie geschehen«, sagte Lorre, »Sie würden die Insassen zum Wahnsinn treiben.«

»Was haben Sie in diesem Umschlag?«

»Ein Drehbuch.«

»Haben Sie's gelesen?«

»Ja.«

»Ist es gut?«

»Es ist sehr gut.«

Lottie Lynton kam mit dem Teewagen und drei Tassen und Untertassen; sie hatte Lorres Ankunft mitbekommen. »Soll ich einschenken, Miss Garbo?«

»Nein, danke, Lottie. Wir versorgen uns selbst.« Die Haushälterin zog sich zurück, und Salka Viertel ergriff das Kommando über das Teeservice. Sie rümpfte die Nase über die preziösen Sandwiches, denn als gute Polin zog sie herzhaftere Speisen vor. »Und, kleiner Peter, worum geht es in dem Drehbuch?«

»Um die Jungfrau von Lothringen.«

»Johanna? Johanna von Orléans?«

»Genau die.«

Die Garbo sagte: »Aber wer will denn heutzutage die Jungfrau von Orléans auf der Leinwand sehen? Ich meine, im Vergleich mit dem heutigen Armageddon hat sie doch bloß einen lachhaft kleinen Krieg geführt.«

Salka warf ein: »Sie ist eins der großen Freiheitssymbole. Für mich persönlich war sie eine dumme Bauerngans, die einen der größten Schwindel der Geschichte abgezogen hat. Aber das hat sie nur um so mächtiger gemacht. Immerhin wurde sie zur Heiligsprechung nominiert, und sie hat die Abstimmung haushoch gewonnen.«

Die Garbo hatte sich majestätisch aufgerichtet und die Hände vorm Busen gekreuzt. »Ich werde eine Heilige sein.«

Lorre zündete sich lächelnd eine Zigarette an. »Sie würden eine höchst eindrucksvolle Heilige abgeben.«

»Ich meine das ernst, Peter. Auch ich kann eine Märtyrerin sein.«

»Ich habe Ihnen das Drehbuch zum Lesen mitgebracht.«

»Zucker, Peter?« fragte Salka.

»Absolut. Es ist wirklich ein sehr gutes Buch.«

»Ich meine, in Ihren Tee, mein Lieber. Zucker oder Zitrone?«

Er nahm Zucker und fragte sich, warum die Reichen nie Kandiszucker anboten.

»Warum soll ich das Buch lesen? Ach so! Da ist eine gute Rolle für Sie drin, und Sie wollen meine Meinung hören. Fühle mich sehr geschmeichelt.«

»Hören Sie, Greta, machen Sie Schluß mit der Peter-Pan-Nummer und lassen Sie mich Ihnen etwas Vernunft einreden.«

»Bravo, Peter, nehmen Sie doch eins von diesen widerlichen kleinen Sandwiches.«

Peter wischte Salkas Bemerkung mit einer abrupten Handbewegung beiseite. »Greta, Sie wären eine phantastische Jungfrau von Orléans.«

»Ich bin zu alt.«

»Unsinn. Sie können alles spielen, was Sie wollen.«

»Ginger Rogers kann ich nicht spielen.«

Kein Widerspruch. Lorre meinte: »Ginger könnte die Jungfrau von Orléans nicht spielen.«

Salka schnaubte: »Versuchen Sie das mal *ihr* zu erzählen.«

»Trotzdem, ich bin zu alt. Johanna war ein verspieltes junges Fohlen. Ein sehr einfältiges und eigensinniges Wesen. Erfolg hatte sie nur, weil sie mit Leuten zu tun hatte, die noch dümmer waren als sie selbst. Nehmen Sie zum Beispiel den französischen Kronprinzen . . .«

»Das habe ich getan«, sagte Lorre, nachdem er an seinem Tee genippt und ihn lau und abscheulich gefunden hatte. »Die Rolle habe ich übernommen.

»Wirklich? Aber Sie sind doch viel zu alt.«

»Heute nachmittag hat ihre Platte einen Sprung«, sagte Lorre zu Salka. »Zu alt, zu alt, zu alt. Als Sarah Bernhardt mit Hamlet triumphierte, war sie sechzig und hatte ein Holzbein!«

»Trotzdem war sie viel zu alt.« Sie nahm einen Keks mit Schokoguß. »Ich nehme an, mit einem guten Kameramann, sagen wir William Daniels, könnte ich . . .« Der Rest des Satzes trieb aufs Meer hinaus, ging auf dem Weg nach Westen in der Brandung unter. Salka zwinkerte Lorre zu. Sie wußten, daß die Garbo angebissen hatte.

Greta machte es sich auf dem Korbsofa gemütlich und knabberte wie eine wohlerzogene Maus an ihrem Schokoladenkeks. »Welches Studio produziert den Film?«

»Eins von den unabhängigen.«

»Ach bitte, Peter, ich habe alles gelesen über die Unabhängigen, die da draußen wie Pilze aus dem Boden schießen. Denen geht ständig das Geld aus.«

»Dem hier kann nie das Geld ausgehen. Der Produzent und Geldgeber heißt Albert Guiss.«

Salka stieß einen Pfiff aus. Greta zog eine Schnute. Dann sagte sie: »Wie hat ›Life‹ ihn genannt? Die internationale Rätselgestalt.«

»Sein Geld ist jedenfalls kein Rätsel«, sagte Lorre. »Das Budget für den Film beträgt fünf Millionen Dollar.«

»Seien Sie nicht albern«, schimpfte die Garbo. »Mit soviel Geld könnte man fünf aufwendige Filme produzieren. *Vom Winde verweht* hat nur ein Drittel davon gekostet!«

Salka bestätigte: »Ich brauche das Drehbuch gar nicht zu lesen, um Ihnen sagen zu können, daß eine Million schon mehr als genug wäre, die Jungfrau zu verfilmen. Vielleicht etwas mehr, wenn sie Greta wirklich haben wollen. Sie arbeitet nicht mehr für ein Trinkgeld.«

»Sie bieten Greta eine Million Dollar an«, sagte Lorre.

Jetzt stieß die Garbo einen Pfiff aus. »Das ist obszön.«

Lorre zuckte die Achseln. »Zu einer solchen Obszönität würde ich nicht nein sagen.«

»Albert Guiss.« Wie die Garbo den Namen aussprach, klang er irgendwie wagnerhaft. »Kennen Sie ihn?«

»Ach ja. Dank seiner fabelhaften Verbindungen komme ich an mein Kokain.«

»Ach, Peter«, stöhnte die Garbo, »diese Sucht wird Sie eines Tages noch umbringen.«

»Seien Sie nicht albern. Ist doch nur eine liebe Gewohnheit. Jeder in der Branche weiß, wie ich damit umgehe.«

»Es wird Sie ins Verderben stürzen.«

Er lachte. »Bela Lugosi nimmt mehr als ich, und er arbeitet ununterbrochen.«

Salka wies ihn zurecht. »Bela ist ein noch größerer Narr als Sie. Sie wissen, wie tief er gesunken ist, was er jetzt macht. Billige Horrorfilme für einen Bruchteil der Gage, die er bekommen könnte.«

»Ich habe tolle Neuigkeiten für Sie. Gerade in dieser Woche hat Universal Pictures ihn wieder zu seiner alten Gage unter Vertrag genommen. Dank des Krieges sind Horrorthriller wieder in. *Dracula, Frankenstein, Der Wolfsmann.* Man hat versucht, mich dafür zu gewinnen, aber Jack Warner wollte meinen Vertrag nicht lösen. Dafür soll er in der Hölle braten.«

»Aber den Film für Guiss läßt er Sie machen«, sagte Salka.

»Zu Albert Guiss sagt niemand nein.«

»Ist schon ein Regisseur unter Vertrag?« fragte die Garbo.

Lorre stellte Tasse und Untertasse ab und bedeutete Salka, daß sie ihm nicht mehr nachschenken sollte. »Ein alter Freund von Ihnen.«

»Ach ja? Wer?«

»Erich.«

Sie dachte kurz nach, und dann gingen ihr die Augen auf wie die Büchse der Pandora. »Von Stroheim?«

»Sie scherzen.« Salkas Verblüffung war ungekünstelt.

»Das ist seine Chance für ein großes Comeback.«

Greta rieb sich tief in Gedanken das Kinn und sagte: »Kein Wunder, daß fünf Millionen Dollar dafür angesetzt sind. Erich wird sie bis auf den letzten Penny ausgeben.«

»Er wird einen brillanten Film machen.«

Die Garbo nickte. »Ja. Möglich. Erich kann durchaus brillant sein. Sogar seine Fehlschläge sind mit seinem Genie gespickt. Wird er auch selbst mitspielen?«

»Nein. Er bleibt strikt hinter der Kamera. Das hat Guiss sich ausbedungen.«

»Wie schön für ihn. Eins zu null für Guiss. Wie sieht der Drehplan aus?«

»Drei Monate.«

»Viele Schlachtszenen?«

»Jede Menge.«

»Dann wird von Stroheim mit drei Monaten nicht auskommen. Er wird sechs Monate brauchen. Sie wissen doch, wieviel ihm an einer realistischen Darstellung liegt!« Wieder ging sie auf und ab, die ganze Breite der Veranda nutzend. »Er wird echte Leichen verlangen! Hahaha!« Auch Salka lachte, aber die Garbo meinte es ernst. Sie kannte den Ruf des arroganten und verschwenderischen von Stroheim. »Er wird echtes Blut vergießen. Mit Tomatensuppe läßt von Stroheim sich nicht abspeisen, höchstens zum Abendessen. Hahaha!« Sie hielt inne und legte sich eine Hand an die Kehle. »Mein Gott! Und wenn Johanna auf dem Scheiterhaufen verbrannt wird . . .«

»Hör auf damit, Greta!«, rief Salka entrüstet. »Er würde es nicht wagen, dich auf dem Scheiterhaufen zu verbrennen. Sonst könnte er keine Szenen wiederholen lassen.«

»Die Inquisitoren sind phantastisch besetzt.« Lorre hatte ihre Aufmerksamkeit zurückerlangt.

»Boris Karloff spielt den Großinquisitor.«

»Ah gut, gut, das ist sehr gut.« Salka nickte beifällig, während die Garbo weitersprach. »Die Branche hat ihm nie eine Chance gegeben, zu beweisen, was für ein wirklich guter Schauspieler er ist. Wer sonst noch?«

»Jean Hersholt.«

»Auch gut. Wir haben zusammen in *Susan Lenox* gespielt. Mit ihm kann man gut arbeiten. Ein uneigennütziger Mann. Selbstlos.«

»Victor Jory.«

»Wird ebenfalls von der Branche mißhandelt. Das klingt schon alles sehr eindrucksvoll. Aber . . .«

»Greta«, sagte Lorre ernst, »behalten Sie Ihre Zweifel für sich.«

Sie ging schweigend hin und her. Dann legte sie ihre Hände aufs Geländer und starrte auf den Pazifik hinaus. Ihr Gesicht zeigte nichts anderes als eine atemberaubende Schönheit. Sie sah Delphine herumspringen, doch ihre Augen spiegelten nichts wider. Das Ganze war eine Kopie ihrer Schlußszene in *Königin Christine*, als sie nach dem Tod ihres Geliebten an der Schiffsreling stand und nichts fühlte, nichts hörte, nichts sagte, Kopf und Gesicht vollkommen leer. Endlich sprach sie. »Ich werde das Drehbuch lesen.«

»Lesen Sie es mehrmals«, beschwor sie Lorre.

»Ich werde es lesen und darüber nachdenken. Sie können das nicht begreifen, Peter, aber in meinen siebzehn Jahren beim Film habe ich nur für ein einziges Studio gearbeitet, für Louis B. und Metro.« Ihr Blick verschleierte sich. »Es war mein Zuhause. Die Leute haben sich um mich gekümmert. Sie haben mir jeden Wunsch erfüllt. Sie haben mich wie eine Tochter behandelt, mehr als meine eigenen Eltern es je getan haben. Aber jetzt haben sie mich verstoßen, ich bin eine Waise. Meine nächsten Eltern muß ich mir sehr kritisch und sorgfältig aussuchen.« Sie drehte sich vom Meer weg und richtete den Blick auf Peter Lorre. »Ich weiß nicht, ob ich Albert Guiss zum Vater haben will. Eine Mutter brauche ich eigentlich nicht.« Sie schenkte Salka Viertel ein warmes Lächeln. »Salka ist eine gute Mutter. Meine gute Mutter.« Sie trat an die Ältere heran und legte ihr die Hände auf die Schultern. Dann zog sie die Hände abrupt zurück und begann wieder auf und ab zu gehen. »Man spricht von Flüchtlingen und Vertriebenen. Man flüstert von Konzentrationslagern. Seht mich an! Ich bin ein Flüchtling! Ich bin vertrieben!« Sie machte eine ausladende Armbewegung. »Und das hier ist mein Konzentrationslager!«

»Immerhin haben Sie fließend warmes und kaltes Wasser«, bemerkte Lorre trocken.

»Spotten Sie nicht.«

»Hören Sie auf, sich zum Gespött zu machen. Schluß mit dem theatralischen Getue. Lesen Sie das Drehbuch.«

»Ich lese es heute abend nach meinem einsamen Abendessen.«

»Wenn Sie möchten, leiste ich Ihnen Gesellschaft«, bot der Schauspieler an.

»Ich ziehe die Einsamkeit vor. Du gehst schon, Salka?«

»Ich muß an mein Drehbuch zurück.« Sie trat an die Garbo heran und gab ihr einen flüchtigen Kuß auf die Wange. »Ruf mich an, wenn du das Buch gelesen hast. Kommen Sie, Peter.«

Als sie außerhalb der Hörweite der Garbo waren, fragte Lorre: »Was meinen Sie? Wird sie es machen?«

»Johanna ist eine Herausforderung für sie. Und Sie kennen Greta.«

»Ob sie wirklich jemand kennt?«

»Ein paar von uns schon. Sie hat eine Schwäche für Herausforderungen. Und glauben Sie nur nicht diesen Unsinn, Metro hätte sie zur Waisen gemacht. Sie kann den Laden nicht ausstehen. Sie ist froh, da raus zu sein. Die Vorstellung, noch einen Film für die zu machen, hat sie in Panik versetzt. Übrigens, wie war das mit dieser Frau letzte Nacht?«

»Na ja, sehr seltsam.« Das Thema brachte ihn in Schwung. »Sie war ziemlich schön, und ich habe den Verdacht, daß sie Europäerin war. Sie sprach zwar ohne Akzent, aber mit diesem reizenden singenden Tonfall, der typisch für Ausländer ist, die ihr Englisch in England gelernt haben. Sie wissen schon, so wie ich.«

»Für Sie ist das ein reizender Tonfall?«

»Seien Sie nicht unfreundlich.«

»Wie alt war diese Frau?«

»Höchstens Anfang zwanzig. Aber ihre Angst war echt. Marion Davies meint, sie hat irgend etwas mit dieser häßlichen Villa auf dem Grundstück nebenan zu tun.«

»Wer wohnt denn dort?« fragte Salka.

»Das ist es ja. Anscheinend niemand. Auf alle Fälle ist dort niemand ein und aus gegangen, seit die Wolheims im vorigen November so überstürzt dort ausgezogen sind.«

»Ach ja. Die Wolheims. Seltsame Familie. Falls es eine Familie war.«

»Sie kennen sie?«

»Nur vom Sehen. Greta und ich haben sie ein paarmal gesehen, wenn wir am Strand spazieren waren. Vater, Mutter, drei Söhne und eine Tochter. Jedenfalls haben wir sie dafür gehalten, Vater, Mutter, Söhne und Tochter. Aber ähnlich sind sie sich nicht gewesen.«

»Vielleicht waren die Kinder adoptiert.«

»Peter, Sie denken auch an alles.« Sie erreichten Salkas Auto auf der Einfahrt der Garbo. »Sagen Sie, mein Lieber, wie sind Sie an Albert Guiss gekommen?«

»Albert Guiss ist an mich gekommen.«

»Tatsächlich? Wie das?«

»Er hat einen Mann namens Werner Lieb zu mir geschickt; er und eine gewisse Risa Barron werden die eigentlichen Produzenten des Films sein. Guiss wird als leitender Produzent auftreten. Lieb ist ein rechter Charmeur. Ich glaube, er ist ursprünglich Deutscher, aber er hat gesagt, er sei in Italien und England zur Schule gegangen. Sein Akzent ist auch so einer, den ich nicht unterbringen kann. Sie wissen, ich stamme aus Deutschland. Und ich weiß, Sie stammen aus Polen. Aber diese neuen Flüchtlinge, die jetzt ins Land strömen, das sind komische Kreuzungen. Ich meine, auch Guiss ist schwer zu definieren. Und dann sein tiefer Bariton. Wenn er spricht, bebt das ganze Zimmer. Ich glaube, schon sein Flüstern könnte Glas zerspringen lassen.«

»Warum die Jungfrau von Orléans?« fragte Salka. »Warum so was Finsteres und Ernstes? Greta hat mit *Ninotschka* bewiesen, daß sie Komödien spielen kann; warum nicht was Leichtes und Anmutiges mit Cary Grant oder Fred MacMurray als Partner? So etwas wäre für Greta im jetzigen Stadium ihrer Karriere genau das richtige. Peter, sie steht vor einer schweren Entscheidung, und sie ist sich vollkommen im klaren darüber. Greta ist nicht dumm. Sie macht sich nichts vor. Sie ist absolut realistisch, auch wenn man ihr manches falsch auslegt.«

»Werner Lieb hat es mir ebenso dargestellt; Sie werden einige Überraschungen erleben, wenn Sie das Drehbuch lesen.«

»Ach ja?«

»Ach ja. Lieb meint, Guiss habe einen inspirierenden und sehr patriotischen Film im Sinn. Diese Johanna ist sehr frech und aufmüpfig. Sie erzählt sogar pikante Witze.«

»Stirbt sie lachend?«

»Es ist eine inspirierte Johanna. Keine langatmigen Deklamationen über Stimmen, die sie hört. Sie ist eine sehr demokratische junge Dame, die zum Kampf gegen die Unterdrücker ihrer Zeit auszieht. Ich finde das Drehbuch großartig, und ich habe in letzter Zeit nicht viele großartige Drehbücher zu Gesicht bekommen.«

»Ich kann es kaum erwarten, was Greta dazu sagt.« Salka setzte sich ans Steuer ihres Wagens. »Ich nehme an, die Rolle des Kronprinzen ist sehr gehaltvoll?«

»Und ob, eine herrliche Rolle. Ich darf viele böse Dinge tun.«

»Wer hat dieses Meisterwerk geschrieben?«

»Ein gewisser Gustav Henkel. Sehr angenehmer Mensch.«

»Henkel. Offenbar ein Deutscher.«

»Das habe ich auch gedacht, aber als ich ihn fragte, sagte er, er sei aus Ungarn.«

»Den Ungarn kann man nicht trauen.«

»Das Drehbuch muß tatsächlich noch überarbeitet werden. Ich habe vorgeschlagen, Bertolt Brecht dafür zu gewinnen.«

»Und Henkel hatte nichts dagegen, einen anderen Schriftsteller an sein Skript zu lassen?«

»Ganz im Gegenteil. Das schien ihm geradezu angenehm.«

»Dann kann er kein echter Ungar sein. Die haben doch immer was zu meckern.«

»Was haben Sie gegen die Ungarn?«

»Einer von ihnen hat mir die Unschuld gestohlen.« Sie ließ den Motor an, während Lorre sich die Bemerkung »leichter Diebstahl« verkniff.

Greta Garbo hatte Salka und Peter Lorre vom Wohnzimmerfenster aus bei ihrem Gespräch beobachtet. Jetzt trat Lottie Lynton ein und fragte: »Kann ich etwas für Sie tun? Ich habe die Teesachen abgeräumt.«

Die Garbo sagte mit belegter Stimme: »Ich wünschte, ich könnte von den Lippen lesen.«

DREI

Chefinspektor Herbert Villon von der Polizei Los Angeles erwartete den soeben vom diensthabenden Beamten angekündigten Besucher. Er las Louella Parsons Klatschspalte in der Hearst-Zeitung und runzelte die Stirn. Lolly, wie Louella in der Branche genannt wurde, ging streng mit Greta Garbo ins Gericht, weil diese sich nicht für den Krieg engagieren wollte. Lollys Rivalin und Erzfeindin Hedda Hopper war ihr an diesem Morgen in jener faszinierenden Prosa, die man Analphabeten gemeinhin zuschreibt, mit der Enthüllung zuvorgekommen, daß Königin Garbo von dem mächtigen Louis B. Mayer entthront worden sei und sich damit unter die anderen arbeitslosen Schauspielerinnen eingereiht habe. Hedda zählte zu Mayers kriecherischem Gefolge, und er hatte ihr schadenfroh den Leckerbissen von der Fahnenflucht der Garbo zugeschoben.

Mayer hatte ihr am Telefon gesagt: »Stellen Sie es so dar, als ob kein anderes Studio an ihr interessiert sei.«

»Das wird nicht einfach sein, Louis«, sagte Hedda, während sie ihr Gesicht in einem Handspiegel studierte und das Horrorprodukt eines Hutmachers auf ihrem Kopf einer Neubewertung unterzog. »Ihr Schwiegersohn will sie für eine Verfilmung von Robert Hichens *Der Fall Paradin* verpflichten.«

»Das macht dieser *Mamser* nur, um mich zu ärgern. So viele heiratsfähige Männer in Hollywood – und meine Tochter mußte sich ausgerechnet für David O. Selznick entscheiden. *O ach, o weh.*«

»Warner will sie für *Ring der Verschworenen.*«

»Zu spät, die Sache mit Hedy ist bereits abgemacht.«

»Herb Yates von Republic will ihr in *Lady from Louisiana* eine Rolle neben John Wayne anbieten.«

»Kaum anzunehmen, daß sie darauf eingeht. Am Ende muß er Ona Munson oder irgendeine andere unerfahrene Gans verpflichten.«

»Komisch«, sagte die Hopper, während sie den Handspiegel auf ihren Schreibtisch legte, »ich kann mir Metro ohne die Garbo gar nicht vorstellen. Wie eine Oper ohne Arien.«

»Ich weiß, ich weiß. Aber sie war zu keinem Kompromiß bereit. Sie wollte keine Gagenkürzung akzeptieren. Sie wollte auf keine Produktionen mit kleinerem Budget eingehen. Dieses schwedische Miststück hat es einfach drauf ankommen lassen! Aber warte nur! Wird schon sehen, wie das ist, wenn sie für diese anderen Arschgeigen arbeiten muß. Die kommt auf Knien zurückgekrochen.«

»Ich setze mein Geld auf Greta.«

Mayer explodierte. »Und ich habe Sie für meine Freundin gehalten!«

»Das bin ich, Louis, das bin ich. Aber Greta hat mir immer Respekt abgenötigt. Sie ist immer nett zu mir gewesen, wenn ich kaputt und fast am Ende war.«

»Habe ich Sie nicht immer mit kleinen Rollen über Wasser gehalten? Oder etwa nicht?«

»Doch, Louis, ja. Sie erinnern mich ja oft genug daran.«

»Dann seien Sie jetzt ein braves Mädchen. Verpassen Sie ihr eine Breitseite.«

»In Ordnung, Louis.«

Was dann aus Hoppers Schreibmaschine kam, war eine Spur gnädiger, als Mayer erwartet hatte, aber noch immer ziemlich starker Tobak. Die Parsons hingegen schoß aus allen Rohren und vergaß dabei ganz, daß die Garbo eine von Marion Davies' persönlichen Favoritinnen und Davies selbst die Geliebte ihres Chefs war. Später, als Hearst und Davies ihr einen strengen Verweis erteilten, nahm die Parsons die Vorwürfe tapfer hin, ließ sich davon aber nicht abhalten, der Garbo auch in Zukunft gelegentlich eins auszuwischen.

Als sein Besucher leise an die Tür klopfte, warf Chefinspektor Villon die Zeitung in den Papierkorb.

»Kommen Sie rein!« rief Villon.

Ein großer blonder Mann trat ein, er war um die Dreißig und hatte ein kräftiges Gesicht. Sein jungenhaftes Lächeln wirkte beinahe schüchtern. Er schloß die Tür und ging mit ausgestreckten Händen auf Villon zu, der aufgestanden war, um ihn zu begrüßen. »Arnold Lake. Entschuldigen Sie die Verspätung.«

»Nehmen Sie Platz, Arnold.« Sie setzten sich. »Wann sind Sie angekommen?«

»Nach dem Lunch. Der Zug hatte sechs Stunden Verspätung. Dauernd hat man uns auf Nebengleise geschoben, um Truppenzüge vorbeizulassen. Man hat mich in Washington gewarnt, daß die Fahrt kein Vergnügen würde.«

»Konnten Sie nicht mit einem Truppentransporter fliegen?«

»Das machen die Kommißköpfe nicht gern. Wittern überall Spione. Sie sind hoffentlich kein Spion?«

»Nein, ich bin bloß ein kinosüchtiger Bulle. Heute schon Louella Parsons gelesen?«

»Nein, ich nehme ihre Zeitung nur zum Mülleinwickeln.«

»Sie hat Greta Garbo attackiert.« Das hörte sich niederträchtiger an als der Überfall auf Pearl Harbor.

»Warum geben Sie ihr nicht eins aufs Maul?« fragte Arnold.

»Ich kann eine Frau nicht schlagen.« Dann erkannte er, daß er aufgezogen wurde. Er lachte. »Wissen Sie, wenn man hier in L. A. lebt, hier aufgewachsen ist, mit Filmen großgeworden ist – kommt mir vor, als ob alle in der Branche alte Kumpel von mir sind, ob ich sie persönlich kennengelernt habe oder nicht. Und ich habe schon die Stummfilmzeit erlebt. Aber die Garbo. Die Garbo greift man nicht an. Sie ist eine Heilige. Eine Göttin. Eine lebende Legende.« Er unterbrach sich. »Ich rede wie ein jugendlicher Kinonarr.«

»Sie reden sehr erfrischend. Nun, sollen wir anfangen?«

Er breitete eine Akte auf dem Schreibtisch aus. »Meine Referenzen.« Villon prüfte sie flüchtig.

»Gut. Man hat Sie also hierhergeschickt, um sich mit Albert Guiss anzulegen.«

»Die lustigen Aufträge gehen immer an mich.«

»Gibt es irgendwelche Beweise, daß er mit den Deutschen zusammenarbeitet?«

»Keinen einzigen, bloß die Spur eines Verdachtes. Ich hatte eben auf die Schnelle ein Sandwich mit einer meiner Kolleginnen. Sie werden sie noch kennenlernen.«

»Hübsch?«

»Sehr.«

»Kann's kaum erwarten.«

»Ich dachte, Sie sind verheiratet.«

»Das war einmal. Künstlerische Differenzen.«

»Jedenfalls hat meine Kollegin eine Frau beschattet, Risa Barron, die Guiss sehr nahesteht.«

»Wie nahe?«

»Wie eine Geliebte.«

»Aha.«

»Gestern nacht ist sie ihr zu einem Haus am Strand von Santa Monica gefolgt. Es gelang ihr, ein Komplott zu belauschen; es geht um etwas, das Ihre Göttin betreffen könnte.«

»Die Garbo?« Villon traf beinahe das hohe C. »Die Garbo soll mit Spionen zu tun haben?«

»Man versucht, die Garbo da hineinzuziehen. Und wir wissen nicht, ob es Spione sind oder nicht. Es gab eine Menge Palaver über die Jungfrau von Orléans, und sie wollten unbedingt, daß die Garbo . . .«

Villon lehnte sich in seinem Drehstuhl zurück. »Da geht's um Filme, Arnold. Nicht um Spione.«

»Seien Sie nicht zu voreilig. Sämtliche Beteiligten an diesem Treffen haben mit starkem ausländischem Akzent gesprochen.«

»Das ist heutzutage bei jedem zweiten Film so, der aus den Studios kommt.«

»Das Treffen wurde von Guiss geleitet.«

»Persönlich?« Villon richtete sich auf.

»Sein Double war's jedenfalls nicht. Und warum sollte eine Geschäftsbesprechung im Schutz der Dunkelheit in einem unbewohnten Strandhaus abgehalten werden?«

»Nicht zu fassen! Spionage direkt vor meiner Nase. Aber hören Sie, Guiss ist als stinknormaler Exzentriker bekannt.«

»Das ist ein Oxymoron.«

»Ochse was? Egal. Praktisch seit es die Nazis gibt, steht Guiss im Verdacht, mit ihnen zu sympathisieren«, erklärte Villon.

»Aber man hat ihm nie etwas nachweisen können. Er hat Kontakte zu Dutzenden windiger Vereine und Organisationen. Wir vermuten, daß er eine großangelegte Geldwäscherei für die Fünfte Kolonne betreibt. Wir sind sicher, daß er Franco in Spanien unterstützt hat, aber wir können ihm nichts nachweisen.«

»Und Amerika hat ihn mit offenen Armen aufgenommen.«

»Warum nicht? Er hat hier Milliarden investiert. Bekommen Sie kalte Füße bei der Vorstellung, daß er wahrscheinlich bei einer ganzen Reihe von Unternehmen der Rüstungsindustrie als stiller Teilhaber fungiert?«

»Meine Füße werden Monate brauchen, bis sie aufgetaut sind.« Sie schwiegen ein paar Sekunden. Dann fuhr Villon fort: »Und jetzt geht er also zum Film.«

»Korrekt. Aber wir kommen nicht dahinter, warum. Dieser Film, an dem er beteiligt ist, handelt von der Jungfrau von Orléans.«

»Die Jungfrau von Orléans? Ach, kommen Sie. Für die Rolle ist Ingrid Bergman aber besser geeignet als die Garbo.«

»Das sehe ich nicht so.«

»Ach was, Arnold. Ingrid ist jünger als die Garbo, sie ist viel besser dafür geeignet.«

»Ich dachte, Sie wären ein Fan der Garbo.«

»Sicher, bis der Tod uns scheidet, aber so sehr ich sie auch liebe – mit dem, was sie spielen soll, muß man doch realistisch sein. Sie ist einfach zu alt für diese Rolle.«

»Was streiten wir uns eigentlich? Die Bergman ist bei Selznick unter Vertrag, sie ist die ganz große Nummer, und er wird sie niemals an einen Unabhängigen ausleihen.«

»Machen Sie sich nichts vor. Er ist knapp bei Kasse, wie man so hört, und . . .«

Arnold Lake hob die Hände. »Lassen wir diesen Disput. Ist doch schnurz, wer die Jungfrau spielt. Von mir aus kann Hattie McDaniel die Rolle haben. Ich bin hier, um mir Guiss zu greifen, falls er das nötig hat.«

Villon fuhr sich mit einem Taschentuch über die Stirn. »Wenn's um Rollenverteilungen geht, bin ich immer Feuer und Flamme. Macht mehr Spaß als Mord. Okay, Arnold, ich werde mir was für Sie ausdenken. Kein Problem. Sie sind hier mit einem Spezialauftrag, den Sie zusammen mit mir bearbeiten. Und was ist mit Ihrem Mädchen?«

»Ist beim Schnüffeln gestern nacht beinahe erwischt worden. Um besser hören zu können, hat sie ein Fenster aufgehebelt, aber irgend jemand hat das spitzgekriegt und die Verfolgung aufgenommen. Am Ende hat sie sich bei Peter Lorre in Sicherheit gebracht.«

Villon schmolz vor Arnold Lakes Augen dahin. »Peter Lorre. Mein Held. Haben Sie ihn in seinem ersten amerikanischen Film gesehen, *Wahnsinnige Liebe*?« Ohne die Antwort abzuwarten, sprang er auf und schlüpfte in Lorres Rolle. »›Ich, ein armer Bauer, der die Wissenschaft erobert hat.‹« Es war unheimlich, wie er Lorres Stimme nachahmen konnte. »›Warum kann ich die Liebe nicht erobern?‹«

»Bravo«, sagte Arnold leise, während er sich fragte, ob draußen auf dem Flur schon ein paar Männer in weißen Kitteln warteten.

»Ich trete gelegentlich als Imitator auf«, sagte Villon mit leicht geröteten Wangen. »Peter Lorre hat sie also gerettet.«

»Nun ja, nicht ganz. Als Lorre kurz mal abgelenkt war,

hat sie die Fliege gemacht. Ihr fiel nämlich plötzlich ein, müssen Sie wissen, daß bei dem geheimen Treffen nicht nur von der Garbo, sondern auch viel von Lorre die Rede gewesen war.«

Villons Kinnlade klappte hinunter. »Peter Lorre – ein Spion?«

»Warum nicht?« konterte Arnold mit verschlagenem Lächeln. »Die perfekte Besetzung.«

Die Garbo ging allein am Strand spazieren; sie hatte einen großen Schlapphut tief ins Gesicht gezogen und den Leib in graues Ölzeug gewickelt. Über ihr flatterten Möwen und kreischten über die Störung, aus der Ferne kamen die düsteren, bedrückenden Signale eines Nebelhorns. Falls sonst noch jemand in der Nähe war, bemerkte sie ihn nicht, so tief war sie in ihre heimlichen Gedanken versunken.

Johanna von Orléans.

Peter Lorre.

Albert Guiss.

Erich von Stroheim.

Louis B. Mayer.

Salka Viertel.

Sehr eindrucksvolle Versammlung. Vielleicht nicht der große Publikumsmagnet, aber wenn Greta Garbo hinzukam, konnte man sich immerhin Qualität davon versprechen.

Ich bin siebenunddreißig Jahre alt. Mir gehört ein riesiges Stück dieser Küste hier. Mir gehören große Ländereien am Rodeo Drive in Beverley Hilly. Mir gehört ein Grundstück in Schweden und eine Wohnung in New York. Ha, ganze Wohn*häuser* in New York. Mir gehört das Haus hier am Strand. Ich besitze Pelze und Juwelen und Aktien und Wertpapiere und Anleihen und meine Gesundheit, warum also sollte ich mich nicht vom Filmgeschäft zurückziehen? Warum sollte ich die Johanna von Orléans spielen? Wahrscheinlich war sie Lesbierin, und es gibt schon genug Gerüchte, daß ich lesbisch bin. Trotzdem, soll diese schreckliche *Frau mit den zwei Gesichtern* als mein letzter Film in die Geschichte eingehen? Hat man meine *Kameliendame*, meine *Ninotschka*, meine *Anna Karenina* vergessen? Manche Leute finden es tragisch, daß ich nie einen Oscar bekommen habe, aber was soll's? Louise Rainer hat zwei hintereinander bekommen, und jetzt kräht kein Hahn mehr nach ihr – dafür hat Louis B. Mayer gesorgt, als sie von Metro weggegangen ist. Und jetzt versucht er, mich mit Hilfe der Klatschspalten genauso fertigzumachen. Die arme Hedda. Louis knallt mit der Peitsche, und Hedda springt. Die arme Lolly, mit ihrer undichten Blase und ihrem versoffenen Mann – wer ist sie, daß sie den ersten Stein werfen kann, oder den zweiten oder überhaupt einen?

Sie stieß einen Seufzer aus, der eine Wand zum Einsturz hätte bringen können. Dann nahm sie den Hut ab und stand reglos wie ein Leuchtturm, der verirrten Schiffen Orientierung anbot, aber es waren keine Schiffe in Sicht. Es war sechs Uhr abends, zwei Stunden nach ihrem Gespräch mit Salka und Peter Lorre, der Vorhang der Dunkelheit hatte sich herabgesenkt. Am Himmel standen Mond und Sterne, um sie zum Haus zurückzuführen; doch wo waren der Mond und die Sterne, die sie in die Zukunft führen konnten?

In Peter Lorres Haus hatte die Standuhr im unteren Flur die sechste Stunde geschlagen. Der Schauspieler stand hinter der Bar und goß sich einen großen Scotch mit Wasser ein. Bei der gegenwärtigen Schnapsknappheit wachte er eifersüchtig über seinen Whisky. Er schritt durch das Zimmer zu seinem Lieblingssessel, um noch einmal das Drehbuch von *Johanna die Große* (wie es kürzlich umbenannt worden war) zu lesen, als die Türklingel läutete. Er murmelte einen Fluch, stellte seinen Drink auf einen Beistelltisch und ging zur Vordertür. Sie war, entsprechend den Verdunkelungsvorschriften, mit einem dicken schwarzen Vorhang verhängt. Nachdem er den Vorhang ein wenig zur Seite geschoben hatte, zog er die Tür einen Spalt weit auf. Er erkannte einen alten Freund in schwarzem Filzhut und schwarzem Samtumhang, der vermutlich von einem Vampir entworfen worden war.

»Bela«, sagte Lorre, »wie nett, daß Sie mal vorbeikommen.« Freundlich, aber unaufrichtig.

»Guten Abend, Peter«, sagte Bela Lugosi mit seinem gutgeölten ungarischen Akzent. »Ich bin gekommen, um mich Ihnen auf Gnade und Ungnade auszuliefern.«

»Kommen Sie herein. Schnell.«

Als er Lugosi ins Wohnzimmer führte, wo noch sein Drink auf ihn wartete, fragte der Besucher mit reizendem Lächeln: »Könnte ich mir wohl bei Ihnen eine Tasse Kokain ausborgen?«

Lorre blieb wie angewurzelt stehen. »Eine Tasse? Das reicht ja für ein halbes Jahr!«

»Tasse ist bloß eine Metapher für mein Elend. Ich hatte Außenaufnahmen, und in dieser Zeit wurde mein Lieferant mit einer Wäscheleine um den Hals vor dem Pier in Venice aus dem Meer gefischt. Offenbar hat er jemanden verstimmt, der keinerlei Sinn für Humor hat. Mein Lieferant war ein sehr komischer Mensch.« Seine Bemerkung bezog sich auf die Ortschaft Venice nördlich von Santa Monica, eine Brutstätte von Bodybuildern; die von ihnen bewohnte Gegend wurde Muscle Beach genannt.

»Nehmen Sie Platz, Bela. Ein Drink gefällig?«

»Rotwein?«

»Selbstverständlich.« Lorre ging an die Bar. »Ich bin ziemlich knapp dran mit Kokain. Der Krieg, Sie verstehen, macht den Import ein wenig schwierig.«

»Ja, das ist mir durchaus bewußt. Die Bundespolizei hat die Wachen an der mexikanischen Grenze vervierfacht. Man könnte natürlich jederzeit einen Ausflug dorthin unternehmen und einen ordentlichen Vorrat mitbringen, aber das ist reichlich riskant.«

»Besonders, wenn man im Ausland geboren ist. Wenn man erwischt wird, bekommt man eine Geldstrafe und Gefängnis. Anschließend wird man ausgewiesen, und dies ist wohl kaum die Zeit, in der man als Paket nach Ungarn zurückgeschickt werden möchte.«

»Es gibt überhaupt keine Zeit, in der ich in meine Heimat zurückgeschickt werden möchte.« Er nahm den Wein von Lorre entgegen und nippte daran. Beim Anblick seiner lüstern befriedigten Miene glaubte Lorre, er höre in der Ferne bereits das Klagegeheul von Wölfen, Draculas Kindern der Nacht. »Köstlich. Sie sind freilich schon immer ein Kenner gewesen. Aber was ist das?« Er hatte das Drehbuch von *Johanna die Große* erspäht.

Lorre erzählte ihm von der geplanten Produktion. »Die Garbo soll die Rolle der Johanna übernehmen.«

»Die Garbo?« Lugosi dehnte ihren Namen, als zöge er an einem Kaugummi. »Ich habe mit ihr in *Ninotschka* gespielt. Eine ganz reizende Einsiedlerin.« Er dachte kurz nach. »Sie ist zu alt für die Johanna. Da muß eine Jüngere her, Jane Withers zum Beispiel.« Lorre hatte sich an seinem Drink verschluckt. »Alles in Ordnung?« Nach Atem ringend, setzte Lorre sich hin. »Ist da für mich was drin?«

»Um die Wahrheit zu sagen, schon möglich. Die Rolle des Gefängniswärters. Keine große Sache, aber effektvoll.«

»Wäre nett, mal wieder bei einer prestigeträchtigen Produktion dabeizusein. Ich bin jetzt wieder bei Universal.«

»Hab's schon gehört. Gratuliere.«

Lugosi zuckte die Achseln. »Man kann davon leben. Als reicher Mann werde ich gewiß nicht sterben, aber immerhin kann ich meine Hypothek bezahlen ...«

»... und das Kokain ...«

Lugosi zuckte noch einmal die Achseln. »In meinen Kokainträumen gibt es weder Kriege noch verpaßte Gelegenheiten. Können Sie mir aushelfen, und wenn's auch nur mit einer Prise wäre?«

»Selbstverständlich helfe ich Ihnen. Kennen Sie Erich von Stroheim?«

»Nicht sonderlich gut. Wieso?«

»Er ist der Regisseur des Films. Sie werden seine Zustimmung brauchen.«

»Warum sollte er meiner Mitwirkung nicht zustimmen?«

»Erich ist ein sehr merkwürdiger Mensch. Er wird von einer Reihe grotesker Privatgespenster geplagt. Er ist ein ausgesprochener Pechvogel.«

»Wie können Sie das sagen, wenn er gerade als Regisseur für diesen Millionen-Dollar-Ausstattungsfilm verpflichtet wurde?«

»Er ist ein Spielball der Götter. Einerseits beschenken sie ihn reichlich, andererseits jagen sie ihn in den Bankrott. Ich hoffe, diesmal klappt's für ihn. Wir werden sehen. Ich hole jetzt das Kokain.« Er ließ Lugosi allein. Lugosi nahm das Drehbuch und begann zu lesen. Er kicherte. Dann lachte er. Dann brüllte er. »Meine Güte, hab gar nicht gewußt, daß die Jungfrau von Orléans so zum Schreien komisch sein kann. Muß wohl mehr als einen Grund gehabt haben, daß sie der Star der Stadt gewesen ist, möchte ich meinen.«

Greta Garbo las das Drehbuch. Wie gewöhnlich runzelte sie anfangs die Stirn, dann machte sie »Hä?«, blätterte um und lächelte, dann stieß sie ein »Ha!« aus und sagte zu niemand Bestimmtem, da sie allein im Zimmer war: »Die brauchen nicht mich, die brauchen Fanny Brice.« Pause. »Die ist auch zu alt.«

VIER

»Erich, wie schön, Sie wiederzusehen.« Gretas Hände streckten sich ihm entgegen; er nahm sie und sonnte sich in der Wärme ihrer zärtlichen Begrüßung. »Zu viele Jahre ist das jetzt her.«

»Seit *Wie du mich wünschst*«, erinnerte er sie.

»O Gott, ja. Da hat Hedda meine Schwiegertochter gespielt!« Sie lachten gemeinsam, schienen vergessen zu haben, daß von Stroheim mit Gustav Henkel, dem Verfasser des Drehbuchs, gekommen war. Im Hintergrund wartete Lottie Lynton auf Anweisungen von Greta Garbo, die jetzt Henkels Anwesenheit zur Kenntnis nahm. »Und wer ist das?«

»Gütiger Himmel, Gustav, entschuldigen Sie. Ich sehe die große Garbo so selten, daß ich jedesmal in Ehrfurcht versinke und alles andere vergesse.«

»Erich, Sie sind zu gütig.« Sie nahm Henkel an der Hand und führte den schlicht aussehenden jungen Mann ins Wohnzimmer. »Sie also sind Gustav Henkel, ein sehr guter Autor.«

Er sagte mit schlichter Stimme: »Sie sind zu gütig.«

»Ganz und gar nicht. Ich bin dankbar, endlich mal wieder ein ganz passables Drehbuch gelesen zu haben.«

Von Stroheim erstarrte. »Nur ›ganz passabel‹?«

Lottie Lynton zitterte. Der Mann hatte für sie etwas Bedrohliches.

Die Garbo lächelte von Stroheim an. »Die Bibel hat Mr. Henkel jedenfalls nicht geschrieben.«

»Was wissen Sie denn«, höhnte von Stroheim, »von der Bibel? Die haben Sie doch sicher nie gelesen.«

»Nicht ganz. Nur die pikanten Stellen. Hahaha. Lottie, fragen Sie unsere Gäste, was sie haben möchten. Was zu trinken? Tee? Was zu essen?« Man bat um Wein, und Lottie machte sich an die Arbeit. »Also, Erich.« Sie zeigte ihnen, wo sie sich setzen sollten. »Für Sie ist dieses Drehbuch perfekt?«

»Natürlich nicht, Greta. Auch Gustav räumt ein, daß es überarbeitet werden muß.«

Gustav nahm das Wort. »Aber sicher muß es überarbeitet werden. Das Problem ist nur, ich weiß nicht genau, wie diese Arbeit aussehen soll. Verstehen Sie, dies ist mein erster Versuch, ein Drehbuch zu schreiben.«

»Ach? Also, für einen ersten Versuch ist es ziemlich gut. Wenn auch ein wenig frivol. Ich meine, ich kann mir nicht so recht vorstellen, daß Johanna mit ihren Wächtern Würfel spielt. Zumal ich denke, daß es damals noch gar keine Würfel gegeben hat.«

Henkels verwirrendes Lächeln ließ etwas sichtbar werden, das wie Roquefort-Käse aussah. »An solchen Respektlosigkeiten habe ich sehr hart gearbeitet. Ich finde, wir nehmen unsere Heiligen viel zu ernst. Ich meine, bevor sie in diesen hohen Stand erhoben wurden, waren sie doch ganz normale Leute. Wären sie heute noch am Leben, dürften die meisten von ihnen sich ziemlich wundern über dieses Theater.«

»Wären sie heute noch am Leben«, sagte die Garbo melancholisch, »würden wir sie nicht brauchen.« Sie unterbrach sich, bis Lottie die Getränke serviert hatte und in die Küche verschwunden war. »Nun, Erich, das ist ein ziemlich großes Projekt. Fünf Millionen Dollar. Fast schon genug, um Dresden wiederaufzubauen.«

»Nicht ganz. Aber doch ein stattlicher, ein phantastischer Betrag. Albert Guiss will sich mit diesem Film ein Denkmal errichten, so wie Mr. Griffith es mit *Die Geburt einer Nation* für sich getan hat.«

»Sie mögen diesen Mr. Guiss?«

»Bis jetzt habe ich keinen Grund gefunden, ihn nicht zu mögen.«

»Es ist so viel über ihn geschrieben worden, alles so geheimnisvoll, so rätselhaft, er ist wie ... wie ... ah! Wie Orsons *Citizen Kane*! Warum faszinieren uns Männer wie Albert Guiss immer so? Mr. Henkel, wie gut kennen Sie Albert Guiss?«

Henkel starrte in seinen Chardonnay, aber dort stand auch nichts geschrieben, das ihm weiterhalf. »Er ist sehr nett zu mir gewesen.«

»Er hat Sie gut für das Drehbuch bezahlt?« Dann hastig: »Ich nehme das zurück. Es geht mich nichts an.«

»Für einen Anfänger habe ich einen recht anständigen Betrag bekommen.«

Von Stroheim übernahm die Regie. »Sagen Sie mir, was Sie an dem Drehbuch stört, Greta.«

Sie nippte an ihrem Bordeaux, stellte das Glas auf den Couchtisch, schlug die Beine übereinander und richtete ihren Blick fest auf den Regisseur. »Die Konstruktion muß verbessert werden. Etwa in der Mitte des Drehbuchs verschwindet Johanna für sage und schreibe zehn Seiten, das ist viel zuviel. Nicht weil es die Hauptrolle ist, sondern weil das, was sich während ihrer Abwesenheit von der Leinwand abspielt, reichlich uninteressant ist. Wer will denn wissen, was ihre Familie davon hält, daß sie das Kommando über die Armee übernommen hat? Es reicht, wenn man sieht, daß Johanna sie in die Schlacht führt. Familien machen sich nichts aus erfolgreichen Kindern, denen geht's nur um das Geld, das sie nach Hause schicken.«

»Verstehe. Leuchtet mir ein. Henkel?«

»Was? O ja. Einleuchtend. Sehr einleuchtend. Familien sind langweilig.«

Dieser kleine Mann ist irgendwie unwirklich, dachte die Garbo. Kleine Männer. Henkel, ein kleiner Mann. Von Stroheim, ein kleiner Mann. Lorre, ein kleiner Mann. Sie hörte, wie von Stroheim sie fragte: »Was sonst noch, Greta?«

»Der Dialog ist über weite Strecken ungeheuer amüsant. Ja, Mr. Henkel, ein paarmal habe ich laut gelacht, und das kommt bei mir sehr selten vor.« Sie räusperte sich. »Aber zu oft sind die Witze überflüssig. Ich meine, falls Sie vorhaben, über Johanna von Orléans eine Farce zu drehen, dann muß sie von jemand wie Martha Raye gespielt werden.«

Henkel lächelte. Die Garbo bemerkte es nicht. Wie war sie darauf gekommen, daß er für Martha Raye schwärmte?

»Absolut richtig«, sagte von Stroheim. »Das Ganze strahlt viel zuviel Heiterkeit aus.«

Die Garbo beugte sich vor und befingerte die Perlenkette um ihren Hals. »Erich, sollten wir nicht in Betracht ziehen, sie am Ende doch auf dem Scheiterhaufen verbrennen zu lassen?«

»Wenn wir das machen – hätten Sie dann nicht wieder was an meinem krankhaften Streben nach Realismus auszusetzen?«

»Nur Kritiker wagen es, die Garbo zu verbrennen.« Sie hielt den Kopf schief. »Denken Sie darüber nach, Erich. Wenn es wirklich überflüssig ist, lassen wir die Sache weg. Die Falconetti war so großartig in ihrer Rolle, aber das war schließlich bloß ein Stummfilm, wie?«

»Und entsetzlich lahm und langweilig. Meine Johanna wird sich in gleichmäßigem Tempo bewegen«, sagte von Stroheim und unterstrich seine Behauptung, indem er mit den Fingern schnipste wie ein Maschinengewehr. »Zack, zack, zack, daß das Publikum keine Sekunde mit den Gedanken abschweifen kann. Greta, Sie müssen verstehen, daß wir Revisionen erst vornehmen können, wenn Sie fest für das Projekt verpflichtet sind. Soll heißen, wenn der Vertrag von Ihnen unterschrieben und besiegelt ist.«

»Natürlich, natürlich.«

»Haben Sie mit Ihrem Agenten darüber gesprochen?«

»Ich habe meinen Agenten entlassen. Ich vermute, die unerfreuliche Sache kürzlich hat er mit Louis B. Mayer zusammen ausgeheckt. Ich bin mein eigener Agent.« Von Stroheim warf Henkel einen Gott-steh-uns-bei-Blick zu. Die Garbo war als durchtriebene Geschäftsfrau bekannt, die sehr hart verhandeln konnte. »Peter Lorre sagt, Guiss will mir eine Million Dollar anbieten.«

»Ja, das ist richtig.«

»Mayer sagt, ich bin nur auf dem europäischen Markt etwas wert. Wo will Mr. Guiss denn dann seine Investitionen wieder reinholen? Oder interessiert ihn das nicht, ist er so reich?«

»Es interessiert ihn. Er ist Geschäftsmann. Aber in diesem Fall handelt er eher als Patriot. Er findet, die Johanna ist ein einleuchtendes Symbol für den Kampf gegen die Unterdrücker, hier also die Schurken von den Achsenmächten.« Garbo sah Henkels Augen heftig blinzeln, wie Semaphoren, die Amok laufen.

Die Garbo sagte: »Albert Guiss, in die Fahne des Patriotismus gehüllt, kann ich mir kaum vorstellen. Der Mann ist doch zweifellos ein Land für sich selbst.«

Henkel sagte hitzig: »Mr. Guiss ist ein großer Patriot. Ein sehr großer Patriot. Er ist ein sehr großer Mann.«

»Immer mit der Ruhe, Henkel«, warnte von Stroheim. »Was ist mit uns, Greta?«

Sie riß verwirrt die Augen auf. »Was soll mit uns sein?«

»Werden wir miteinander auskommen?«

»Wie soll ich das wissen, bevor wir angefangen haben, miteinander zu arbeiten?«

Von Stroheim lächelte. »Und Sie nennen Guiss rätselhaft. Machen Sie mit?«

»Ich bin nicht abgeneigt. Aber ich muß das mit jemand besprechen.«

»Aber Peter Lorre hat mir erzählt, daß Salka Viertel Sie drängt, bei diesem Projekt mitzumachen.«

»Ja, allerdings. Aber es gibt da noch jemanden. Eine treue alte Freundin, die außerdem medial veranlagt ist.«

Er warf die Hände hoch. »Ach! Medial! Ich kann das Wort nicht ausstehen!«

Henkel bemerkte auf seine urheberrechtlich geschützte undefinierbare Art: »Ich bin sicher, Sie möchten Albert

Guiss gern kennenlernen. Ich weiß, er ist ein großer Fan von Ihnen.«

»Das sollte er auch sein, bei einer Investition von fünf Millionen Dollar!« sagte sie gutgelaunt, und Henkel verzog sein Gesicht zu etwas, das wohl ein Lächeln sein sollte. Sie war froh, daß er nicht den Mund aufgemacht hatte. Der Anblick dieser schauderhaften Zähne war zum Fürchten. Falls sie den Film machte, würde sie verlangen, daß er sich die Zähne entweder irgendwie bedeckte oder ziehen ließ.

Peter Lorre kam von der Veranda herein. »Störe ich?«

Von Stroheim war froh, ihn zu sehen. »Peter! Helfen Sie mir, Greta zu überzeugen, daß sie unsere Johanna spielt.«

Lorre sah die Garbo an wie ein ungezogenes kleines Mädchen.

»Aber natürlich müssen Sie diesen Film machen!« Er setzte sich auf die Couch neben die Garbo. »So viele von unseren Flüchtlingsfreunden, die jetzt in der Tinte sitzen, könnten dadurch Arbeit bekommen.« Der Garbo fiel kein einziger Name ein; all den Flüchtlingen, die sie in Hollywood kennengelernt hatte, schien es ganz gut zu gehen, besonders den Untalentierten. Lorre sagte zu von Stroheim: »Haben Sie ihr nicht gesagt, daß Hanns Eisler die Musik zu dem Film schreiben wird?« Sein Blick stürzte sich auf Henkel. »Und wir werden Bertolt Brecht bitten, das Drehbuch aufzupäppeln. Und in den Nebenrollen spielen außer denen, die ich gestern bereits erwähnt habe, Greta, noch Fritz Kortner, Alexander Granach«, er zählte die Namen an den Fingern ab, »Hertha Thiele, Albert Bassermann, seine Frau Elsa . . . ah, und eine Reihe anderer. Wir brauchen buchstäblich Hunderte, stimmt's, Erich?«

»Eine unglaubliche Besetzung.«

»Ich bin überwältigt«, sagte die Garbo.

Von Stroheim sagte zu Lorre: »Greta befürchtet, unsere Johanna ist ein wenig zu frivol.«

Die Garbo klatschte in die Hände. »Hören Sie. Ich hatte eine Idee, wie ich die Johanna spielen könnte, aber ich hatte

Angst, Sie könnten das, nun ja, ein wenig geschmacklos finden.«

Von Stroheim sagte unerschütterlich: »Aber das Geschmacklose liebe ich ja! Ich selbst bin geschmacklos. Sagen Sie, sagen Sie mir schnell, wie Sie sich die Rolle vorstellen?«

Die Garbo erhob sich, turmhoch stand sie wie Gulliver über drei Liliputanern. »Ich halte es durchaus für möglich, daß Johanna in Wirklichkeit ein Mann gewesen ist.« Lorre biß sich auf die Lippe. Von Stroheim spürte, wie ihm das Blut aus dem Gesicht wich. »Ein Transvestit!« Henkel zeigte sein schauriges Lächeln, und die Garbo drehte ihm angewidert den Rücken zu. »Wie wär's, wenn ich die Rolle androgyn interpretieren würde?«

Von Stroheim fand endlich die Sprache wieder – und er verlor sie wahrlich nur selten. »Greta, wir müssen an die Katholische Liga für Anstand denken. Diese Wachhunde der amerikanischen Moral sind sehr streng und sehr gefährlich. Wenn die uns ihr Gütesiegel verweigern, verlieren wir Hunderttausende von Dollars, weil uns die Zuschauer weglaufen.«

»Ich verstehe.« Sie rieb sich am Kinn. Ihr fiel eine Lösung ein, und die teilte sie ihnen mit: »Diese Leute können mich doch nicht daran hindern, zu *denken*, daß ich androgyn bin?«

»Natürlich nicht«, sagte von Stroheim.

»Na also, das wird unser Geheimnis sein. Wenn ich die Rolle übernehme.«

»Wenn, wenn, wenn!« schimpfte Lorre. »Natürlich spielen Sie die Rolle!«

»Peter, drängen Sie mich nicht.« Sie vernahmen die Drohung in ihrer Stimme, und Lorre setzte sein bekanntes Koboldsgrinsen auf.

Er sagte: »Wir wollen doch bloß endlich anfangen.«

»Ich weiß. Ich weiß. Aber bitte, verschonen Sie *mich* damit. Ich bin gerade erst einen Klotz am Bein losgeworden.

Und ich muß gründlich darüber nachdenken, ob ich mir noch mal so was aufhalse.«

Von Stroheim warf sich hastig dazwischen: »Das hier ist kein Klotz am Bein, Greta. Das wird ein Meilenstein der Filmgeschichte. Ihre Johanna wird mit Beifall überschüttet werden!«

»Auch von der ›New York Times‹?« Ihre Augen funkelten.

Von Stroheim legte ihr seine Hände auf die Schultern. »In *Wie du mich wünschst* haben wir gemeinsam gespielt. Seitdem habe ich mir immer gewünscht, bei einem Film mit Ihnen Regie zu führen. In meinem französischen Exil habe ich mit dem Gedanken gespielt, Gaumont zu bitten, mich bei *Madame Bovary* Regie führen zu lassen.«

»Ach! Warum haben Sie's nicht getan?«

»Ich bin zu spät gekommen. Sie hatten bereits angefangen. Aber jetzt, Greta, jetzt bietet mir die Jungfrau von Orléans die Gelegenheit, meinen Traum zu verwirklichen. Greta, erfüllen Sie mir diesen Wunsch. Eine Gelegenheit wie diese kommt niemals wieder.«

»Doch, bestimmt. Wenn ich mitmache, und wenn es ein Erfolg wird, wird man sich nur so um Sie reißen. Morgen, Erich. Morgen. Morgen erhalten Sie meine Antwort.«

Von Stroheim ließ nicht locker: »Ein so phantastisches Angebot wie dieses werden Sie nie mehr bekommen.«

Sie legte den Kopf schief, wie immer, wenn sie etwas amüsierte. »Ach ja? Angenommen, ich sage Ihnen, mir liegt bereits ein ganz phantastisches Angebot vor, allerdings schon seit mehreren Jahren.«

Lorre stemmte wütend die Hände in die Hüften und fragte: »Und was war das?«

»Adolf Hitler hat um meine Hand angehalten.« Verblüfftes Schweigen. »Haben Sie nicht gewußt, daß ich einer seiner drei Lieblingsstars bin? Er hat mir das Angebot durch den deutschen Botschafter hier in Los Angeles übermitteln lassen. Natürlich habe ich es ausgeschlagen. Ich habe bereits einmal, 1925, in Deutschland gelebt. Es war furchtbar. Wissen Sie, wer seine beiden anderen Favoritinnen sind?« Sie machte eine effektvolle Pause, und dann sagte sie es ihnen: »Marlene ... und Minnie Mouse. Hahahahaha!«

»Du bist gestern nacht ein törichtes Risiko eingegangen«, sagte der junge Mann, dessen Name Martin Gruber war. Er saß mit seiner Gefährtin in der Nische eines Coffeeshops im Culver-City-Bezirk von Los Angeles, nur wenige Straßen entfernt von den imposanten MGM-Studios am Washington Boulevard.

»Ich habe nur meine Arbeit getan«, sagte Lisa Schmidt. »Wie hast du davon erfahren?«

»Guiss hat heute morgen am Telefon davon gesprochen.«

»Und du denkst, diese Frau war ich?«

»Ich kenne sonst niemand, der so unbesonnen und voreilig ist. An deiner Stelle würde ich das nicht noch einmal versuchen.«

»Warum haben sie dieses Haus genommen?«

»Weil es das einzige von Guiss' Häusern ist, das vom FBI nicht mit Wanzen ausgestattet wurde. Die wissen nicht, daß es ihm gehört.«

»Jetzt wissen sie's.«

Gruber kicherte. »Er wird schon was anderes finden. Er ist wirklich wunderbar.«

»Hat Guiss Vertrauen zu dir?« fragte Lisa.

»Bestimmt nicht. Er vertraut niemandem.«

»Nicht einmal Risa Barron?«

»Wohl kaum. Sie ist ehrgeizig. Machtgierig. Nehme an, im Bett hat er Spaß mit ihr. Also macht er sie zur Koproduzentin des Films. Ist ja bloß ein Titel.«

»Aber gut bezahlt«, sagte Lisa apodiktisch.

»Guiss bezahlt in der Tat sehr großzügig. Er kann es sich leisten. Er besitzt Milliarden.«

»Wer ist Guiss denn eigentlich?« fragte Lisa.

»Wer er ist? Er ist seine eigene Erfindung. Und er versetzt eine ungeheure Menge Leute in Schrecken und Erstaunen.«

»Macht er dir keine Angst?«

»Manchmal. Er scheint mich kaum wahrzunehmen. Ich bin ein Angestellter, und als solcher bin ich ihm nützlich. Ich bin unaufdringlich. Ich stelle nur Fragen, die sich auf meine Arbeit beziehen. Ich arbeite gern für ihn.« Lisa sah auf ihre Armbanduhr. »Hast du es eilig?«

»Noch nicht. Ich nehme noch einen Schluck Kaffee.«

»Wichtige Verabredung?«

»Ehrlich gesagt, ja. Es geht um einen Job.«

»Aber du hast doch einen Job«, sagte Gruber.

»Meine Zeit reicht noch für einen zweiten.« Die Kellnerin, die er herbeigewinkt hatte, schenkte ihr nach. »Mein Boss möchte, daß ich den Job nehme, wenn ich ihn kriegen kann.«

»Worum geht's da?«

»Arbeit an einem Film, der demnächst in Produktion geht.« Gruber hatte den Verdacht, daß Lisa mit ihm spielte, und so war es auch.

»Und was machst du da?«

»Regieassistentin.«

»Und der Name des Films?«

»Johanna die Große.« Sie schlürfte ihren Kaffee, ihre Augen blickten ihn über den Rand der Tasse an.

»Du bist wahnsinnig.«

»Nicht wahnsinniger als du in der Rolle von Guiss' Privatsekretär.«

»Lisa, bitte. Tu das nicht. Halt dich da raus. Gestern nacht hast du noch Glück gehabt. Die Verdunkelung hat dir geholfen. Aber diese neue Verrücktheit ...«

»Martin, mein Lieber, ich kann selbst auf mich aufpassen. Und stell dir nur vor, wenn ich den Job bekomme, werde ich nicht nur mit dem verrückten Erich von Stroheim arbeiten, sondern auch die große Greta Garbo kennenlernen. Das Glück ist auf meiner Seite, Martin. Das fühle ich. Ich weiß es. Kopf hoch, Martin. Das Ganze ist ein großartiges Abenteuer, die Chance meines Lebens.«

Er fügte düster hinzu: »Eines sehr kurzen Lebens.«

Sie schlürfte ihren Kaffee und wandte den Blick von ihm ab. Eines sehr kurzen Lebens. Möglicherweise hatte er recht.

FÜNF

Kleine Leute, dachte die Garbo, plötzlich bin ich von kleinen Leuten umgeben. Sie saß der winzigen, aber exotischen Mercedes de Acosta gegenüber, einer gebürtigen Kubanerin, die jetzt als Drehbuchautorin in Hollywood lebte und früher einmal kurz ihre Geliebte gewesen war. Ihre geschmackvoll möblierte Wohnung befand sich in einem neuen Hochhaus am Doheny abseits des Sunset Boulevard und bot eine prächtige Aussicht auf Hollywood. Es war zehn Uhr morgens, und sie tranken starken Kaffee, der von starker Sahne geschwächt wurde.

»Wie wär's mit einem Zwiebelbrötchen und Rahmkäse?«

Die Garbo schüttelte den Kopf. Nein. »Warum habe ich bei diesem Film solch böse Ahnungen? Ich bin so unruhig. Als ob etwas ganz Furchtbares über mir schwebt. Und doch, je mehr ich darüber nachdenke, um so mehr drängt es mich, die Johanna zu übernehmen.«

»Du bist zu alt dafür. Andererseits warst du auch für die *Kameliendame* zu alt und hast die Sache brillant gemeistert.«

»Zu alt, zu alt. Ach, bald werde ich in einem Alter sein, wo es nur noch sehr wenig gibt, was ich spielen kann. In drei Jahren bin ich vierzig. Was werde ich dann tun?«

»In drei Jahren existiert die Welt vielleicht nicht mehr, also halt dich an die Gegenwart, und zwar mit beiden Händen. Was du brauchst, ist ein Liebhaber.«

»O Gott, nein.« Die Stimme der Garbo war so gewaltig, daß ein Kronleuchter erbebte. »Ich habe beide Hände voll mit mir selbst zu tun.«

»Was ist mit Guiss? Hast du ihn schon kennengelernt?«

»Nein, aber ich habe diskrete Nachforschungen angestellt. Manche finden ihn über jeden Verdacht erhaben. Andere halten ihn für unter aller Kritik. Was geht mich Guiss an? Er ist der Geldgeber, ich bin die Künstlerin. Ich bin so hin- und hergerissen. Es schmerzt mich so sehr, daß Hollywood sich von mir abwendet.«

Mercedes schnaubte. »Was kümmert's dich? Hollywood ist bloß ein Geisteszustand, in dem Heuchelei zur Kunst erhoben ist.«

»Ich werde keine Freunde haben.«

»Du kannst dir immer neue kaufen.«

»Das ist grausam.«

»Das ist Hollywood. Mach den Film.«

Die Garbo belebte sich. Es tat ihr gut, daß diese Frau ihr Rückhalt gab. Sie hatte großen Respekt vor ihr, denn Mercedes besaß einen wachen Verstand, einen bemerkenswerten Geschmack und ein einzigartiges Talent für Freundschaft. Und schreiben konnte sie auch, war aber noch nicht so erfolgreich damit wie Salka Viertel. Salka und de Acosta verband eine vorsichtige Freundschaft, die davon getrübt war, daß sie beide die Garbo für sich allein haben wollten. Die Garbo war ihr gemeinsamer Nenner. Sie beteten sie an, sie verehrten sie; daß sie sie kannten, machte ihr Leben erst richtig schön.

Die Garbo war glücklich, und wenn sie glücklich war, sah sie zehn Jahre jünger aus. »Du meinst wirklich, ich soll das machen? Ganz bestimmt?«

»Absolut. Überleg doch mal, Greta. Du wirst arbeiten. Du wirst einen Grund haben, freudig den Morgen zu begrüßen; du kannst aufstehen, ins Studio gehen und dort regieren, wie es dir als Königin zusteht. Glaub mir, meine geliebte Greta, du wirst immer unerreichbar bleiben. Du wirst die Legende sein, von der man nur mit Ehrerbietung spricht.«

»Könnte ich eine Heilige werden?« Die Garbo hielt die Hände gefaltet, während sie beobachtete, wie eine neugierige Taube auf dem Balkon eine Dreipunktlandung durchführte.

»Warum nicht?«

Die Garbo lächelte. »Da ist eine Taube auf deinem Balkon. Meinst du, sie bringt eine Botschaft?«

»Wenn sie was bringt, dann höchstens Dreck. Sch-sch, du dreckiges Ding«, schrie Mercedes, als sie in ihren grotesken Schuhen, in denen sie kaum das Gleichgewicht zu halten vermochte, auf den Balkon hinausklapperte. Die Taube starrte sie ein paar Sekunden lang trotzig an, flog dann aufs Geländer und machte sich mit einer arroganten Kopfbewegung auf die Suche nach einer gastfreundlicheren Umgebung.

Als es klingelte, reagierte Garbo mit Verärgerung. »Du hast mir nicht gesagt, daß du jemand erwartest.«

»Ich erwarte niemand. Vielleicht ist es der Hausmeister mit der Post. Er bringt sie mir meistens selbst nach oben. Jetzt reg dich ab und nimm dir noch was Kaffee. Ist mir heute morgen ziemlich gut geraten, auch wenn ich das selbst sagen muß.« Sie machte die Tür auf. »Alysia!«

»Du bist überrascht? Hast du vergessen, daß du mich zum Kaffee eingeladen hast?«

»O mein Gott. Verzeih mir! Das habe ich vollkommen verschwitzt. Greta hat mich wegen eines Drehbuchs um Rat gefragt, und . . .«

»Wenn du willst, komme ich später wieder.« Die Frau hatte die vierzig überschritten und trug Kleider, die einige Jahre früher der letzte Schrei gewesen wären. Sie klammerte sich nervös an eine verschlissene Handtasche, ihre Schuhe hätten längst mal zum Schuster gemußt. Sie sprach, wie die Garbo feststellte, mit entschieden deutschem Akzent, und ihre Stimme war voller Trauer und Enttäuschung. Die Garbo war aufgestanden und sagte jetzt großzügig:

»Mercedes! Hol deine Freundin doch rein. Es ist genug Kaffee für uns alle da.«

Mercedes zeigte das Lächeln, mit dem sie so viele Liebhaber bezaubert hatte. »Komm rein, Alysia. Greta hat gute Laune. Machen wir das beste draus. Es ist ein historischer Augenblick.« Die Frau folgte Mercedes ins Wohnzimmer, wo die Garbo mit einem freundlichen Lächeln, das ihre Lippen zierte, sie erwartete.

Ah, gut, dachte die Garbo, sie ist so groß wie ich. Das könnte ein Zeichen sein, eine Wende meines Schicksals. »Hallo«, sagte sie, »ich bin Greta«, als ob die Frau es nötig hatte, daran erinnert zu werden.

Mercedes nahm das Wort. »Greta, Alysia Hoffman, eine alte Freundin von mir.«

»Alysia Hoffman!« stieß die Garbo hervor. »Aber natürlich! Wie dumm von mir, daß ich Sie nicht erkannt habe! Wir haben in Schweden zusammen *Gösta Berling* gedreht!«

Die Hoffman lachte. »Sie erinnern sich! Ach, wie wunderbar!« Zu Mercedes sagte sie: »Es schmeichelt mir, daß Greta sich an mich erinnert, ich hatte doch nur eine so kleine Rolle. Und Mauritz Stiller, der Regisseur, ist so gut zu uns allen gewesen.«

Stillers Name warf einen Schatten auf Garbos Gesicht. Mercedes bemerkte die Veränderung sofort und fragte: »Ist was?«

Die Garbo lächelte rasch wieder. »Ach, nichts. Es macht mich noch immer traurig, wenn ich Stillers Namen höre. Obwohl er jetzt seit über einem Jahrzehnt tot ist, muß ich noch immer daran denken, wie übel man ihm hier mitgespielt hat.« Zu Alysia sagte sie: »Als Metro ihn 1925 zurückhaben wollte, wollte er den Vertrag nur unterschreiben, wenn sie mich auch nehmen.« Sie setzte sich, und Alysia nahm ihr gegenüber Platz. Mercedes brachte dem Neuankömmling Tasse und Untertasse, und die drei machten es sich um den Kaffeetisch gemütlich. »Er war so tapfer und so töricht, wir beide waren so pleite, daß wir unsere Hotelrechnung nicht bezahlen konnten.« Sie lachte. »Aber nach vielen Verzögerungen wurde *Gösta* dann freigegeben, und Stiller bekam endlich den Beifall, den er verdiente. Und Louis B. Mayer, können Sie's glauben, war zu dieser Zeit in Berlin und hat ihm ein Angebot gemacht. Aber Stiller hat mich geliebt ...«

»Ich dachte, er war homosexuell«, unterbrach Alysia.

»Aber nicht richtig. Nur so nebenbei. Wissen Sie, so wie man gelegentlich in einer Essaysammlung stöbert. Mauritz hat mich geliebt, und nur mich. Er wollte mich heiraten. Ich war so unschuldig und so *fett*.« Die drei lachten. »Ehrlich, ich war, wie sagt man, *mollig*. Als Mayer schließlich einwilligte, mich zu engagieren, mußte ich mich verpflichten, fünfzehn Pfund abzunehmen. Es wurden zwanzig. Als ich nach Hollywood kam und sah, wie schlecht man Stiller dort behandelte, ist mir der Appetit vergangen. Ich hatte schlaflose Nächte. Um einzuschlafen, habe ich Produzenten gezählt.« Sie sah an den zwei Frauen vorbei aus dem Fenster und über den Balkon in den blauen Himmel, aus dem aus langjähriger Verdrängung die Erinnerungen auftauchten. »Dann habe ich Yonnie kennengelernt.«

»John Gilbert«, dolmetschte Mercedes für Alysia.

»Na ja, seitdem ist viel Wasser den Bach hinuntergeflossen. Nun sagen Sie mir, Alysia, wie lange sind Sie schon in Amerika?« fragte die Garbo mit ungeheucheltem Interesse.

Alysia stellte ihre Tasse auf den Tisch. »Ich bin über Mexiko hierhergekommen. Vor etwas mehr als einem halben Jahr. Es war nicht einfach, aber ein Freund von mir hatte einen sehr einflußreichen Freund, und am Ende habe ich mein Visum bekommen.«

Ein Freund von mir hatte einen sehr einflußreichen Freund, dachte die Garbo und stellte irritiert fest, daß diese Bemerkung sie gleich an Albert Guiss denken ließ. »Und Sie haben ein Engagement?« Sie bereute die Frage ebenso schnell, wie sie sie gestellt hatte. Es war zu offensichtlich, daß die arme Frau sich in einer kläglichen Lage befand.

»Ich versuche, mich zu betätigen. Ich hatte zwei Nebenrollen, aber mit zwei Nebenrollen kann man seine Karriere kaum aufrechthalten. Es ist nicht einfach, nachdem man es in Deutschland zu Hauptrollen gebracht hat. Da habe ich neben Connie Veidt, Jannings und Werner Krauss gespielt.«

Die Garbo sagte hastig: »Erwähnen Sie Connies Namen

nicht im gleichen Atemzug mit den beiden anderen. Das sind Nazis.«

Alysia breitete die Hände aus und sagte leise: »Für mich ist entscheidender, daß sie Künstler sind. Jedenfalls arbeite ich jetzt in Teilzeitjobs. Ich passe auf Babys auf, ich helfe einer Näherin – Gott sei Dank hat meine Mutter mir das Nähen beigebracht. Haben Sie etwas zum Ausbessern? Ich könnte Ihnen einen Sonderpreis machen.«

Die Garbo war peinlich berührt. Was Armut bedeutete, hatte sie in ihrer Jugend gelernt, und mit der Armut anderer Leute wollte sie sich nicht mehr abgeben. Verblüffenderweise sagte sie jetzt: »Wir müssen versuchen, Sie in meinem neuen Film unterzubringen.«

Mercedes lächelte. Das war's. Sie mußte Salka und Peter Lorre anrufen. Die Garbo spielt die Johanna, definitiv.

Alysia Hoffmans Augen trübten sich. »In Ihrem neuen Film?«

Mercedes übernahm die Erklärung. Einmal entflammt, war sie ein Dynamo. In weniger als drei Minuten erfuhr Alysia Hoffman alles über den Film, den Regisseur und die voraussichtlich Mitwirkenden, und Alysia war bezaubert.

Sie sagte zu der Garbo: »Vielleicht könnte ich Ihr Stand-in sein. Wir sind gleich groß, wir haben einen ähnlichen Teint ...«

»Würden Sie nicht lieber *vor* der Kamera stehen?« fragte eine erstaunte Garbo.

Die Frau erwiderte pragmatisch: »Ein Stand-in arbeitet so lange, wie es dauert, den Film zu drehen. Eine Rolle«, sagte sie wehmütig, »die könnte eine Sache von wenigen Wochen oder auch bloß von wenigen Tagen sein.«

Die Garbo brauste auf. »Der Regisseur heißt von Stroheim. Also wird er eine Ewigkeit für den Film brauchen. Unter seiner despotischen Regie werden wir alle alt und grau.« Sie lachte. »Wir werden täglich die Gesichter nach neuen Runzeln absuchen. Tiefe Furchen werden sich mir in die Stirn graben, und ich werde ein Magengeschwür bekommen.«

»Entzückend«, sagte Mercedes trocken. »Mit dieser Einstellung wirst du es nicht weit bringen.«

»Mach dir um mich keine Sorgen, Mercedes«, sagte die Garbo. »Du solltest meinen seltsamen Sinn für Humor doch allmählich kennen. Immerhin nennt man mich, obwohl ich Schwedin bin, die Melancholische Dame. Nicht sehr komisch, wie? Nun geh schon, Mercedes.«

»Wohin soll ich gehen?«

»Ans Telefon. Salka und Peter Lorre und wahrscheinlich auch von Stroheim anrufen. Du hattest nicht vergessen, Alysia für heute vormittag zum Kaffee einzuladen, denn sie wurde ja gebraucht, um die Trauer der heimatvertriebenen Schauspielerin zu vertiefen . . .«

»Sei nicht so gemein, Greta«, fuhr Mercedes sie an.

»Ich bin nicht gemein. Ich bin froh, daß ich mich entschlossen habe.« Sie erhob sich zum Gehen. »Alysia, Sie werden bald im Studio arbeiten. Das verspreche ich Ihnen, obwohl ich sicher bin, daß dieses Versprechen von jemand anderem bereits vor mir abgegeben wurde.«

Die Frau stand auf. »Entschuldigung. Ich wollte Sie nicht beleidigen.«

»Aber ich *bin* nicht beleidigt. Ich finde das sehr komisch – hahaha. Jetzt muß ich gehen und mich in die Jungfrau von Orléans versenken.« Sie marschierte zur Tür, machte sie auf und wandte sich mit einem geradezu glückseligen Lächeln an Alysia. »Wirklich, es freut mich, daß mir die Entscheidung abgenommen wurde. Jetzt habe ich für die nächsten sechs oder sieben Monate ein Ziel.« Sie ließ einen schweren Seufzer folgen. »Aber, o Gott! Was mache ich danach?« Und knallte die Tür hinter sich zu.

Alysia Hoffman sagte: »Ist sie nicht wunderbar?«

Mercedes antwortete: »Das bildet sie sich gern ein. Nun, Alysia, Sie haben eine reizende Vorstellung abgegeben. Was hätten Sie getan, wenn sie angeboten hätte, Ihnen einen Armvoll Kleider zum Ausbessern vorbeizubringen?«

»Die Kleider ausgebessert. Ich kann *wirklich* nähen. Sie

haben nicht zufällig noch ein Zwiebelbrötchen in der Küche?«

Ein paar Stunden später saßen Herbert Villon und Arnold Lake mit Lisa Schmidt in einem Chinarestaurant beim Mittagessen. Lake fand die Schönheit dieser Frau so atemberaubend, daß er den Blick nicht von ihr abwenden konnte. Er brachte den Mut zu der Frage auf: »Warum haben Sie nicht versucht, Schauspielerin zu werden?«

»Was ... und verhungern?« Sie sah zu, wie Villon sich mit einem Paar Eßstäbchen Mu-gu-gai-pan in den Mund schaufelte. »Wissen Sie, Arnold, genau dieselbe Frage haben Sie mir vor über einem Jahr gestellt, als ich neu in die Abteilung gekommen bin.«

»Ich erinnere mich nicht.«

»Verständlich. So betrunken, wie Sie da waren. Es war in Ihrer Wohnung, etwa zehn Minuten bevor Sie versucht haben, mich zu vergewaltigen.«

»Hab ich nicht!«

Sie lächelte Villon an. »Hat er. Aber ich habe es ihm leichtgemacht, er war ganz allerliebst.«

»Bin ich noch immer«, sagte Arnold.

Villon hatte zu essen aufgehört und labte sich jetzt an Lisas Schönheit. »Ein süßer Käfer wie Sie sollte ein solches Risiko nicht eingehen.«

»Gefährlich leben – das war das Motto meines Vaters. Er war Hochseilakrobat im Zirkus.«

»Und jetzt macht die Tochter den Hochseilakt«, sagte Villon, »symbolisch gesprochen.«

Arnold fragte Lisa: »Wann fangen Sie mit der Arbeit für von Stroheim an?«

»Morgen, wie Sie sicher gern hören werden.«

»Unabhängig davon, ob die Garbo mitmacht oder nicht?«

»Von ...« Sie lächelte. »Als er mir das Knie tätschelte, hat er mich gebeten, ihn so zu nennen. Von. Wie auch immer, Von ist jedenfalls sicher, daß sie es machen wird. Man hat schweres Geschütz gegen sie aufgefahren, und ihre Freundin Mercedes de Acosta, die Instruktionen hat, sie für die Mitarbeit an dem Film zu gewinnen, hat sie heute morgen in die Zange genommen. Was stört Sie daran, Arnold?«

»Ich denke, Miss Garbo könnte ernstlich in Gefahr geraten«, sagte Arnold. Villon ließ den Zahnstocher fallen, mit dem er zwischen seinen Zähnen herumgepult hatte. »Die sind mir zu gierig, sie und nur sie zu bekommen.«

»Sie ist eine große Berühmtheit«, sagte Lisa, »auch wenn ihr letzter Film ein Reinfall war. Dieser neue Film wird in Europa ein Vermögen einspielen, wenn der Krieg erst mal vorbei ist. Albert Guiss kann es sich ohne weiteres leisten, so lange zu warten, bis er seine Investitionen wieder reinholt.«

Arnold fragte: »Können Sie Guiss' Sekretär vertrauen?«

»Martin vertrauen? So sehr, wie ich jedem anderen bezahlten Informanten vertrauen kann. Martin hat die Moral eines Straßenköters. Er muß seine Arbeit schon sehr gut machen, sonst würde Guiss ihn nicht halten. Es ist das erste Mal, daß er einen männlichen Sekretär genommen hat. Vor Martin waren es immer Frauen.«

»Was hat Guiss dazu gebracht, umzusatteln?« fragte Villon.

»Nach dem, was Martin in Erfahrung bringen konnte, haben ein paar von ihnen Informationen an Zeitungen und Zeitschriften verkauft, und ich weiß, daß eine von ihnen sich mit ihm eingelassen hat und dann bei der Abtreibung gestorben ist. Jedenfalls arbeitet Martin jetzt seit mehreren Jahren für ihn, und wir wollen dankbar sein ...« – sie lächelte kokett – »... daß er auch für meine Schönheit empfänglich ist.«

»Passen Sie auf, daß er Sie nicht aufs Kreuz legt«, warnte Arnold.

»Wenn er das versucht, schneid ich ihm den Piephahn ab. Noch jemand Tee, die Herren?«

Samuel Goldwyns Studios lagen im Herzen von Hollywood

am Santa Monica Boulevard, und Goldwyn hatte nie etwas dagegen, Räumlichkeiten an unabhängige Produzenten zu vermieten. Hier also sollte *Johanna die Große* gedreht werden. Der Mietvertrag lief über drei Monate und konnte monatlich verlängert werden.

Goldwyn saß in seinem gut ausgestatteten Büro und sagte zu seiner treuen Assistentin Sophie Gang: »Glauben Sie mir, Sophie, dieser Mietvertrag mit Albert Guiss ist so gut wie eine Rentenversicherung. Der kann nicht alle Tassen im Schrank haben, daß er von Stroheim Regie führen läßt.«

»Es wäre besser, wenn Von nichts davon mitbekäme, was Sie von ihm halten. Er kann ausgesprochen unangenehm werden.«

»Ach ja? Sollte ich je erfahren, daß er irgend etwas nicht Salonfähiges über mich verbreitet, kriegt er eine Anzeige wegen Rufbepinkelung. Glauben Sie mir, da können Sie Gift und Galle drauf nehmen. Und jetzt an die Arbeit. Was steht als nächstes auf der Kappesordnung?«

Sophie verdrehte die Augen, riß sich aber schnell wieder zusammen. »Gary Cooper ist nicht gerade wild darauf, Lou Gehrig zu spielen.«

»Gott verdammich!« brüllte Goldwyn. »Der Kerl geht mir langsam auf den Dackel!« Er hob seinen Stuhl vom Schreibtisch weg und ging ans Fenster. Er labte sich am Anblick seines Königreichs, und seine Zufriedenheit kehrte zurück. »Gott sei Dank gehört mir dieses Studio mit allem Drum und Dran. Es ist mein Garten Eden, Sophie. Mein Paradox.«

Der Produktionsstab von *Johanna die Große* nahm eine ganze Flucht von Büroräumen auf Goldwyns Gelände in Anspruch. Erich von Stroheim schritt in seinem frisch gestrichenen, neu tapezierten und neu möblierten Büro auf und ab und hieb mit einer Reitpeitsche in die Luft. Er trug eine prächtig gearbeitete Reithose und einen braunen Rollkragenpullover, der ihn noch kleiner machte, als er ohnehin schon war. Greta Garbo saß in einem Sessel, sie trug eine schön geschnittene marineblaue Hose, eine rosa Bluse und auf dem Kopf eine diabolisch arrangierte Baskenmütze. Lisa Schmidt, solide mit Rock und Bluse bekleidet, das Haar straff zurückgekämmt und mit einer blauen Spange befestigt, saß auf einem Stuhl neben von Stroheims überdimensionalem Schreibtisch und machte Notizen.

»Zur Kenntnis genommen und genehmigt«, diktierte von Stroheim, »Adrian wird Miss Garbo ein Kostüm für die Rolle der Johanna entwerfen.«

Garbos Finger bildeten eine Brücke. »Warum sind die Produzenten nicht hier?«

»Die werden nicht gebraucht. Das sind bloß Aushängeschilder. *Ich, von Stroheim«,* sagte er und schlug gnadenlos mit der Reitpeitsche in die Luft, »bin der wahre Produzent dieses Epos. Sonst noch was?«

»Die Schauspielerin Alysia Hoffman. Ich möchte sie als mein Stand-in haben.«

Von Stroheim blieb abrupt stehen. »Gewöhnlich suche *ich* die Stand-ins aus.«

Das Kinn starr vorgereckt, sagte die Garbo: »Ich möchte sie haben.«

Von Stroheim fragte streng: »Hat sie die richtige Größe? Ist ihr Teint annehmbar?«

»Zweimal ja«, bellte die Garbo zurück. Lisa Schmidt fand sichtlich Gefallen an dieser Machtprobe. Zwei Olympier im Kampf miteinander; sie war entzückt.

»Schicken Sie sie zu mir. Miss Schmidt«, kläffte er sie an, »machen Sie einen Termin mit dieser Alysia Hoffman.«

»Machen Sie ruhig einen Termin mit ihr, denn Sie sollten sie in der Tat kennenlernen; aber wenn sie nicht mein Stand-in ist, werde ich nicht zu den Dreharbeiten erscheinen.«

»Miss Garbo! Sie haben einen Vertrag unterschrieben!«

Miss Garbo, dachte Lisa, nicht Greta? Jetzt *sind* wir aber böse.

»Miss Garbo wünscht Miss Hoffman. Und wenn Miss

Garbo Miss Hoffman nicht bekommt«, sagte sie und rutschte nachdrücklich auf ihrem Stuhl herum, »wird Miss Garbo sehr krank werden und das Haus hüten müssen.« Sie hob die Stimme. »Es ist doch vollkommen gleichgültig, wer mein Stand-in ist.«

»Mir ist es keineswegs gleichgültig! In meinen Produktionen hat alles perfekt zu sein!«

»Ich kann mit Perfektionisten nichts anfangen. Die bringen nie was zustande, die sind zu sehr damit beschäftigt, perfekt zu sein. Ach, reden wir von etwas anderem. Guiss hat mich für heute abend zum Essen eingeladen, und ich freue mich nicht gerade auf diese Zurschaustellung.«

»Sie sind sein Star. Sie schulden ihm die Höflichkeit, mit ihm essen zu gehen.«

»Reiche Leute sind mir unangenehm. Ich bin sicher, er ist größenwahnsinnig, monomanisch und Adventist vom Siebenten Tage.« Sie stützte ihr Kinn auf eine Handfläche. »So langsam erfüllt mich dieses Projekt mit einer beunruhigenden Melancholie. Ich kann nicht arbeiten, wenn ich nicht glücklich bin.«

Lisa beobachtete von Stroheims Gesicht. Es war in Stein gemeißelt. Dann erstrahlte es jählings zu einem Lächeln, das so echt war wie ein Vier-Dollar-Schein. »In Ordnung, Greta. Sie sollen Ihre Alysia Hoffman haben.« Er wandte ihr den Rücken zu und trat ans Fenster. Die Garbo sah Lisa an und zwinkerte. »Alysia Hoffman. War die nicht vor Jahren mal in Deutschland sehr populär?«

»Ja, ziemlich populär.«

»Und jetzt will sie als Stand-in arbeiten?«

»Sie nagt am Hungertuch. Sie hat ihren Stolz eingemottet. Vielleicht könnten Sie ihr auch eine Rolle geben. Das wäre ein Segen.«

»Ja. Mal sehen, was ich tun kann. Entschuldigen Sie, daß ich so ein unnötiges Theater veranstaltet habe.«

»Schon gut, war mir ein Vergnügen. Sollen wir weitermachen?«

Die Rückkehr der Garbo zum Film sorgte für landesweite Schlagzeilen. Hedda Hopper und Louella Parsons hatten stark daran zu kauen und mußten wegen der sich daraus ergebenden gastronomischen Störungen beinahe ins Krankenhaus. Louis B. Mayer geriet bei der Nachricht dermaßen in Wut, daß er mehrere Verträge kündigte, und so mußten sich Joan Crawford, die formidable Norma Shearer und Myrna Loy dem Exodus aus seinem Studio bald anschließen. Zeitungsredakteure drohten unter Bergen von Briefen zu erstikken, in denen der Frevel eines Fünf-Millionen-Dollar-Budgets für einen Film in diesen schrecklichen Zeiten gegeißelt wurde. Die Entscheidung der Garbo, die Millionen-Dollar-Gage zu akzeptieren, wurde von verschiedenen Seiten kritisiert; dabei war sie fest entschlossen, einen großen Teil davon an verschiedene Kriegs-Hilfsorganisationen zu spenden – allerdings nicht ans Rote Kreuz, da ihr die Farbe nicht gefiel. Das Bundesfinanzamt geiferte schon beim Gedanken an die Steuern, die es von sämtlichen Mitwirkenden an *Johanna die Große* einkassieren würde.

Arnold Lake saß bei Herb Villon im Büro; die beiden studierten sorgfältig die von Lisa Schmidt heimlich besorgten Mitarbeiterlisten; jeder einzelne Name, unabhängig von seinem Ansehen in der Branche, wurde zur Sicherheitsüberprüfung nach Washington übermittelt. Arnold steckte sich eine Zigarette an und fragte Villon: »Was glauben Sie, warum hat die Garbo so unnachgiebig darauf bestanden, Alysia Hoffman als ihr Stand-in zu bekommen?«

»Sie haben gehört, was Lisa gesagt hat. Kleiner Machtkampf. Eins zu null für die große Garbo.«

»Eng befreundet sind die zwei nicht. Die Garbo hat sie '25 in Schweden mal kurz kennengelernt. Bis diese de Acosta sie wieder zusammengebracht hat, hatten die beiden keinerlei Kontakt.«

»Mit Kontakthalten hat die Garbo nichts am Hut.«

Arnold blies einen Rauchring. »Neunzehnhundertfünfundzwanzig. Die Garbo dreht in Deutschland den Film *Die freudlose Gasse*. Neunzehnhundertfünfundzwanzig. Hitlers Nazi-Partei betritt die politische Bühne.«

»Ach hören Sie auf, Arnold, Sie wollen mir doch nicht weismachen, daß Sie da irgendeine Verbindung sehen? Sie war jung, naiv, eine unschuldige Zwanzigjährige. Ein ahnungsloses Kind. Selbst heute hat sie kein Interesse an Politik. Geht nicht mal wählen.«

»Kann sie nicht. Ist nicht eingebürgert.«

»Aha.«

»Aha. Ich werfe der Dame nichts vor. Ich denke nur laut. In der Spionage ist alles möglich. Heute abend wird sie Guiss also endlich kennenlernen.«

»Tja. Dinner in seiner Bel-Air-Villa. Sehr abgelegen, streng bewacht.«

»Nur die zwei?«

Villon las eine Notiz auf seinem Schreibtisch, Nachricht von Lisa Schmidt via Martin Gruber. »Es kommt noch Guiss' Freundin Risa Barron. Dann der angebliche Koproduzent Werner Lieb. Natürlich bloß Aushängeschilder. Von Stroheim hat bereits klargestellt, daß nur er das Sagen hat.«

»Und das haben die geschluckt? Niemand fühlt sich auf den Schlips getreten?«

»Lisa zufolge: nein. Und Ihr Mädchen ist gut, sogar sehr gut«, sagte Villon.

»Seltsam. Aber das ist ja erst das Vorgeplänkel. Warten wir ab, wie sie sich aufführen, wenn die Dreharbeiten angefangen haben. Wer sonst noch?«

»Gustav Henkel, der das erste Skript geschrieben hat.« Villon rieb sich das Kinn.

»Es gibt ein zweites Skript?«

»Zur Zeit in Arbeit. Man hat Bertolt Brecht dafür genommen.«

»Was ist Bertolt Brecht?«

»Brillanter deutscher Autor. *Die Dreigroschenoper* und ein paar andere.«

»Was ist *Die Dreigroschenoper?*«

»Keine Ahnung. Nie gesehen. Und dann noch William Haines.«

»Der Filmkomiker? Von dem hat man seit Jahren nichts mehr gehört. Wo ist der denn plötzlich rausgekrochen?«

»Nachdem er vor acht Jahren für den Film erledigt war ... zu viele Knaben ...«

»Einer von *denen?*« fragte Arnold, als ob er auf ein Wesen aus dem Weltraum anspielte.

»Genau. Er hat sich auf Raumausstattung verlegt, und dank Joan Crawford, die ihm eine erste Chance auf diesem Gebiet gegeben hat, konnte er sich eine ganz neue Karriere aufbauen. Er ist einer der wenigen, mit denen die Garbo sich überhaupt abgibt.«

Arnold fragte: »Was ist mit dem Sekretär, Martin Gruber? Meinen Sie, er wird ebenfalls anwesend sein?«

»Ganz bestimmt.«

»Das ist gut. Ich traue ihm nicht.«

»Das ist gut, und Sie trauen ihm nicht. Was soll dann gut daran sein?«

»Gut ist es, weil er Lisa die Informationen weitergibt.«

»Für einen ansehnlichen Preis.«

»Und schlecht ist es«, erklärte Arnold, »weil Informanten allesamt Ratten sind und ich keinem von denen über den Weg traue. Irgendwann wird er Mist bauen.«

»Vielleicht auch nicht.«

»Alle Informanten bauen Mist, früher oder später. Werden zu selbstsicher, und dann machen sie einen Fehler. Guiss hat schon eine ganze Latte von Sekretärinnen verbraucht, und keine einzige von ihnen hat es zu etwas gebracht, außer einer, Ilse Koch, die leitet jetzt in Deutschland ein Konzentrationslager.« Er quetschte die Zigarette in einem Aschenbecher aus. »Sie werden sehen. Früher oder später wird Gruber eine Dummheit machen. Das ist immer so.« Er schüttelte traurig den Kopf. »Das ist immer so. Sind keine von den prominenten Mitwirkenden des Films eingeladen?«

»Sie meinen von Stroheim oder irgendwelche Schauspieler? Dieser Notiz von Lisa zufolge nicht. Ich nehme an, Guiss will die Garbo ganz für sich allein. Er ist ein großer Fan von ihr. Fängt schon an zu sabbern, wenn er nur ihren Namen hört. Wenn ich so darüber nachdenke: Was würde ich nicht geben, selbst dabeizusein?«

SECHS

Später am selben Nachmittag hatte Alysia Hoffman ihren Termin bei von Stroheim. Lisa Schmidt hatte die Schauspielerin, nachdem sie von Mercedes de Acosta ihre Telefonnummer bekommen hatte, mühelos aufgespürt, und die scharfsinnige de Acosta hatte Alysia den Rat gegeben, zu Hause zu bleiben, in der Nähe des Telefons, denn sie ahnte, daß der Imperator von Stroheim sie demnächst zu sich bitten würde.

Immer noch hübsch, dachte Lisa, als die Empfangsdame Alysia ins Büro brachte. An den Mundwinkeln zeigen sich die ersten Fältchen, ihre Augen haben einen sonderbar harten Ausdruck, woran vermutlich die Hölle schuld ist, die sie bei der Ausreise aus Europa durchgemacht haben muß, aber ihre Größe und ihr Teint stimmen tatsächlich.

Von Stroheim war überraschend freundlich zu ihr, und die Schauspielerin wirkte bewundernswert gefaßt. »Sie sind eine alte Freundin von Greta?« Er schlug sich leise mit der Reitpeitsche in die offene Hand. Alysia erzählte ihm, sie hätten sich vor neunzehn Jahren in Schweden kennengelernt, als sie aus Deutschland, wo es nur wenig Arbeit gab, fortgegangen sei, um zu sehen, ob die aufstrebende schwedische Filmindustrie ihr eine Chance bieten würde.

»Sie sprechen Schwedisch?«

»Im Stummfilm war das nebensächlich«, sagte sie lächelnd. »Als meine Karriere erst einmal richtig in Gang gekommen war, habe ich in ganz Europa Filme gemacht. Frankreich, Italien, Österreich. Wir alle haben das getan.«

»Gewiß«, sagte von Stroheim. »Ich selbst hatte viele Angebote, war aber damals schon hier zu sehr eingespannt. Sie wollen also Gretas Stand-in sein.«

»Ich brauche den Job.«

»Ihre Größe und Ihr Teint sind in Ordnung. Auch der Meinung, Schmidt?«

Lisa überlegte, ob sie vor ihm salutieren sollte, unterließ es dann aber. »Ich denke, Miss Hoffman wäre genau die richtige.«

»Frauen.« Er spie das Wort verächtlich aus. »Ihr haltet immer zusammen.«

»Darauf würde ich mich nicht verlassen«, sagte Lisa schüchtern. Sie konnte sehen, daß die Schauspielerin nervös wurde.

»Seien Sie nicht so frech.« Er wandte sich wieder Alysia zu. »Miss Garbo meint, es wäre edelmütig von mir, wenn ich Ihnen eine Nebenrolle in dem Film verschaffen könnte.«

»Sie ist ja so freundlich.«

Von Stroheim verkniff sich eine häßliche Bemerkung über den Star, obwohl ihre unnachgiebige Forderung, Alysia als ihr Stand-in einzustellen, ihn noch immer heftig wurmte. »Es gibt da eine kleine, aber interessante Rolle, die Ihnen liegen könnte. Eine Ketzerin, eine Anhängerin der Johanna. Sie wird vom Pöbel zu Tode gesteinigt.« Er sagte das mit solchem Behagen, daß Lisa schon glaubte, er werde in schadenfrohes Kichern ausbrechen.

»Damit werde ich sicher fertig.«

»Selbstverständlich.« Er war aufgestanden und ging jetzt auf und ab. »Aber bedenken Sie, wenn es um Realismus geht, mache ich keine Kompromisse. Ich beabsichtige, *echte* Steine zu verwenden.« Er beugte sich vor und sah ihr in die Augen. »*Echte* Steine. Sie schrecken nicht zurück? Kein Protest? Sie sagen nicht: Vielen Dank, aber da bleib ich doch lieber hinter der Kamera? Ich mache Ihnen keine Angst?«

»Mr. von Stroheim«, sagte sie ruhig und gelassen, mit einer Stimme, die Lisa Bewunderung abnötigte, »nach dem, was ich in den letzten zwei Jahren durchgemacht habe, kann mir gar nichts mehr angst machen.«

Er war wieder hinter seinem Schreibtisch. »Das überzeugt

mich. Sie sind engagiert. Miss Schmidt wird die notwendigen Vorbereitungen treffen. Sie erhalten den Drehplan eine Woche vor Beginn der Arbeiten.«

»Und wann ist das?« Sie konnte ihre Besorgnis nicht verhehlen. Lisa fragte sich, ob sie ihr einen Fünfer anbieten sollte.

»Das wird in den nächsten Tagen entschieden. Wir haben das Studio erst Anfang dieser Woche bezogen. Es sind noch nicht alle Rollen besetzt. Und ich warte noch auf die Entscheidung, ob wir in Technicolor drehen oder nicht.« Er sagte genüßlich: »Können Sie sich vorstellen, wie Technicolor die Schlachtfelder zur Geltung bringen wird? Ströme von echtem rotem Blut, die an Toten und Sterbenden vorbeifließen; die qualvollen Schreie der Pferde, wenn sie niedergemacht und verkrüppelt werden; die Fontänen, die aus den Rümpfen Enthaupteter sprudeln; ah, bei Gott, das wird mir den Oscar einbringen, den diese verdammten Flachköpfe mir seit Jahren vorenthalten.«

Lisa Schmidt entschuldigte sich und stürzte zur Toilette, um sich zu übergeben.

»Lottie.« Ernst kam der Name ihrer Haushälterin aus dem Munde der Garbo. Sie saß in ihrem spartanischen Schlafzimmer und schlürfte eine Bouillon, danach wollte sie baden und sich für Guiss' Dinnerparty umkleiden. Ihre Haushälterin legte das Ensemble zurecht, das die Garbo für diesen Abend ausgewählt hatte. »Die kommenden Monate könnten sehr schwierig für Sie werden.«

Lottie blickte von dem Slipper auf, den sie gerade polierte, und sagte hastig: »Nichts ist einfach, sage ich immer.«

»Ach, Lottie, Sie sind ja eine Philosophin!«

»Miss Garbo, daß mir harte Zeiten bevorstehen, ist mir klar, seitdem ich beschlossen habe, in Stellung zu gehen. Darf ich Ihnen sagen, was ich von mir und anderen in meiner Position denke?«

»Aber sicher, natürlich dürfen Sie. Welch eine große Ehre

für mich!« Als hätte sie soeben erfahren, daß sie das große Los gezogen habe.

»Nun, Madam. Ich denke, wir sind einzigartig. Wer den Entschluß faßt, andere Leute zu bedienen, muß ein besonderer Mensch mit einer ganz besonderen Persönlichkeit sein. Verstehen Sie, was ich meine? Dienstmädchen, Butler, Haushälterinnen – wir sind etwas Besonderes. Und Gute sind verdammt schwierig zu finden, wie Ihnen durchaus bewußt war, als ich schließlich bei Ihnen auf der Schwelle stand.«

»O ja, das war mir sehr bewußt. Sie sind so gut zu mir gewesen, Lottie.«

»Und Sie sind gut zu mir gewesen, Madam, und sehr großzügig. Ich bin die einzige Hausangestellte in Santa Monica, die eine abgetragene Chinchilla-Opernstola ihr eigen nennen darf.« Sie lächelte, was sie sonst nur selten tat. »Ich führe sie gern in meinem Schlafzimmer spazieren.«

»Es freut mich, daß sie Ihnen gefällt. Ich habe sie in *Totentanz der Liebe* getragen, ach, wie viele Jahre ist das her . . . Es war ein Stummfilm.«

»Ich weiß. Hab ihn gesehen. Sie waren großartig.« Sie räusperte sich. »Verstehen Sie, Vorstellungsgespräche sind für uns die reinste Hölle. Als ich vor zwei Jahren hierhergekommen bin . . .«

»So lange sind wir schon zusammen?«

»Ja, Madam, zwei Jahre. Ich weiß noch, wie ich zu meinem Bewährungshelfer gesagt habe: ›Die Garbo wird mich niemals einstellen, wenn sie hört, daß ich in San Q. gesessen habe.‹«

»Hab ich aber. Das hat mich ja so fasziniert! Eine Hausangestellte zu haben, die den Mut hatte, ihren Mann zu vergiften.« Die Garbo hielt die Hände gefaltet, ihre Miene drückte schiere Verzückung aus.

»Vergiften! Dieser Mistkerl hat ewig gebraucht, bis er tot war.«

»Ach, das haben Sie auch herausgefunden? Wie schwierig es ist, Leute loszuwerden, die uns nicht mehr amüsieren.

Wenn ich doch nur Ihren Mut besäße. Wie müssen Sie mit sich gerungen haben, ehe Sie endlich soweit waren, ihm was in die Suppe und den Kakao zu mischen ...«

»Schokolade.«

»Wie müssen Sie mit sich gerungen haben, ehe der Entschluß feststand, ihn zu töten.«

»Ich habe überhaupt nicht mit mir gerungen. Verrückt hat mich nur gemacht, wie lange er brauchte, bis er tot war. Natürlich hatte ich mich über Gifte informiert, aber es war verteufelt schwierig, eine tödliche Menge davon zusammenzukriegen. Wie er da immer herumgeschlürft und nach mehr verlangt hat! Ich sage Ihnen, das war verdammt frustrierend! Ich mußte mir ja wirklich wie ein Tölpel vorkommen. Ich meine, ich hatte ein paar Freunde zu Besuch, als er plötzlich von meinem Spezialeintopf aufblickte, Linsen und Erbsen ... mit Speck und feinen Lauchstreifen als besonderem Pfiff«, sie zwinkerte verschwörerisch. »Jedenfalls stöhnt er auf, sagt ›Ach du Scheiße!‹ und kippt mit dem Gesicht in die Suppe. Und ich bin so erleichtert, daß mir rausrutscht: ›Wurde aber auch Zeit.‹ Meine große Klappe hat mich verraten. Aber ich hatte einen ganz schön ausgefuchsten Anwalt – halb Itaker, halb Jude –, der hat mir den Kopf aus der Schlinge gezogen. Aber was haben Sie eben gesagt? Wir haben eine harte Wegstrecke vor uns?«

»Ja. Eine sehr harte. Die Johanna ist überaus schwer zu interpretieren, und von Stroheim ist überaus schwer zu ertragen. Außerdem muß ich mit dieser seltsamen Schwedenplatte von Koproduzenten, Autoren, Musikern und heimatvertriebenen Schauspielern fertigwerden, die zweifellos alle ihre eigenen Methoden haben. Ach Gott, wie werden wir aneinandergeraten!«

»Ich setze mein Geld auf Sie, Miss Garbo.« Lottie attakkierte den Slipper mit neuem Schwung.

»Ist das wahr?«

»Miss G., wenn Sie auftreten, werden alle anderen von der Leinwand gefegt.«

Die Garbo war traurig. »Nicht immer. In meinem letzten Film hat mich Constance Bennett in den Schatten gestellt.«

»Das war ein gräßliches Machwerk. Huch. Tschuldigung.«

Die Garbo lachte. »Sie brauchen sich nicht zu entschuldigen. Ihre Ehrlichkeit ist erfrischend.« Sie sah auf ihre Armbanduhr. »Ich muß mich jetzt anziehen. Der Wagen wird bald kommen.«

»Sie haben noch viel Zeit. Erst wird Mr. Haines abgeholt. Der wohnt meilenweit von hier.«

»Und jetzt erfahre ich, daß der Film in Technicolor gedreht werden soll. Ich habe noch nie in Technicolor gedreht. Ich werde auf Probeaufnahmen bestehen. Technicolor ist was für Musicals. Ich muß sicher sein, daß ich da nicht wie Betty Grable aussehe.« Sie ging zu ihrem Ankleidespiegel und stellte sich mit dem Rücken dazu. Dann sah sie über die Schulter nach ihrem Spiegelbild – wie die Grable auf ihren Pin-up-Fotos. Nach einigen Sekunden war sie überzeugt davon, daß sie nie wie Betty Grable aussehen würde.

Guido's war ein wenig einnehmendes und nicht sehr teures italienisches Restaurant in der Nähe der Goldwyn-Studios. In einer stillen Nische im hinteren Teil des Lokals saßen Lisa Schmidt und Alysia Hoffman beim Essen; beide hatten sich für Kalb *piccata* und Spaghetti entschieden.

»Ist das lecker«, schmatzte Alysia. »Wirklich sehr nett von Ihnen, mich zum Essen einzuladen.«

Lisa drehte Nudeln auf ihre Gabel. »Um ganz ehrlich zu sein, ich hatte nichts anderes zu tun, und ich war nicht in der Stimmung, in meiner Wohnung zu sitzen und Fannie Hurst zu lesen. Aber es hat mir gefallen, wie Sie mit von Bastard umgesprungen sind.«

»Ist er denn wirklich so ein Ekel?«

»Das meiste ist sicher bloß Theater. Er lebt noch immer in den alten Zeiten, als er seine Meisterwerke drehte, auch wenn die Studios sie verstümmelt haben.«

»Trotzdem, wie viele Regisseure gibt es schon, die solche Meisterwerke erschaffen konnten? *Gier* ist ein ergreifender Film.«

»Sind Sie Jüdin?«

»Was?« Alysia fiel beinahe die Gabel aus der Hand. Lisa sah ihrer Begleiterin mit festem Blick ins Gesicht. »Jüdin? Ich? Kein bißchen.«

»Warum mußten Sie Deutschland dann verlassen? Sie sind dort immer noch ein großer Star. Warum verzichten Sie auf Ihre Karriere und stürzen sich in die Hölle des Exils?«

Alysia nippte an ihrem Chianti. »Wie kann ich Ihnen das begreiflich machen?«

»Ist eigentlich nicht so wichtig. Ich meine, ich bin nun mal sehr neugierig, und ich weiß, daß ich zu viele Fragen stelle ...«

»Nein nein nein nein. Das ist durchaus berechtigt ... berechtigt, sagt man so? Berechtigt?«

»Durchaus berechtigt.« Das Kalb war sehnig.

»Gut. Die Frage ist durchaus berechtigt. Sehen Sie, Lisa, Juden sind nicht die einzigen, die vor Hitler fliehen. Ich war ... wie soll ich das ausdrücken? Ja, ein Rebell, eine Unruhestifterin. Ich habe gegen die Nazis rebelliert, gegen alles, was sie vertreten. Und ich habe kein Blatt vor den Mund genommen. Dumm von mir, nehme ich an.«

»Ich finde, Sie haben einiges auf dem Kasten, wovon Sie noch gar keinen Gebrauch gemacht haben, Alysia.«

»Auf dem Kasten?«

»Das sagt man so. Wenn jemand Talente hat.«

»Ach so. Sehr nett. Danke. Ich konnte jedenfalls nicht den Mund halten, und das brachte mir Ärger ein. Goebbels, der die Filmindustrie kontrolliert, hat mich immer wieder wegen meines geschwätzigen Mundwerks ermahnt. Naja, und ich habe mich für so groß gehalten, daß ich es mir leisten könnte, seine Drohungen einfach abzutun. Aber dem war nicht so. Bald wurde ich überwacht, meine

Post wurde geöffnet, man überprüfte meine Liebhaber, ob womöglich Juden darunter wären, und natürlich waren einige dabei . . .«

Lisa legte leise die Gabel auf ihren Teller und musterte die Frau, die gleichzeitig redete und gierig aß.

»Und dann wurden meine Freunde verhört.«

»Was ist mit Ihrer Familie?« fragte Lisa.

»Ich habe keine Familie. '26 habe ich geheiratet, aber das hat nicht sehr lange angehalten. Ich habe nicht die geringste Ahnung, wo er jetzt steckt. Sein Name war Heinrich, er war Preisboxer.«

»Wie Max Schmeling?«

»Ah, nicht so gut, obwohl Schmeling vor den Nazis kapituliert haben soll, wie ich in Mexiko erfahren habe.«

»Es muß schrecklich gewesen sein, nach Mexiko zu kommen.«

»Zuerst habe ich natürlich versucht, ein Visum für die Staaten zu bekommen, wurde aber abgewiesen. Dann habe ich mich verpflichtet, in Spanien einen Film für Franco zu machen; schreckliches Drehbuch, aber ein guter Vorwand, aus Deutschland rauszukommen. In Spanien bekam ich ein Angebot von den Cherubusco Studios in Mexico City für einen Film mit Luis Buñuel. Sie kennen ihn?«

»Ja. Er ist phantastisch.«

»Nun, dieser Film ist nie zustande gekommen. Aber das Projekt wurde erst nach meiner Ankunft in Mexico City gestrichen, da war ich in Sicherheit. Die Behörden ließen mich bleiben. Aber es gab keine neuen Angebote. Das Geld ging mir aus, und ich mußte mich irgendwie durchschlagen. Es war nicht einfach.«

»Aber Ihrem Spanisch hat es gutgetan.«

Alysia lachte. »Spanisch konnte ich bereits fließend. In Sprachen bin ich immer sehr gut gewesen. Mein Englisch wird auch bald besser werden, wie?«

»Ganz sicher. Nachtisch?«

»Ich glaub, ich hab keinen Platz mehr!«

»Sie müssen unbedingt Guidos *zabaglione* probieren. Das ist eins der wenigen Dinge auf der Speisekarte, für die er sich nicht zu schämen braucht. Bestellen Sie schon mal, ich muß noch einen Schauspieler anrufen, der morgen zu einem Vorstellungsgespräch kommen soll. Für mich bitte einen Espresso.«

Alysia zündete sich eine Zigarette an, während sie Lisa zu dem Wandtelefon auf der anderen Seite des Raums gehen sah. So schön, dachte sie, so wunderschön. Irgendwie scheint sie in der Rolle als von Stroheims Assistentin fehl am Platz. Trotzdem war es gut, sich freundlich mit ihr zu stellen. Sie hatte schon bald nach ihrer Ankunft gelernt, daß man in Hollywood nie genug Freunde haben kann.

William Haines, ehemaliger MGM-Star und jetzt erfolgreicher Innenausstatter, konnte seine Begeisterung für den jungen Mann, der diese prächtige Limousine steuerte, nicht unterdrücken. Es war aber auch zu schön. Der Wagen verfügte über eine beeindruckend ausgestattete Bar, einen kleinen Kühlschrank mit *hors d'œuvres,* Erdnüsse und Brezeln, etliche Kartenspiele, ein Damebrett, ein Schachbrett und ein Parcheesi-Spiel. Und dazu noch dieser junge Mann, der den Wagen zügig nach Santa Monica zu Greta Garbo lenkte. Dieses Profil, diese breiten Schultern, ein herrlicher Jüngling, auch wenn seine Sprechweise anscheinend von den Katzenjammer Kids stammte.

Haines schlug ein Bein übers andere und begann seinen Feldzug. »Wie heißen Sie?«

»Ludwig.«

»Wie bei Beethoven?«

»O ja, sicher.«

»Wie lange sind Sie schon im Lande?«

»Nicht lange.«

Das wird harte Arbeit, dachte Haines. Aber eine rechte Herausforderung für einen alten Kämpfer. »Wie lange fahren Sie schon für Mr. Guiss?«

»Lange.«

»Aha. Da haben Sie also schon in Europa für ihn gearbeitet.«

»Lange aus Europa weg.«

Das soll einer kapieren, ich tu's nicht, dachte Haines. Die Sache begann ihm Spaß zu machen. »Also, Sie sind noch nicht lange hier, und Sie fahren schon lange für Guiss. Was haben Sie in der Zwischenzeit gemacht?«

»Fahren.«

Schlaues Kerlchen, dachte Haines. »Ist das alles, was Sie machen? Fahren?«

»Nur fahren.«

»Noch niemals eingelocht?«

»Pardon?«

»Vergessen Sie's. Kleiner Scherz.« Er sank auf dem Sitz zusammen. Auf die Garbo freute er sich, aber nicht auf die Gestalten, die sie wahrscheinlich zum Essen begleiten würden. Wie jeder andere mit einer gesunden Neugier war er froh über die Gelegenheit, Albert Guiss aus nächster Nähe kennenzulernen. Und er war froh, daß Garbo die Johanna spielen würde, denn er wollte sie um einen Gefallen bitten.

So etwas tat er nur sehr ungern. Nachdem er vor acht Jahren in Ungnade gefallen war, als Mayer anfing, seine Karriere und seine Glaubwürdigkeit in Hollywood kaputtzumachen (Möchte wissen, ob der miese Hund je spitzgekriegt hat, daß ich es ein paarmal mit Gable getrieben habe), war die Garbo eine der wenigen gewesen, die sich für ihn eingesetzt hatten. Damals hatte er gedacht, er sei nur Luft für sie. Fast zehn Jahre lang hatten sie im selben Studio gearbeitet, aber wenn sie einander begegneten, hatte sie nie auch nur ein Wort an ihn gerichtet. Gewiß, sie ging auch praktisch allen anderen im Studio aus dem Weg (»Sie ist sehr schüchtern, Bill. Mach dir nichts draus.«), aber trotzdem, ihr mußte doch bewußt sein, daß er Metros Hofnarr war! Immerzu den Kasper spielen, dauernd haarsträubende Albernheiten zu allem und jedem von sich geben, bis er selbst zur Zielscheibe von Spott und gemeinem Gelächter geworden war.

Joan Crawford war stets eine zuverlässige Freundin gewesen. Und ausgerechnet Norma Shearer, die Frau des mächtigen Irving Thalberg, nahm es immer wieder auf sich, ihn trotz der Vorhaltungen ihres Mannes zu ihren Partys einzuladen. Aber der Vormittag, an dem die Garbo ihn telefonisch zum Lunch eingeladen hatte – *das* hatte ihn überwältigt. Als er jetzt daran dachte, kamen ihm vor Rührung die Tränen. Sie hatte Marion Davies, Salka Viertel und Mercedes de Acosta eingeladen, und sie tranken Gin mit Orangensaft, bis sie alle einen sitzen hatten. Und dank Davies erschien einige Tage darauf in Louella Parsons Kolumne die freundliche Meldung, er sei jetzt sehr damit beschäftigt, Angebote von unabhängigen Produzenten zu sichten. Unabhängig, daß ich nicht lache! Habenichtse. Und weil er das Geld brauchte, machte er tatsächlich bei ein paar Billigproduktionen mit. Greta war an ihn herangetreten – auch dies einer ihrer gelegentlichen Widersprüche. Sie war kein Eisberg. Sie hatte wirklich ein Herz. Einmal hatte er gesehen, wie sie dem kleinen Sohn eines Türstehers den Kopf streichelte. Das mußte sie eine Menge Mut gekostet haben.

»Was? Was haben Sie gesagt?« Der Chauffeur war in seine Träumereien eingedrungen.

»Wir sind da. Bei Miss Garbo.«

»Ah. Na, das ging ja schnell. Ich geh sie holen.« Beim Öffnen der Wagentür sagte er über die Schultern: »Machen Sie bloß keine Scherze und fahren weg, sonst muß ich weinen.«

Der Chauffeur beobachtete, wie Haines zu Garbos Haustür schritt und auf die Klingel drückte. Er murmelte einen bösen Fluch und lehnte sich zurück, um von der Rückkehr nach Deutschland und in den Krieg zu träumen, von dem Ruhm, den er ernten würde, wenn er den Feind mit Kugeln und Bajonetten und Handgranaten und seinem schlechten Atem dezimieren würde.

»Ach, Billy, mein Lieber, Billy, warum gehen wir zu dieser muffigen Dinnerparty?« Sie nippte an einem Wodka mit Eis, und für ihn hatte Lottie den üblichen Scotch Highball vorbereitet.

»Weil Sie müssen und ich Ihnen unmoralische Unterstützung leisten will.« Er hob sein Glas. »Auf die abwesenden Freunde.«

»Wie traurig«, sagte die Garbo. »Das erinnert mich an Todesanzeigen. Das erste, Billy, das erste, was ich in der Zeitung lese, sind die Todesanzeigen.« Ihr Gesicht legte sich in schmerzliche Falten. »Lesen Sie auch die Todesanzeigen?«

»Ohne sie wäre ich längst tot.«

»Ist Ihnen aufgefallen, wie viele unbekannte Nullen in letzter Zeit sterben? Das müßte verboten werden. Sollen wir vornehm zu spät zum Dinner kommen?«

»Ja. Nehmen Sie doch Platz.« Sie setzte sich neben ihn auf die Couch. »Greta, Sie waren immer eine wunderbare Freundin.«

»Ah, bitte.«

»Doch. Ich werde Sie in meinem Testament bedenken.«

Sie lachte. »Bitte nicht. Ich besitze doch schon so viel. Vermachen Sie das Ganze Ihren Knaben!«

»Diesen undankbaren Hurensöhnen? Die sollen von mir aus alle verhungern. Jetzt aber mal im Ernst.«

»Hemingway?« Er starrte sie an. »Gefällt Ihnen mein kleiner Scherz nicht?«

Er tätschelte ihre Hand. »Er ist allerliebst. Seien wir egoistisch und behalten ihn für uns.«

»Ich sollte keine Witze machen. Salka sagt immer, ich kann keine Witze erzählen. Sie werden ungeduldig mit mir. Bitte nicht. Dieses Dinner macht mich sehr nervös. Das ganze Projekt macht mich sehr nervös. Ich habe einen schrecklichen Fehler gemacht und kann jetzt nicht mehr zurück. Wenn ich doch nur einen Nervenzusammenbruch kriegen könnte.«

»Greta, hören Sie, bitte. Meine Geschäfte als Raumausstatter laufen so gut, daß ich sie ausdehnen möchte.«

»Ausdehnen? Aber wohin denn?«

»Filmausstattung. Cedric Gibbons und der Rest können von mir aus die Kulissen entwerfen, aber lassen Sie mich die Möbel und Dekorationen auswählen. Glauben Sie nicht, daß ich das großartig meistern würde?«

»Ach Billy. Sie können alles meistern, was Sie anfangen. Wenn es nicht so abartig wäre, könnten Sie auch Präsident der Vereinigten Staaten sein.«

Er nahm ihre Hand. »Legen Sie ein Wort für mich ein. Vielleicht geben sie mir eine Chance.«

»Sie meinen von Stroheim? Gott.« Sie war aufgestanden und ging hin und her. »Ich habe ihm bereits Alysia Hoffman aufs Auge gedrückt.« Sie erzählte ihm, wie sie das Problem zu ihren Gunsten entschieden hatte. »Und nun bitten Sie mich, dem Drachen in seiner Höhle noch einmal die Stirn zu bieten.« Er zog jetzt eine so klägliche Miene, daß sie ihren Drink abstellte und ihn in die Arme nahm. »Ich kämpfe gern mit dem Drachen. Das bringt mein Adrenalin in Schwung. Ich werde es für Sie tun, Billy.« Sie ließ ihn los, sah auf ihre Armbanduhr und erhob sich mit ausgebreiteten Armen. »Wie sehe ich aus?«

»Sensationell.«

»Sie meinen nicht, der Rückenausschnitt ist zu gewagt?« Von Ausschnitt konnte gar keine Rede sein; es war in der Tat ein gewagtes Kleid.

»Es gibt Leute, bei denen es einen Herzanfall auslösen könnte.«

»Albert Guiss wird bezaubert sein?«

»Soweit ich weiß, ist er bereits bezaubert. Haben Sie vor, sich einen geheimnisvollen Milliardär zu angeln?«

»Ich weiß nicht.« Lottie hielt ihnen die Haustür auf. »Ich muß mir selbst ein Bild von ihm machen. Ihn sehr sorgfältig studieren. Mit ihm sprechen. Und er hat ja schon eine Geliebte.«

»Ich bin sicher, für *eine* ist noch Platz.«

»Hahahaha. Sie brauchen nicht auf mich zu warten, Lottie. Ich weiß nicht, wann wir zurückkommen werden. Früh, wenn Gott ein guter Mann ist. Also, meine Liebe, machen Sie nur ein Glas Milch und ein paar Hydrox-Kekse für mich zurecht.«

SIEBEN

Spannung lag in der Luft. Das spürte die Garbo sofort, als das riesige Eingangsportal nach innen schwang, um sie und Haines einzulassen. Sie hatte es schon gespürt, als die Limousine zu dem Schloß, und nicht anders konnte man es nennen, in der exklusiven Festung von Bel Air hochfuhr. Als sie vor dem schmiedeeisernen Tor ankamen, das Guiss' Schloß vor unerwünschten Invasionen schützte, ließ eine Fotozelle das Tor aufspringen. Haines war überrascht, daß es keine bewaffneten Wächter gab. Andererseits konnten hinter den Brustwehren und Türmchen des prachtvoll imposanten Bauwerks ohne weiteres jede Menge gefährlicher Scharfschützen versteckt sein.

Die Garbo bemerkte gleichmütig: »Sehr beeindruckend.« Mit Schlössern kannte sie sich aus. Sie hatte die schwedische Königin Christine dargestellt. Die Limousine hielt am Fuß einer breiten Steintreppe.

Haines zählte dreizehn Stufen. Goldig. Man ist nicht abergläubisch. Und dann schwang das riesige Portal nach innen. Als keine Orgel aufbrauste, war Haines enttäuscht. Aber es gab einen Butler und sechs Lakaien und vier Dienstmädchen, und Haines fragte sich, ob sie von einem Choreographen abgerichtet worden waren.

Der Butler, eine Kopie des berühmten Charakterdarstellers Gustav von Seyffertitz, kam zweifellos vom Zentralen Besetzungsbüro. Er sprach genau wie Herman Bing, ein Komödiant, der hauptsächlich Kellner spielte. Seine Art, die Lakaien und Dienstmädchen zu dirigieren, war das reinste Gottesgeschenk. Er hieß Kriegman, und als die Garbo ihn nach seiner Herkunft fragte, erzählte er, seine Familie stamme aus Ostpreußen.

Kriegman führte sie eine dick mit Teppichen ausgelegte Treppe hinauf; die Tapisserien zu beiden Seiten mußten mindestens sechsstellige Beträge gekostet haben, da war sie sicher. »Ein bißchen protzig, finden Sie nicht?« flüsterte sie Haines zu.

Er nickte und witzelte aus dem Mundwinkel: »Alles Angeberei. Aber als Hauptgericht gibt's Frankfurter und Sauerkraut. Sollen wir wetten?«

»Ach, hoffentlich!« sagte sie aufrichtig begeistert, »hoffentlich!«

Haines fragte sie: »Wo mag er die Komparsen mit den Lanzen herhaben?«

Die Lanzenträger standen bedrohlich zu beiden Seiten einer Flügeltür, auf die Kriegman sie zuführte. Sie trugen schwarze Uniformen mit goldenen Tressen, und es fehlte jetzt nur noch, dachte Haines, daß ein Sopran und ein Tenor zu singen anfingen. Als die drei sich der Tür näherten, wurden die Wächter lebendig und stießen sie auf. Die Garbo unterdrückte ein Stöhnen. Der gewaltige Raum zeugte auf atemberaubende Weise vom großartigen Geschmack seines Bewohners.

»Ich bin neidisch«, sagte Haines.

Die Garbo wußte sofort, daß der große, elegante, tadellos gekleidete Mann, der jetzt mit ausgestreckten Armen auf sie zukam, Albert Guiss war. »Endlich kommen wir zusammen«, sagte er mit einer Stimme, die verführerisch klingen sollte. »Ich bin Albert Guiss.« Er küßte ihr beide Hände. »Wie ich sehe, sind Sie von der Dekoration überwältigt; dabei stellen Sie mit Ihrer strahlenden Erscheinung das alles weit in den Schatten.«

Was für ein Text, dachte Haines; ich wette, damit hat er schon viele Fische gefangen. Die Garbo wirkte geradezu hypnotisiert.

»Mr. Guiss ...«

»O bitte. Sagen Sie Albert zu mir.«

»Und Sie sagen Greta zu mir.« Ihre Zähne funkelten wie

ihr Lächeln. »Darf ich vorstellen: mein Freund William Haines.«

»Sagen Sie Billy zu mir«, sagte Haines mit seinem berüchtigten Grinsen, das allenfalls treuherzige Naturen für ein Lächeln gelten ließen.

Guiss trat zwischen sie, nahm Greta am rechten und Haines am linken Arm und führte sie zu den anderen Gästen. »Auf diesem Zweiersofa hier, Greta, sitzen Ihre beiden Produzenten, meine Wachhunde, hehe. Risa Barron und Werner Lieb.«

Lieb stand auf und verbeugte sich mit steifem Oberkörper. Risa Barron streckte eine Hand aus, die die Garbo freundlich streifte. Haines staunte, daß Risa bei dem vielen Schmuck, der daran hing, den Arm überhaupt heben konnte.

»Miss Garbo, endlich«, sagte Risa Barron.

»Greta. Ihr müßt alle Greta zu mir sagen. Immerhin werden wir viele Monate zusammenarbeiten, da müssen wir uns mit Vornamen anreden und gute Freunde werden.«

»Sie wunderbare Frau«, sagte Risa mit einer Stimme, die wie Dampf von einer überhitzten Heizung aufstieg. Billy Haines fragte sich, wie es möglich war, daß so viele häßliche Züge sich zu einem so faszinierenden Gesicht zusammenfügen ließen. Sie hatte eine lange Nase, einen breiten Mund, ein spitzes Kinn und asiatisch geschnittene Augen. Ihre Lippen waren sinnlich rubinrot angemalt, und sie hatte gerade genug Lidschatten aufgetragen, um angemessen geheimnisvoll zu erscheinen. Die Puppe weiß sich zu verkaufen, dachte Haines voller Bewunderung; er konnte verstehen, daß sie Guiss erobert hatte. Wie es der Zufall wollte, saß der Kopf auf einem absolut hinreißenden Körper.

Werner Lieb war von anderem Kaliber. Haines meinte, er könnte als Hilfskontrolleur in einer Wurstfabrik durchgehen. Er war blaß und dünn, und er trug seinen Abendanzug mit Elan und das Monokel im linken Auge mit der Souveränität eines erfahrenen Monokelträgers. Auch er küßte der

Garbo beide Hände, wobei er hervorsprudelte: »Ein Traum wird wahr, Greta. Sie endlich kennenzulernen, und dann auch noch mit Ihnen zu arbeiten.«

»Vielen Dank. Ich bin sicher, der Film wird für uns alle ein mehr als denkwürdiges Ereignis. Aber sehen Sie, Billy! Ein alter Freund von mir!« Gustav Henkel stand mit einem Glas Champagner in der Hand unweit des kolossalen Kamins. Sie betete, daß er nicht lächeln möge. Pustekuchen. »Das ist Gustav Henkel, der das Drehbuch geschrieben hat, das jetzt von Brecht umgeschrieben wird. Gustav scheint das nichts auszumachen. Sehen Sie! Er lächelt immerzu!«

»Kriegman!« bellte Guiss. »Getränke für Miss Garbo und Mr. Haines.« Sie bat um Champagner, Haines bat um seinen Scotch Highball.

Greta nahm Guiss am Arm und schritt mit ihm durch den Saal, blieb hier vor einem Tintoretto stehen, dort vor einem Picasso, hier vor einem Renoir und dort vor einem Degas; erstaunlicherweise gab es auch einige Moderne wie Max Ernst und Salvador Dalí. »Was für eine fabelhafte Sammlung! Wie haben Sie nur diesen einzigartigen Geschmack erworben?«

Haines wünschte, er könnte erfahren, wie der Mann sein einzigartiges Vermögen erworben hatte, ließ es aber bei einem Smalltalk mit Risa Barron bewenden. »Ihre Smaragde machen mich sprachlos.«

»Vielen Dank. Und was ist mit den Rubinen?«

»Blutrot und umwerfend.« Er fragte sich, ob es Geschenke oder Trophäen waren.

»Billy? Waren Sie nicht der Filmstar William Haines?«

»Jaja, irgendwann im Mittelalter.«

»Aber warum haben Sie aufgehört? Sie waren doch manchmal ganz komisch.«

»Das Resümee meiner Karriere: manchmal ganz komisch.« Er nahm seinen Highball von Kriegman entgegen und dachte, der müßte eigentlich auf Rollschuhen laufen, wenn er die ungeheure Strecke bis zu Greta Garbo bewältigen wollte, bevor ihr Champagner schal wurde. »Schon aufgeregt wegen des Films?« fragte er.

»Wer wäre das nicht? Es war so wunderbar von Albert, Werner und mich als Koproduzenten zu engagieren.« Sie neigte den Kopf und flüsterte: »Natürlich müssen wir irgendwie mit von Stroheim fertigwerden.« Sie lachte. »Ich bin schon mit Schlimmerem fertiggeworden. Hitler und Mussolini zum Beispiel.«

Haines war beeindruckt. »Sie kennen die beiden?«

»Aber natürlich«, lautete die sachliche Antwort. »Hitler wollte mich zur Mätresse nehmen. Das war vor Eva Braun. Aber mit einem Mann, der dauernd an seinen Zähnen saugt, kann ich nicht zusammenleben. Jetzt ist ein Preis auf meinen Kopf ausgesetzt. Ich stehe auf Adolfs Abschußliste. Naja, hoffen wir, daß es nicht meine Grabschrift ist.«

Die Garbo sagte zu Guiss: »Ja, es freut mich sehr, daß wir in Technicolor drehen werden, aber von Stroheim muß Probeaufnahmen mit mir machen. Westmore soll mir für die Farbkamera ein passendes Make-up entwerfen. Schließlich kann die Johanna zu ihren rosigen Wangen keine orange Lippen und grünen Augen haben. Gewiß, das Drehbuch ist stellenweise ganz witzig, aber Johanna selbst darf niemals Anlaß zum Lachen sein – wie können wir sonst vom Publikum erwarten, daß es Mitgefühl für sie entwickelt?«

»Vollkommen richtig. Ich werde es Von übermitteln. Apropos, wo wir jetzt in Farbe drehen – er denkt ernsthaft über Ihren Vorschlag nach, Sie auf dem Scheiterhaufen zu verbrennen.«

Sie lachte. »Das könnte ihm so passen. Johanna schmort in phantastischem Technicolor. Eine Orgie in Kirschrot und Orange und Braun und Gelb. Von Stroheim wird seine wahre Freude daran haben. Wir brauchen jemand, der sich mit Technicolor auskennt und ihn beraten und mäßigen kann. Sonst geht er zu weit.«

»Ich weiß.« Guiss steckte sich eine Zigarette an und klemmte sie in eine mit Perlen verzierte Spitze.

Sie standen vor einem Botticelli. »Albert«, sagte die Garbo, »wieso haben Sie sich für von Stroheim entschieden? Verstehen Sie mich nicht falsch, wir haben einmal gemeinsam vor der Kamera gestanden, und das war sehr schön. Aber kein anderer in der Branche nimmt ihn als Regisseur, und da kommen Sie und geben ihm großzügig fünf Millionen Dollar zum Spielen.«

»Spielen? Das soll er mal wagen«, sagte er schnarrend und mit zusammengekniffenen Augen; die Garbo faßte dies als Hinweis auf, daß der Mann nicht den Dilettanten spielte. Das jähe Aufblitzen von Grausamkeit ließ ihr ein leises Prikkeln über den Rücken laufen. In freundlicherem Tonfall fuhr er fort: »Glauben Sie mir, von Stroheim war nicht meine erste Wahl. Als erstes bin ich an den nächstliegenden Mann für diesen Job herangetreten. Cecil B. deMille.«

»Sicher, der ist so herrlich banal.«

»Er hat eine Zeitlang darüber nachgedacht. Aber offenbar hatte er die Johanna bereits als Stummfilm gemacht, mit Geraldine Farrar.«

»Ach ja? Ich muß versuchen, eine Kopie davon aufzutreiben. Würde ich gern mal sehen.«

»Ich habe den Film gesehen. Entsetzlich primitiv. Ich hab's bei vielen anderen versucht, sogar bei Alfred Hitchcock, aber der hat bloß abgewinkt, mit der mysteriösen Bemerkung ›Da ist keine Spannung drin‹.«

»Richtig. Das ist wie *Hamlet*, man kann den Schluß nicht mehr ändern«, sagte die Garbo.

»Als nächstes habe ich Josef von Sternberg gefragt.«

»Und er wollte Marlene für die Rolle der Johanna.«

»O nein, keineswegs. Die beiden sprechen kaum noch miteinander. Er wollte Ingrid Bergman.«

»Ach? Aber die konnten Sie nicht kriegen?«

»Ich hab's nicht mal versucht. Ich wollte Sie und sonst niemand.« Seine Stimme war sanft und verführerisch. Er nahm ihre Hand und streichelte sie, während er mit den Augen ihr Gesicht verschlang. »Und jetzt habe ich Sie.«

»Sie haben Greta, die Schauspielerin.«

»Und wenn ich Greta, die Frau, haben will?«

Sie sah einen weiteren Gast eintreffen und unterbrach ihn abrupt. »Wer ist dieser Mann?«

»Martin? Martin Gruber ist mein Privatsekretär. Er kommt so spät, weil ich ihn auf Besorgungen geschickt habe. Martin! Kommen Sie, ich will Sie Greta Garbo vorstellen.« Gruber eilte durch den riesigen Raum auf sie zu.

»Der Ärmste«, sagte die Garbo. »Bis er bei uns ist, wird er außer Atem sein. Was für ein riesiger Raum. War das früher ein Ballsaal?«

»Nein, der Ballsaal ist im Nordflügel. Dort werde ich eine Party geben, wenn die Dreharbeiten abgeschlossen sind.«

»Bis dahin können noch Jahre vergehen«, sagte sie düster.

»Miss Garbo! Miss Garbo! Sie machen mich sprachlos.« Gruber konnte nie den Mund halten. »Ich bin einer Ihrer größten Bewunderer. Ich habe alle Ihre Filme mindestens ein Dutzend Mal gesehen.«

»Tatsächlich? Kein Wunder, daß Sie eine so dicke Brille tragen.«

»Ich bin furchtbar kurzsichtig.« Zu Guiss sagte er: »Ich habe mich um die Sache gekümmert.«

»Gut. Ich sehe, Kriegman hat die Tür zum Speisesaal geöffnet. Das Essen ist angerichtet.«

»Wunderbar. Frankfurter und Sauerkraut!«

»Frankfurter und Sauerkraut? Wie kommen Sie denn auf so was? Derlei Fraß ist für Statisten und Komparsen«, erklärte er stolz. »Es gibt heute abend Fasane unter Glas und Chateaubriand und Forelle Marie Antoinette.«

»Forelle Marie Antoinette? Habe ich nie gehört«, sagte die Garbo.

Guiss sagte mit butterweichem Lächeln: »Das sind Forellen, denen der Kopf abgetrennt wurde.«

Sie fanden ihre Tischkarten und nahmen Platz. An der Zahl leerer Gläser und der Menge von Tafelsilber bei jedem Gedeck konnte die Garbo erkennen, daß es ein sehr langer Abend werden würde. Vor ihr stand bereits ein Teller pâté de foie gras mit Trüffeln und Gewürzgurken (»Ah, alles noch lebendig«, flüsterte Haines der völlig konfusen Risa zu), und sie machte sich mit ihrem berühmten Enthusiasmus darüber her.

»Greta ißt für ihr Leben gern«, sagte Haines zu Risa. »Hätte sie das Licht der Welt in Afrika erblickt, wäre sie Kannibalin geworden.«

Martin Gruber labte sich zu gleichen Teile am pâté und an Garbos Gesicht. Er war ganz hingerissen von ihrem kehligen Lachen, von der Art, wie sie jedes Wort von Guiss zu verschlingen schien und wie sie immer wieder seinen Ärmel streifte. Falls das alles Verstellung war, erlebte er eine wahrhaft großartige Darbietung.

Werner Lieb wünschte Guiss zum Teufel, weil er ihn neben Gustav Henkel placiert hatte. Der Drehbuchautor aß lieber mit den Fingern als mit der Gabel und begegnete den prächtigen Trüffeln mit wenig Respekt. Er kaute mit offenem Mund und machte dazu ähnlich häßlich saugende Geräusche wie der Schlammbagger auf dem Hof von Werners Großvater im Elsaß. Werner versuchte Konversation zu machen: »Haben Sie schon was von Brechts Neufassung gesehen?«

»Ich wollte. Er war sehr höflich, als ich mich bei ihm vorstellte. Dann hat er mich die Treppe runtergeworfen.«

»Ja, er soll furchtbar launisch sein.«

»Und dauernd kaut er auf diesen billigen stinkenden Zigarren herum. Und seine Zähne!« Henkel zeigte seine eigenen, und Werner schüttelte sich. »Seine Zähne sind einfach schauderhaft!«

Suppe und Fisch verliefen ohne Zwischenfälle. Die Fasane unter Glas veranlaßten Haines zu der Bemerkung: »Ich hab's gesehen, sie haben sich bewegt.« Risa Barron nahm eine Hand vor den Mund und entschuldigte sich für einen Augenblick. Haines sah zur Garbo und zu Guiss hinüber. Offenbar hielten sie sich unterm Tisch an den Händen. Er fragte sich, warum ihn das beunruhigte.

Er hörte Martin Gruber fragen: »Haben Sie je daran gedacht, ein Comeback als Schauspieler zu versuchen, Mr. Haines?«

Die Frage ärgerte ihn jedesmal, und so entschied er sich für eine scherzhafte Antwort: »Ach nein, ich erwäge, Spion zu werden.«

Seine volltönende Stimme machte ihn sofort zum Mittelpunkt der Tafel.

Die Garbo tupfte sich mit ihrer Serviette die Lippen ab. »Ein Spion, Billy? Sie? Aber das ist unmöglich. Sie können kein Geheimnis für sich behalten! Hahahahaha!«

Der einzige, der mit ihr lachte, war Billy Haines.

ACHT

Binnen weniger als einer Woche nach dieser Dinnerparty waren Greta und Guiss in aller Munde. In ihrer NBC-Radioshow, die sonntagsabend um Viertel nach neun im Anschluß an Walter Winchells atemlose und atemberaubende fünfzehn Minuten gesendet wurde, verkündete Louella Parsons schwärmerisch: »Greta Garbo und Albert Guiss scheinen einander gefunden zu haben. Kennengelernt haben sie sich auf einer Dinnerparty, die vorige Woche zur Feier des Beginns der Dreharbeiten am Comeback der Garbo *Johanna die Große* gegeben wurde. Nach Auskunft meiner Spione sind die beiden seit diesem Abend unzertrennlich. Der geheimnisvolle Finanzier wurde mit Greta im Kosmetikhaus Westmore gesichtet, wo sie und von Stroheim, der Regisseur des Films, für Greta ein farbiges Make-up entworfen haben. Wie ich höre, unternehmen Greta und Guiss an manchen Abenden lange Spaziergänge am Strand von Santa Monica, wo Greta ein hübsches kleines Haus besitzt. Vielleicht sprechen sie ja wirklich nur über den Film, dessen Drehbeginn für morgen angesetzt ist, oder aber wir haben es mit einer Romanze in Guiss-Dur zu tun. Warten wir es ab.«

Obwohl es Sonntagabend war, herrschte im Samuel-Goldwyn-Studio Betrieb wie in einem Bienenkorb. Licht- und Tontechniker waren fieberhaft bemüht, ihre Geräte zu von Stroheims Zufriedenheit aufzubauen. Damit Peter Lorre, der von Jack Warner für einen Film mit Sydney Greenstreet gebraucht wurde, den Kronprinzen spielen konnte, mußte der Drehplan geändert werden. Die Verwendung von Technicolor machte die Installation einer elektrischen Schalttafel erforderlich, die stark von den üblichen Ausmaßen abwich. Der Palast des Kronprinzen war nach einem wunderschönen Entwurf von Cedric Gibbons gebaut worden, den man sich mit dem überraschend gütigen Segen von Louis B. Mayer bei MGM ausgeliehen hatte. Als die Garbo davon erfuhr, bemerkte sie stirnrunzelnd zu William Haines: »Der führt doch was im Schilde. Warum ist er so entgegenkommend? Erst überläßt er mir Adrian als Kostümbildner, und jetzt läßt er Gibbons die Kulissen entwerfen.«

»Angeblich hat ihn fast der Schlag getroffen, als er hörte, daß ich die Innenausstattung mache.«

»Apropos. Kein Chintz, Billy. Die hatten damals noch keinen Chintz.«

»Die hatten auch sonst nicht viel«, sagte Haines geknickt. »Bloß immer Sack und Asche.«

Die Garbo schritt in ihrer Garderobe auf und ab. »Das Kostüm gefällt mir. Und Ihnen?«

»Wie haben Sie ihn dazu gebracht, die Schulterpolster wegzulassen?«

»Meine Schultern brauchen nicht ausgestopft zu werden. Ich habe eine gute Figur.« Sie musterte sich voller Bewunderung in dem Ankleidespiegel, den sie eigens hatte aufstellen lassen, und war zufrieden.

Haines fragte: »Was spielt sich eigentlich ab zwischen Ihnen und Guiss? Lolly hat heute abend ihren Millionen Zuhörern erzählt, sie vermute, ihr beide hättet einen Narren aneinander gefressen.«

»Narren ist gut. Aber von gefressen kann noch keine Rede sein.« Sie setzte sich vor den Spiegel ihres Schminktischs und zündete sich eine Zigarette an. »Finden Sie nicht, daß er sehr attraktiv ist?«

»Wenn man den Typ mag. Ich finde, Nils Asther wäre die bessere Besetzung.«

Die Garbo explodierte. »O nein, niemals. Nils ist zu passiv. Er hat keine Führungsqualitäten. Er ist von einer Nachgiebigkeit, die auch Albert manchmal an den Tag legt, besonders wenn wir am Strand spazierengehen und er von der

Zukunft redet.« Sie untersuchte ihre Fingernägel. »Er hat vor, sich eines Tages nach Südamerika zurückzuziehen. Nach Brasilien. Hat sich einen Dschungel und einen Fluß gekauft. Läßt den Dschungel roden und dort eine kleine Stadt errichten.«

»Sie meinen, ein kleines Königreich, stimmt's?«

»Manchmal weiß ich nicht, was ich meine, und manchmal weiß ich nicht, was er meint. Er besteht aus lauter Widersprüchen.«

»Meinen Sie, er ist in Sie verliebt?«

Ihr Gesicht nahm einen schelmischen Ausdruck an. »Aber natürlich, was denn sonst? Faszinierend wie ich bin. Ich bin die Garbo, die schwedische Sirene. Haben Sie all die Männer vergessen, die ich in meinen Filmen erobert und zugrunde gerichtet habe? War ich als Mata Hari nicht phantastisch?«

»Bei den Liebesszenen mit Ramon Novarro konnte ich kaum ernst bleiben.«

»Wir auch nicht. Er dachte an einen der Statisten, die er haben wollte, und ich dachte an eine Reise nach Europa, und irgendwie haben wir die Sache hinter uns gebracht. Aber auf der Leinwand hat es doch irre gut ausgesehen, oder?«

»Das hat nur an Ihnen gelegen. Gott, wenn Sie einen Mann küssen, verschlingen Sie ihn.«

»Aber Billy, wenn man so richtig in einen Mann verliebt ist, küßt man ihn doch, um ihn zu verschlingen. Wenn ich verliebt bin, liebe ich mit alles verzehrender Leidenschaft.« Sie rückte ihrem Daumennagel mit einer Papiernagelfeile zu Leibe. »Ich habe vergessen, wie das ist, es ist schon so lange her. Wieviel Uhr ist es?«

»Kurz vor zehn.«

»Ich bin müde. Ich will nach Hause.«

»Worauf warten Sie dann noch?«

»Auf Peter Lorre. Morgen früh soll als erstes die Szene zwischen dem Kronprinzen und Johanna gedreht werden. Ich wünschte, Erich könnte das nach der Mittagspause ansetzen. Es ist eine sehr schwierige Szene. Wir müssen das proben.« Es klopfte an die Tür. »Vielleicht ist das jetzt Peter. Herein!«

Lisa Schmidt trat ein. Sie sagte zu Haines: »Ich dachte mir, daß ich Sie hier finden würde. Der Meister ist im Studio und schreit herum. Er hat etwas gegen diese Ministatue von dem nackten Gladiator, die Sie ins Schlafzimmer des Kronprinzen gestellt haben. Sie sollen sofort kommen.«

»Dieser Scheißkerl hat keinen Sinn für Ästhetik!« explodierte Haines. »Steht nur auf häßliche Fratzen und körperliche Mißbildungen. Wartet's nur ab. Er wird als Komparsen hauptsächlich Blinde nehmen, Einarmige, Einbeinige, Bucklige und Zwerge und weiß Gott was sonst noch alles. Da versuche ich, das Ganze mit einem knackigen, muskulösen Gladiator ein bißchen aufzupeppen, und ihm muß gleich der Hut hochgehen. Aber was andres geht bei dem ja sowieso nicht mehr hoch.« Als er losstürmte, um den Löwen im Studio zu stellen, brüllte er: »Der nächste Schrei, den ihr hört, wird von mir kommen!«

Sie beobachteten seinen Abgang, und Lisa fragte mit müder Stimme: »Was dagegen, wenn ich mich kurz hinsetze?«

»Aber bitte! Möchten Sie Kaffee? Ich hab noch heißen in der Thermoskanne. Außerdem zwei Thermoskannen mit Hühnerbrühe und Schokolade. Meine Haushälterin ist ein Schatz.«

»Vielleicht etwas Schokolade.«

»Sie macht wunderbare Schokolade. Hat ihren Mann damit vergiftet.«

»Ich nehme Kaffee«, sagte Lisa. »Sie auch etwas?«

»Nein, ich riskiere den Kakao. Das Vergiften hat Lottie wohl seit langem aufgegeben. Jedenfalls sind wir gute Freunde.«

»Was ist es für ein Gefühl, wieder zu arbeiten?«

»Na ja«, sagte die Garbo, »wie ein Vulkan, der aus seiner Untätigkeit erwacht.«

Lisa goß mit vielsagendem Gesicht die Getränke ein. »Finden Sie nicht, das Ganze ist reichlich seltsam?«

»Seltsam? Sagen wir, ein bißchen extraordinär. Risa Barron fasziniert mich. Sie und Werner Lieb haben nicht die leiseste Ahnung vom Filmemachen und stellen ihre Unwissenheit zur Schau, als wär's Expertentum! Und die Juwelen, die sie trägt! Mein Gott! Die müssen ein Vermögen wert sein. Aber ich mag sie. Sie amüsiert mich. Sie scheint nichts dagegen zu haben, wie Albert mir den Hof macht.«

»Unter uns gesagt«, bemerkte Lisa, während sie die beiden Tassen zum Schminktisch trug, »für mich ist sie das Meisterwerk eines Präparators. Wer sind diese Leute? Wo kommen die her?«

Garbo sah Lisa klug und forschend an, als sie von ihr die Schokolade entgegennahm. »Sind *Sie* neugierig, oder ist *von Stroheim* neugierig?«

Lisa setzte sich und lachte. »Wir sind beide neugierig. Guiss ist Guiss. Mehr als das wenige, was wir über ihn wissen, werden wir nie über ihn erfahren, denke ich. Oder ist es Ihnen gelungen, seinen Panzer zu durchdringen?«

»Ach, ich weiß nicht. Eine Mutter und einen Vater wird er ja wohl gehabt haben?« Sie betrachtete ihre Schokolade, die stark und sahnig war. Kein Wunder, daß Mr. Lynton sich so gierig zu Tode getrunken hatte. »Aber ich habe nicht die geringste Ahnung, wer das war. Wissen Sie, was ich glaube? Ich glaube, daß er schon früh in seinem Leben den Ehrgeiz verspürte, ein sehr reicher und sehr mächtiger Mann zu werden. Ich halte ihn für vollkommen skrupellos . . .«

Lisa gab sich schockiert. »Meine Güte!«

Die Garbo lächelte. »Ich habe Ihnen nichts gesagt, was ich nicht auch ihm gesagt habe. Er gibt zu, daß er aus eigener Kraft emporgekommen ist, daß er immer auf Macht und Reichtum aus gewesen ist; und um so gepriesene Ambitionen zu verwirklichen, muß man zum mindesten völlig skrupellos sein. Ich bin skrupellos. Von Stroheim ist skrupellos. Jeder größere Star und Unternehmer in dieser Branche, jeder Politiker und Diktator auf der ganzen Welt ist skrupellos. Das muß man sein, wenn man seine Ziele erreichen will. Und hat man sie einmal erreicht, muß man sogar noch skrupelloser sein, um sie nicht wieder zu verlieren. Nehmen Sie Risa Barron. Sie hat Billy Haines erzählt, sie sei einmal mit Hitler und Mussolini befreundet gewesen. Hitler habe sie zur Mätresse nehmen wollen. Halten Sie das für möglich?«

»Warum nicht? Bei einer Frau wie ihr ist alles möglich. Gott, diese Juwelen.«

»Ich bin sicher, daß Gott nichts damit zu tun hat.«

»Hitler und Mussolini. Ein tolles Gespann. Und doch ist sie hier, weil sie vor den Faschisten abhauen mußte.«

»Das war bestimmt Alberts Werk.«

»Jetzt, wo Europa in die Hände der Kriegstreiber geraten ist, frage ich mich, wie sehr das Albert ans Portemonnaie gegangen sein mag. Ich habe irgendwo gelesen, daß er in Deutschland, Italien, Frankreich und Österreich riesige Besitztümer hatte, die jetzt alle konfisziert sind.«

Die Garbo lachte. »Ich bin sicher, er hat noch jede Menge übrigbehalten.«

»Wie ich höre, gefällt Ihnen Bertolt Brechts Neufassung des Drehbuchs.«

»O ja, finde ich sehr gut. Es hat jetzt wunderbare Schattierungen. Die Dunkelheit wird nicht mehr wie bei Henkel vom Licht überwältigt. Es hat jetzt viel mehr etwas von einer Parabel und wirkt daher bei weitem kraftvoller. Ich bin ganz begeistert davon. O Gott, ich höre schon am Klopfen, daß da Werner Lieb vor der Tür steht. Nehme an, er hat militärische Ausbildung.« Lisa verfolgte die Garbo mit den Augen, als sie an die Tür ging. »Er geht, er spricht, er verbeugt sich aus der Hüfte und er klopft an die Tür wie ein echter Junker.« Sie machte die Tür auf. Dahinter stand Werner Lieb. »Ich hatte recht. Kommen Sie herein, Werner, was gibt's?«

»Ich wollte Ihr Kostüm sehen.« Die Garbo warf sich in Pose. »Sehr gut, wirklich sehr gut.« Lisa fragte sich, ob er mit seinem Monokel auch ins Bett ging. Sie rätselte sehr viel über ihn und seine Freunde und war stets bestrebt, Arnold Lake und Herbert Villon an ihren Theorien teilhaben zu lassen.

»Gütiger Gott, was ist das für ein Geschrei?« Die Garbo schritt zur Tür zurück, machte sie auf und sah von Stroheim, der seine Reitpeitsche schwang und hinter Billy Haines herrannte. »Nun seht euch diese zwei Dummköpfe an! Und da kommt Peter!« Eine Zigarette im Mundwinkel, das Drehbuch unterm Arm, das Jackett ziemlich schief auf den Schultern, die Hände tief in die Taschen geschoben, trat Peter Lorre in Gretas Garderobe.

»Von Stroheim«, sagte er matt, »wird noch der Schlag treffen, wenn er so weitermacht.« Er blickte sich sorgfältig in der Garderobe um, die genaugenommen ein Wohnwagen war. »Ich glaube nicht, daß man mir ein solches Luxusquartier gewähren wird.«

»Ich habe nicht darum gebeten«, sagte die Garbo abwehrend. »Guiss hat es mir förmlich aufgedrängt.«

»Taugt er was im Bett?«

»Warum fragen Sie nicht jemand, der mit ihm im Bett gewesen ist? Kommen Sie rein. Sie sind spät dran.«

»Ich mußte noch meine Frau verprügeln. Das mache ich sonntagabends immer, wenn sie Lollys Sendung hört. Sie hat das gern. Danach schläft sie besser. Sie leidet gelegentlich unter Schlaflosigkeit.« Er ging an der Garbo vorbei, die die Tür zumachte und an den Schminktisch zurückkehrte. »Hallo, Werner. Sind Sie je als Koproduzent tätig gewesen?«

»Ich kann Ihnen versichern, daß Risa und ich durchaus Kompetenz besitzen.«

Die Garbo hoffte, das Gift in Liebs Stimme möge sich als tödlich erweisen. Lisa Schmidt versuchte unauffällig zu verschwinden. Greta fragte: »Sie wollen uns verlassen, Lisa?«

»Ich dachte, ich könnte Billy vor von Stroheim retten.«

Der Rauch, der ihm von seiner Zigarette in die Augen stieg, trübte Lorres Sehkraft keineswegs. Als Lisa sprach, drehte er sich zu ihr herum und nahm damit erstmals ihre Anwesenheit zur Kenntnis. Was er sah, gefiel ihm. Eine schöne Gestalt, prächtige Beine; da sie der Tür zustrebte, konnte er ihr Gesicht nicht genau erkennen. Blitzschnell fragte er sich, ob sie willig und zu haben sein mochte.

»Lisa?« fragte er. »Wer ist Lisa? Warum bin ich Lisa nicht vorgestellt worden?«

»Lisa, ich warne Sie. Mr. Lorre ist ein raubgieriges Ungeheuer. Wahrscheinlich, weil er in *M* so ein brillanter Kinderschänder war.«

Lorre sagte kichernd: »Aber Lisa sieht mir kaum wie ein Kind aus. Drehen Sie sich um, meine Liebe, damit wir uns bekannt machen können.«

Lisa ballte die Fäuste. Ihr Mund war trocken. Sie sprach ein stilles Gebet, ein Gebet, in dem sie Gott bat, er möge Peter Lorre mit irgendeiner Form von Gedächtnisschwund schlagen; dann setzte sie ein überschwengliches Lächeln auf und drehte sich zu ihm herum. »Schön, Sie kennenzulernen, Mr. Lorre.«

»Ah, ich bin überwältigt! Welche Schönheit! Welch hinreißende Schönheit! Greta, sind Sie nicht eifersüchtig?«

»Nein. Ihr Aussehen ist ihr nicht sehr wichtig, und das macht sie zu einer sehr klugen jungen Frau.«

Lorre ging langsam auf Lisa zu und studierte ihr Gesicht, obwohl der Rauch ihm noch immer die Augen trübte. Sie verschränkte die Arme und wartete.

Werner Lieb war von Lorres Vorstellung fasziniert. Er spürte, daß der Schauspieler etwas vorhatte, daß er Katz und Maus mit Lisa spielte, die auch wirklich aussah, als sollte sie gleich gefressen werden.

»Ich glaube, wir sind uns schon einmal begegnet«, sagte Lorre schließlich. »Habe ich recht?«

Lisa sagte fest: »Ich bin Ihnen noch nie begegnet, Mr. Lorre. Das weiß ich ganz genau.«

»Ich bin doch nicht verrückt. Etwa einen Monat ist das her. Vielleicht auch länger.«

»Ich muß jetzt gehen, Mr. Lorre. Sie müssen mich entschuldigen.«

»Was soll denn diese Eile. Warten Sie mal. Lassen Sie mich nachdenken.« Er nahm die Zigarette aus dem Mund und hielt sie zwischen zwei Fingern. »Ja, natürlich. *Sie* waren das.«

Die Garbo sagte ungeduldig: »Ach Peter, hören Sie auf, mit Lisa zu spielen. Seien Sie nett zu ihr. Sie werden sie noch brauchen. Sie kommt hervorragend mit von Stroheim zurecht und ist sehr brauchbar. Lisa, schauen Sie nicht so verängstigt drein. Peter ist harmlos. Peter, benehmen Sie sich.«

»Ich *benehme* mich ja«, sagte Lorre gereizt. »Lisa und ich sind uns schon mal begegnet. Stimmt doch, Lisa, oder?« Sie schwieg. Sie wünschte, ein Blitz möge niederfahren; sie wünschte, es würde irgend etwas geschehen, das sie retten würde, so wie sie in jener Nacht, als sie auf dem Strand verfolgt wurde, um Rettung gebetet hatte. »Es stimmt, und Sie und ich wissen das. Einnern Sie sich an diese Nacht am Strand, Greta?«

»Ach? Jetzt werde ich auch noch da reingezogen?« Sie warf die Papiernagelfeile beiseite. »Peter, wollen Sie bitte Platz nehmen und Lisa weiterarbeiten lassen. Gehen Sie, Lisa. Wir sehn uns dann später.«

»Greta, ich lasse mich nicht wie einen Idioten behandeln!« tobte Lorre plötzlich los. »Das da ist die Kleine vom Strand, die vor irgendwas weggelaufen ist und sich hinter dem Rosenbusch unter Ihrer Veranda versteckt hat. Die Ihr Nachbar gesehen hat, dieser, wie heißt er noch . . .?«

»Saloman.« Greta machte ein verblüfftes Gesicht.

»Richtig, Saloman. Und dann hat sie bei mir Zuflucht gesucht. Hat mich gebeten, das Telefon benutzen zu dürfen. Als Toth . . . Sie wissen schon . . . von der Privatpolizei, für die wir bezahlen . . . als er bei mir an die Tür klopfte, hab ich sie in der Kleiderkammer im Wohnzimmer versteckt . . . da, wo meine Frau nie reinsieht . . . und während ich mit Toth gesprochen habe, ist sie abgehauen. Verdammt!« Werner

Lieb sah fasziniert zu, wie Lorre einen anklagenden Finger auf Lisa Schmidt richtete. »Diese Frau sind Sie! Sie waren es, die da verfolgt wurde, und es hatte irgend etwas mit dem Haus zu tun, in dem früher diese seltsame Wolheim-Familie gewohnt hat.«

Lisa brachte ein verzweifeltes Lachen zustande. »Es tut mir schrecklich leid, Mr. Lorre. Aber Sie verwechseln mich mit jemand anderem. Ich muß jetzt gehen.« Sie entfloh.

»Aber ich schwöre, beim Kopf meiner Frau«, versicherte Lorre, an die Garbo und Lieb gewandt, »das ist die Frau! Sehen Sie doch, was für eine Angst sie hat!«

»Ich hätte auch Angst, wenn Sie so über mich herfallen würden wie eben über Lisa. Also wirklich, Peter, ich erinnere mich jetzt an diese Nacht. Ich hatte bei Marion etwas getrunken und bin dann nach Hause gegangen. Ich habe tatsächlich etwas unter meiner Veranda weglaufen sehen, aber nur undeutlich, wegen der Verdunkelung. Und was Sie betrifft, Sie waren zu dem Zeitpunkt doch wahrscheinlich von Kokain benebelt. Vermutlich ist da überhaupt kein Mädchen gewesen.«

»Wollen Sie mir einreden, ich wäre wahnsinnig? Ich sage Ihnen«, sagte er und wies mit einem Finger in die Richtung, in die Lisa Schmidt entschwunden war, »das war die Frau, die in dieser Nacht in mein Haus gekommen ist!«

»Das ist ja alles furchtbar dramatisch«, unterbrach Werner Lieb, »aber ich muß jetzt ins Büro zurück. Ich habe Albert versprochen, Ihr Kostüm zu begutachten und ihm Bericht zu erstatten. Ich werde ihm sagen, daß ich sehr zufrieden damit bin.«

»Überflüssig. Ich bin zufrieden. Alles andere zählt nicht, was dieses Kostüm betrifft.«

Lieb schlug die Hacken zusammen und machte seine steife Verbeugung aus der Hüfte. »Auf Wiedersehn.« Zu Lorre sagte er: »War nett, Sie mal wiederzusehen.«

Ein befremdeter Ausdruck zog über das Gesicht der Garbo. Sie sah, daß Lorre auf Liebs Bemerkung fast genauso reagierte, wie Lisa Schmidt auf Lorres Bezichtigung reagiert hatte. Sie sah Lieb hinausgehen und fragte sich, ob er in dieser stocksteifen Haltung auch schlafen mochte. Lorre warf sein Drehbuch auf die Couch und zerquetschte die Zigarette im Aschenbecher. Als sie allein waren, fragte die Garbo: »Wann haben Sie Werner Lieb kennengelernt?«

»Lieb? Sie meinen den Mann, der eben gegangen ist? Den habe ich noch nie zuvor gesehen.«

»Aber er hat gesagt: ›War nett, Sie mal wiederzusehen.‹«

Lorre zuckte die Schultern. »Hat mich von der Leinwand wiedererkannt. Jeder erkennt mich. Ich habe überhaupt kein Privatleben mehr.«

»Peter«, sagte die Garbo ernst, »Sie kennen ihn genauso wenig, wie Lisa Schmidt angeblich Sie nicht kennt.« Sie nahm eine Bürste, wandte sich dem Spiegel zu und begann sich die Haare zu kämmen. »Ihr alle seid sehr faszinierend. Wie aufregend das Leben auf einmal wieder ist. Schätze, dieser Film ist eine Brutstätte für Intrigen und verborgene Geheimnisse. Gefährliche Geheimnisse, nehme ich an. Habe ich recht, Peter?«

Er steckte sich die nächste Zigarette an. »Gehen wir unseren Text durch, Greta. Ich bin bei meinem noch etwas unsicher.«

»Peter.« Sanft sprach sie seinen Namen. »Ich habe den Verdacht, Sie sind bei etwas ganz anderem unsicher als bei Ihrem Text.« Dann sprach sie volltönend ihren Dialog in der Neufassung von Brecht, die sie binnen weniger Tage ihrem Gedächtnis einverleibt hatte: »Mein Kronprinz, mein Prinz, Majestät, ich bin ein schlichtes Bauernmädchen und bin gekommen, um Euch zu dienen. Meine Stimmen ... meine Stimmen haben Euch meiner Obhut anvertraut ... O Sire ... Ihr müßt mir glauben ...«

Lorres erste Zeilen vernahm sie nicht. Sie fragte sich, woran *sie* noch glauben konnte. Sie machte sich Sorgen, und sie hatte ein wenig Angst. Sie mußte mit Salka Viertel reden.

NEUN

Lisa Schmidt mußte mit Arnold Lake und Herbert Villon reden. Sie fand Arnold in seinem Hotel, dem Garden of Allah an der Ecke Sunset Boulevard und Crescent Heights. Das Haus hatte früher der ebenso stürmischen wie exotischen Stummfilmdiva Alla Nazimova gehört. Als sie Geld brauchte, wurde das Anwesen verkauft und zu einer Reihe entzückender Bungalows umgebaut, in denen literarische Koryphäen wie Robert Benchley, Dorothy Parker und Robert Sherwood und auch etliche Filmstars zwischen ihren Ehen häufig zu Gast waren. In der beliebten Bar des Hotels wurde jeder, der nicht trank, entweder mit Argwohn betrachtet oder gleich als subversives Element gebrandmarkt.

Arnold wiederum hinterließ bei verschiedenen Kontrollstellen Nachrichten für Herb Villon, der bald ausfindig gemacht wurde und sich zu Arnold und Lisa im Garden of Allah gesellte.

In Arnolds Bungalow hörten sie sich Lisas Bericht von ihrer Begegnung mit Peter Lorre an. Als sie fertig war, sagte sie: »Ich glaube nicht, daß mich jemand beim Verlassen des Studiogeländes gesehen hat. Ich sollte wieder zurückgehen.« Die beiden Männer schwiegen. »Werner Lieb ist einer von Guiss' Gefolgsleuten. Ich bin absolut sicher, daß er bei dem Treffen am Strand dabeigewesen ist.«

Endlich sagte Arnold etwas. »Zurückgehen könnte gefährlich sein.«

»Nicht zurückgehen«, sagte Villon, »könnte genauso gefährlich sein.«

»Das finde ich auch«, sagte Lisa. »Ich bin dafür, daß ich zurückgehe und einfach alles abstreite. Was ist das Schlimmste, das mir passieren könnte?«

»Sie könnten getötet werden«, sagte Arnold leise. Lisa atmete aus und griff nach dem Scotch mit Eis, den er ihr eingeschenkt hatte. »Wir wissen genau, daß da irgend etwas Subversives und Gefährliches im Gange ist. Der Film dient bloß als Fassade für irgendwelche heimlichen Aktivitäten. Das Ganze stinkt zum Himmel.«

Lisa versuchte gar nicht erst, ihre Skepsis zu verbergen. »Sie glauben doch wohl nicht, daß die Garbo sich an irgendwelchen subversiven Aktivitäten beteiligen würde, oder?«

»Wer weiß? Denken Sie an die Leute von der Fünften Kolonne, die wir hochgenommen haben. Da waren angesehene Politiker dabei, die Stützen der Gesellschaft: ein einziges großes Nest von kommunistischen Untergrundaktivisten.«

»Ich dachte, die Roten sind unsere Verbündeten«, warf Villon ein.

»Neuerdings. Aber wer weiß bei diesem Scheißkerl Stalin schon, was es als nächstes gibt? Die Garbo hat 1925 in Deutschland gelebt und gearbeitet. Dieser Film damals ...«

»Die freudlose Gasse«, sagte Lisa.

»Hat sie Ihnen nicht erzählt, daß einige der Schauspieler, mit denen sie da gearbeitet hat, Nazis geworden sind?«

»Hat sie«, sagte Lisa und fügte hitzig hinzu: »Aber einige sind es auch nicht geworden. Das alles ist passiert, Jahre nachdem Greta in die Staaten gekommen ist. Ich sage Ihnen, sie ist vollkommen unpolitisch. Sie ist nicht dumm, aber so klug ist sie auch wieder nicht. Sie ist – sie ist clever und denkt nur an sich. Die Frau gibt keinen Zentimeter preis, erst recht keinen Meter. Ich denke, sie ist in diese Sache reingezogen worden; und sie zu kriegen, war nicht schwer, so verwirrt und aufgeregt wie sie war, weil Metro sich von ihr getrennt hatte.«

»Was ist«, beharrte Arnold, »mit ihrer Affäre mit Guiss?«

»Ich glaube, das ist nichts Ernstes. Es amüsiert sie. Sie findet ihn und seine Clique lustig. Ich hab's Ihnen doch gesagt, sie kann über den ganzen Verein nur lachen. Sie bekommt eine Million Dollar, da kann sie sich das Lachen leisten.«

Lisa steckte sich eine Zigarette an. »Ich frage mich nur, wie paßt Lorre in dieses Szenario? Damals am Strand ist sein Name gefallen. Und er war es, der Guiss' Antwort an Garbo übermittelt hat.«

»Und es waren ihre zwei Freundinnen, die sie weichgeklopft haben, endlich bei der Sache mitzumachen«, fügte Arnold hinzu.

Villon fragte Arnold: »Viertel und de Acosta sind aber doch unbelastet?«

»Scheint so, oberflächlich betrachtet«, sagte Arnold. »Sie engagieren sich heftig für die antifaschistische Sache. Sie arbeiten in einer Menge Komitees. Im Gegensatz zur Garbo.«

»Die Garbo ist die Garbo«, sagte Lisa. »Wie gesagt. Sie ist kein politisches Wesen. Sie wissen, daß sie die Öffentlichkeit immer gescheut hat. Sie ist sehr wählerisch, was ihren Umgang betrifft. Mich wundert, daß sie mich anscheinend sofort sympathisch gefunden hat.«

»Sie haben einen direkten Draht zu von Stroheim. Das kann sie sich zunutze machen.«

»Sie hat versucht, mir Lorre vom Hals zu halten. Das hätte sie nicht nötig gehabt.«

»Dieser Werner Lieb«, fragte Villon.

»Ich bin sicher«, sagte Lisa, »er glaubt Lorre. Diese Bande hat mich damals an dem Abend verfolgt, zumindest einer davon. Jetzt sehen sie, daß ich mich in die Produktion reingeschlängelt habe. Ich bin sicher, die empfinden mich als Bedrohung.«

Arnold sagte ernst: »Hören Sie, Schätzchen, Sie sind mein Mädchen. Sie sind wichtig für mich. Aber jetzt sind wir in der Klemme. Wenn Sie verschwinden, wissen die genau, daß wir ihnen auf der Spur sind, und wir werden nie mehr was erfahren.«

»Meinen Sie, ich wüßte das nicht?« Sie lächelte. »Die Garbo könnte uns womöglich helfen.«

Villon kicherte. »Sind Sie verrückt? Die Garbo als Spionin, das soll wohl ein Witz sein.«

»Wenn jemand an Informationen rankommen kann, dann sie.« Lisa nippte an ihrem Drink. »Behalten Sie sie im Auge. Sie wird mich wegen Lorres Anschuldigung ins Kreuzverhör nehmen. Was sollen wir mit ihm anfangen?«

Villon sagte: »Ich kenne ihn ein bißchen. Haben am Donnerstagabend zusammen in diesem Dampfbad geschwitzt, wo die Prominenten hingehen. Sie wissen schon, Bogart, Eddie Robinson, Vic McLaglen . . .«

»Hüten Sie sich vor Vic McLaglen«, sagte Arnold schneidend.

»Vor diesem Trottel?« fragte Villon ungläubig.

»Wissen Sie nicht, daß er seine eigene Privatarmee besitzt? Kavallerie. Treffen sich jede Woche zu Manöverübungen und tragen schwarze Hemden. McLaglen ist Ire. Und die Iren sind ziemlich auf Hitlers Seite. Hitlers Schiffe und U-Boote laufen irische Häfen an, wenn sie repariert oder aufgetankt werden müssen.«

»Nicht zu fassen«, sagte Villon.

»Das ist kein Geheimnis. Besonders Nordirland. Die haben für Großbritannien nicht viel übrig. Wollen die Unabhängigkeit.«

Lisa sagte: »Miserable Liebhaber.«

Arnold lächelte. »Wir können Sie nach Mexiko schicken, bis die Sache sich gelegt hat.«

»Das Essen dort bekommt mir nicht. Nein, meine Herren, die Dame hat die Hosen gestrichen voll, aber sie wird ins Studio zurückgehen. Falls mir was zustößt, wissen Sie wenigstens, wo Sie recherchieren und wen Sie überprüfen müssen. Übrigens, diese Risa Barron, die mit dem vielen Schmuck, erzählt überall herum, sie habe was mit Hitler und Mussolini gehabt.«

»Genau wie Guiss.« Sie lauschten Arnold gebannt. »Und Hitler hat der Garbo seine Welt versprochen, falls sie nach Deutschland zurückkehrt.«

»Nun«, sagte Villon, »sie hat ihm offenbar einen Korb gegeben.«

Arnold Lake war sehr müde. »Ich sollte schon längst im Bett sein.« Er fragte Lisa: »Wollen Sie bestimmt noch heute abend zurück? Warum gehen Sie nicht nach Hause und schlafen sich mal aus? Morgen ist Drehbeginn, das wird ein harter Tag werden.«

»Sie haben recht. Ich geh nach Hause. Und ich bleibe ständig in Verbindung.« Arnold gab ihr einen Kuß. »Und, Arnold, vergessen Sie nicht, meinen Eltern auszurichten, daß ich sie sehr liebhabe.«

»Wann?«

»Weiß nicht. Nur für alle Fälle.«

»Ich bin so schnell gekommen, wie ich konnte. Bei Verdunkelung fahren ist die reine Hölle. Ist noch Kaffee da?« Salka Viertel zog ihre Wildlederjacke aus und warf sie über eine Stuhllehne.

»In einer von den Thermoskannen.« Die Garbo sah ihre Freundin die Thermoskannen öffnen und schließen, bis sie die mit dem Kaffee gefunden hatte.

»Also, was gibt's? Du siehst schrecklich müde aus. Du solltest nach Hause. Wann hast du die erste Szene?«

»Ist jetzt auf den Nachmittag verlegt. Von hat ernste technische Probleme. Setz dich, Salka. Ich habe etwas sehr Wichtiges mit dir zu besprechen.« Sie erzählte ihr von Lorres Auseinandersetzung mit Lisa Schmidt.

»Und? Was meinst du, hat das zu bedeuten?«

»Ich meine, es bedeutet, daß hier irgendwas Gefährliches im Gange ist. Lisa Schmidt könnte irgendwas mit Spionage zu tun haben.«

Salka lachte. »Mußt du alles übertreiben!«

»O nein. In dem Fall nicht. Sie wurde auf dem Strand verfolgt, falls sie es denn war. Wir meinten, diese Wolheim-Familie sei ein komischer Verein, weil die sich alle überhaupt nicht ähnlich sehen. Guiss und seine Sippschaft. Und dieser häßliche Gustav Henkel. Ich glaube nicht, daß er das erste Drehbuch für die *Johanna* geschrieben hat.«

»Greta, also wirklich.«

»Ich meine das ernst, Salka. Welcher Autor kämpft nicht dafür, die Neufassung selbst schreiben zu dürfen? Er lehnt sich ruhig zurück und läßt es zu, daß man Brecht die Arbeit machen läßt? Er hat bloß einen Entwurf geschrieben. Könnte wenigstens verlangen, die erste Revision selbst durchführen zu dürfen. Aber nein, er läßt sich in aller Ruhe ausbooten, ohne einen Muckser. Und Risa Barron? Mit ihrem phantastischen Schmuck, der Maria Montez vor Neid in den Selbstmord treiben würde? Prahlt mit ihren Beziehungen zu Hitler und Mussolini herum. Und Guiss? Wie er mir den Hof macht? Wie er mir die Welt verspricht, wenn ich seine Geliebte werde?«

»Bist du's?«

»Ich will die Welt nicht haben. Schwierig genug, mit Hollywood zurechtzukommen.« Sie dachte kurz nach. »Peter haben sie mit dem Angebot vorgeschickt. Und dann haben sie von Stroheim angeheuert, als sie angeblich niemand anderen kriegen konnten, nicht einmal von Sternberg. Aber der ist Jude.«

Salka war verwirrt. »Worauf willst du hinaus?«

»Aber von Stroheim ist ebenfalls Jude. Er und Joe sind nicht mit ihren ›Vons‹ auf die Welt gekommen. Haben sich das ›von‹ vor den Namen gestellt, als sie ihre Karriere anfingen; wollten den Anschein erwecken, sie seien von Adel. Hahaha! Greta von Garbo! Wie findest du das? Hahaha!« Die Garbo setzte sich auf einen Stuhl und schlug die Beine übereinander.

»Hört sich ganz entsetzlich an. Greta, was macht dich so mißtrauisch?«

»Diese Leute. Ich denke, das sind Betrüger.« Sie beugte sich vor und hypnotisierte die Viertel mit einem festen, durchdringenden Blick. »Warum habt ihr zwei, du und Mercedes, euch so ins Zeug gelegt, mich zu überreden, die Johanna zu spielen? Warum?«

Salka probierte den Kaffee, aber der war lauwarm. Sie

stellte die Tasse auf die Untertasse zurück. »Wir haben es für von Stroheim getan. Wir drei – Peter, Mercedes und ich. Ohne dich käme der Film nicht zustande. Guiss hat das ganze Projekt nur angeleiert, um dich kennenzulernen. Der ist völlig verrückt nach dir. Schon seit Jahren.«

»Fünf Millionen Dollar für Greta Garbo? Verglichen damit war das, was Louis mir gezahlt hat, ein Almosen. Und ich besitze trotzdem Millionen. Lächerlich, wie das Schicksal so spielt. Wirklich, Salka. Ist das alles? Ist das wirklich alles? Hat Guiss seine Beziehungen zu den Deutschen abgebrochen?«

»Davon weiß ich nichts. Ich weiß nicht, was für Beziehungen er zu den Faschisten hatte, außer daß er behauptet, sie hätten ihm Besitztümer im Wert von Milliarden Dollar konfisziert. Du solltest eigentlich mehr darüber wissen als ich! Louella sagt . . .«

»Ach, zum Teufel mit Louella.« Sie ging jetzt auf und ab, rang erregt die Hände, und ihre Augen zuckten hin und her wie die eines verängstigten Spatzen. »Ich habe böse Ahnungen, Salka. Irgend etwas Schreckliches wird passieren.«

»Sei doch nicht albern, Greta. Was ist in den anderen Kannen? Die müssen noch warm sein. Trink einen Schluck, und dann gehen wir nach Hause.«

»Nach Hause. Ja. Nach Hause zu meiner Lottie. Die wird mich beschützen.«

»Die Schokolade duftet herrlich.«

»Damit hat Lottie ihren Mann vergiftet. Mit Schokolade.«

»Vergiß die Schokolade. Ah! Hühnerbrühe. Riecht lekker. Was hat Lottie mit Hühnerbrühe verbrochen?«

»Ach Salka, Salka. Ich habe Angst um Lisa Schmidt. Peter, dieser Idiot. Sie vor Werner Lieb zu beschuldigen.«

»Lieb?«

»Auch so ein Handlanger. Angeblich Koproduzent. Wenn Lisa was zustößt . . . o Gott!« Sie warf sich auf die Couch. »Ich sollte in die Schweiz gehen, die ist neutral.« Sie blickte zu Salka auf. »Glaub mir, Salka, irgend etwas ist faul in diesem Studio. Ich weiß nicht, was; aber es ist da. Ich habe viel nachzudenken. Ja, ich denke, ich fahre nach Hause.«

ZEHN

»Lisa Schmidt eine amerikanische Agentin?« Albert Guiss schluckte die Nachricht, die Werner Lieb ihm gegeben hatte, brauchte einige Zeit, sie zu verdauen, und sagte dann: »Sind Sie absolut sicher?«

»Absolut sicher nicht. Wir haben nur die Aussage von Peter Lorre.«

»Wie wir alle wissen, können Lorres Aussagen genauso zweifelhaft sein wie seine Gesundheit. Nun, wenn sie wirklich die Schnüfflerin am Strandhaus war, kann sie nicht allzuviel gehört haben. Wir haben nur über den Film gesprochen. Risa, was denkst du?«

Risa dachte, sie wäre jetzt lieber im Bett, um den so nötigen Schönheitsschlaf zu machen. Sie starrte Gustav Henkel an, der in seinem Sessel zu dösen schien; aber bei dem konnte man nie sicher sein. Vielleicht stellte er sich nur schlafend. Das tat er oft, wenn Gespräche ihm zu hoch waren und er nicht mitkam. »Ich denke, daß Gustav eingeschlafen ist.«

Guiss sah den Autor an und grinste. »Vielleicht nicht, vielleicht ist sein Geist auf Wanderschaft.«

»Ohne Straßenkarte bestimmt nicht«, meinte Risa, die Henkel nicht mochte. Sie hielt ihn für gewöhnlich und ziemlich mittelmäßig und wünschte nur, er würde mal was für seine Zähne tun.

»Kommen wir auf Lisa Schmidt zurück. Was hast du für eine Meinung von ihr, Risa?«

»Meinung? Meinung? Was für eine Meinung?« Wenn sie müde war, wurde sie gereizt. »Ob sie ein Spion ist? Wie soll ich das wissen? Ich kenne sie nur von ihrer Mitarbeit bei dem Film. Und da ist sie voll auf Draht. Ich weiß, daß von

Stroheim sehr zufrieden mit ihr ist, und als vorige Woche seine Frau ins Studio kam, dürfte sie kaum glücklich über die Feststellung gewesen sein, was für eine Schönheit Lisa ist. Greta scheint sie zu mögen.«

»Sogar sehr«, ergänzte Lieb, während er sein Monokel mit einem seidenen Taschentuch polierte.

»Das ist wichtig«, sagte Guiss. »Greta vertraut so wenigen Menschen.«

Henkel bemerkte leise: »Sie stellt eine Menge Fragen.«

Guiss wölbte eine Augenbraue: »Greta?«

»Lisa Schmidt.«

»Was für Fragen?« hakte Guiss nach.

»Wie lange sind Sie schon hier. Wo kommen Sie her. Wo haben Sie Ihre Familie. Seit wann arbeiten Sie für Guiss und so weiter und so weiter. Manchmal wird mir schwindlig vor lauter Ausflüchten. Ich habe mir eine komplett neue Biographie für mich ausgedacht, nur um ihre Neugierde zu befriedigen. Das Dumme dabei ist nur, daß ich mich kaum an die Hälfte der Lügen erinnern kann, die ich ihr aufgetischt habe.«

»Wenn sie wirklich FBI-Agentin ist, hat man deine Lügen aufgeschrieben und überprüft. Und da du ein so brillanter Lügner bist, wird man deine Angaben sicher höchst unterhaltsam finden.«

Werner Lieb schaltete sich ein. »Was soll mit Lisa Schmidt geschehen?«

»Jetzt, nach Lorres dürftigen Hinweisen, gegen sie vorzugehen wäre meiner Meinung nach eine große Dummheit.« Guiss hatte seinen Standort hinter dem Schreibtisch verlassen und ging zu einer gerahmten Weltkarte, die an der Wand gegenüber hing. Die unvermeidliche Zigarette in der Perlmuttspitze hatte er fest zwischen die Zähne geklemmt. Nachdem er die Karte studiert hatte, verschränkte er die Hände auf dem Rücken und ging in dem Arbeitszimmer auf und ab. »Wir dürfen nichts unternehmen, was den Fortgang des Films gefährden könnte. Wir haben viel investiert, und unser Schicksal liegt in den Händen eines krankhaft selbstsüchtigen Regisseurs und einer manisch-depressiven Schauspielerin, die aus Gründen, die weit über mein Verständnis hinausgehen, eine Heilige werden will.«

Risa sah Guiss prüfend an. Geliebter, Freund, Philantrop, Sadist, Bonvivant. Wahrlich ein Chaos von Widersprüchen. Sie sagte: »Albert, ich stimme dir zu. Gegen Lisa vorgehen würde bedeuten, sie umzubringen, und das bringt uns die Polizei auf den Hals, und wenn sie wirklich eine Agentin ist, kann sie nur vom FBI sein. Auf diese Gesellschaft legen wir keinen Wert. Wir müssen also sehr vorsichtig sein. Wir müssen Lorre irgendwie verklickern, daß es uns lieb wäre, wenn er nicht mehr von ihr reden würde . . .«

»Kein Problem«, sagte Werner. »Wir könnten ihm drohen, ihn nur noch mit minderwertigen Rauschmitteln zu versorgen. Zum Beispiel mit diesem Sumpfgras, das irgendwelche krummen Hunde aus Mittelamerika importieren.«

»Es ist nach eins«, erklärte Risa ungeduldig. »Wir sollten uns was hinlegen. Morgen früh müssen wir schon wieder im Studio sein. Der erste Drehtag. Ist das nichts? Wenigstens das haben wir geschafft! Ich bin sehr zufrieden!«

»Sehr zufrieden, von mir aus«, sagte Guiss, »aber werd bloß nicht selbstgefällig. Gute Nacht.«

Um sieben Uhr am nächsten Morgen trafen sich Martin Gruber und Lisa Schmidt zum Frühstück in dem Coffeeshop in Culver City, in sicherer Entfernung von den Goldwyn-Studios, wo niemand sie zusammen sehen würde. Sie erzählte ihm von der Begegnung mit Lorre; Gruber zerbröselte seinen Pflaumenstrudel, anstatt ihn zu essen, doch im übrigen war ihm nicht anzumerken, daß der Vorfall ihn beunruhigte. Sein Mund zuckte nicht wie sonst, wenn ihm etwas Sorgen machte. Dann erzählte sie ihm von ihrem Treffen im Garden of Allah, und als sie mit diesem Vortrag fertig war, biß sie endlich in ihr Butterhörnchen.

Gruber bedeutete der Kellnerin, mehr Kaffee zu bringen,

und bat sie, den ruinierten Pflaumenstrudel zu entfernen und statt dessen ein Vollkornmuffin mit Rosinen und Frischkäse zu bringen. Eine Zeitlang saßen sie schweigend. Lisa kaute ihr Hörnchen, Gruber sah an ihr vorbei aus dem Fenster nach dem Metro-Studio weiter unten an der Straße, die allmählich zum Leben erwachte. Schließlich sagte er: »Guiss hatte heut nacht eine Besprechung. Werner, Risa, Henkel. Ich war ausgeschlossen.«

»Macht dir das Sorgen?«

»Überhaupt nicht. Ich kenne das Muster inzwischen. Wenn es um streng geheime Dinge geht, bin ich ausgeschlossen. Aber ich kann mir denken, daß du der Gegenstand ihrer Diskussion gewesen bist.« Er wartete, bis die Kellnerin sein Muffin abgestellt und Kaffee nachgeschenkt hatte, und fuhr dann fort: »Guiss ist zu clever, sich ausgerechnet jetzt die Polizei oder das FBI auf den Hals zu holen. Früher oder später wird es wahrscheinlich passieren, aber nicht jetzt. Denn wenn sie in dir eine Agentin vermuten und dich umbringen, wird es zu Nachforschungen kommen, an denen ihnen bestimmt nichts gelegen ist. Schließlich«, sagte er mit schüchternem Lächeln, »wo Blut ist, sind die Bluthunde nicht weit.«

»Reizend. Gib mir ein Stück von deinem Muffin. Sieht gut aus.«

»Bedien dich.« Er schlürfte seinen Kaffee. »Geh ins Studio. Mach deine Arbeit. Nach dem, was ich so mitbekomme, bist du beliebt. Risa Barron sagt auf alle Fälle nur Gutes über dich.«

»Na, das tröstet mich.«

»Die einfachere Lösung wäre es natürlich, die ständige Bedrohung durch deine Anwesenheit auszuschalten, indem sie dir behutsam den Stuhl vor die Tür setzen, anstatt durch einen Mord an dir in ein Wespennest zu stechen. Für mich jedenfalls wäre das die sinnvollste Vorgehensweise.«

»Falls sie nicht von selbst drauf kommen, sag ihnen bloß nichts davon.«

»Mach dich nicht lächerlich.«

»Angenommen, Lorre rückt mir weiter auf den Pelz?«

»Ich habe Grund zu der Annahme, daß er keinen Ärger mehr machen wird, Lisa. Lorre ist selbst in einer schwierigen Lage. Seine Familie und die Familie seiner Frau sind noch in Europa. Lorre ist Jude. Solange er sich gut mit Guiss stellt, sind die Familien geschützt.«

»Er hat versucht, sie da rauszuholen. Hat eine Eingabe beim Weißen Haus gemacht.«

Gruber kicherte. »Das Weiße Haus! Da kann selbst das Weiße Haus nichts mehr machen. Es ist Krieg, und außer den Agenten der Achsenmächte kommt da niemand mehr raus.« Er sah auf die Wanduhr über dem Tresen. »Mußt du jetzt nicht ins Studio? Guiss wird mich bestimmt bald vermissen. Ich laß die Rechnung kommen. Wir teilen doch wie üblich, ja?«

»Bei deinem nächsten Job verlangst du ein Spesenkonto.«

Goldwyn und Sophie Gang begaben sich über das Studiogelände zum Drehort von *Johanna die Große*. Er begrüßte jeden Start einer Miet-Produktion, indem er persönlich am Schauplatz erschien, um die Neuankömmlinge willkommen zu heißen. Geschäftiges Treiben hatte er gern; es machte ihm Spaß, Schauspielern und Technikern zuzusehen, die eifrig ihrer Arbeit nachgingen. Das Filmemachen war sein Leben, und die Projekte seiner Konkurrenten begeisterten ihn ebensosehr wie seine eigenen. »Sophie, notieren Sie.«

»Ich habe mein Buch nicht dabei.«

»Dann notieren Sie im Kopf!« schäumte er. »Später holen wir's da raus. Ich habe einen pfanntastischen Entschluß gefaßt. Ich werde *Die Brüder Karamasoff* verfilmen.«

»Aber Mr. Goldwyn . . .«

»Kein Aber! Mein Entschluß steht unwiderrücklich fest!«

»Aber Mr. Goldwyn«, sagte Sophie mit einer Stimme, die ihren Boss anflehte, vernünftig zu sein. »Die Kinobesitzer schreien nach Filmen für Frauen. Mit Kriegsfilmen sind sie bis obenhin eingedeckt. Sie brauchen romantische Filme, und zwar dringend. Filme, die Frauen sich ansehen!«

Goldwyn dachte kurz nach, dann strahlte er auf. »Na schön! Nennen wir's *Die Schwestern Karamasoff!* Und zusätzlich biete ich Greta die Rolle der Grushenka an. Na, was sagen Sie?«

»Mr. Goldwyn, wie kann es eine Grushenka geben, wenn Sie die Brüder zu Schwestern machen? Sie ist doch die Frau, um die sie kämpfen.«

Er dachte kurz nach. »Dann kann Greta eine der Schwestern spielen. Aus der Grushenka mache ich Goldfarb und biete John Wayne die Rolle an. Da kommt dieser ekelhafte von Stroheim. Schrecklicher Mensch, ganz schrecklicher Mensch. »Hallo Erich! Warum sind Sie nicht bei mir vorbeigekommen und haben hallo gesagt?«

Von Stroheim wollte gerade einen Elektriker zur Minna machen. »Ah, Sam. Nett, daß Sie mal vorbeischauen.«

»Sagen Sie, Erich, kennen Sie *Die Brüder Karamasoff?*«

»Flüchtig.« Er schnappte den Elektriker, der sich davonschleichen wollte, beim Kragen.

»Kommen Sie mich mal besuchen. Ich habe Ihnen einen interessanten Vorschlag zu machen. Wo ist Greta? Ich kann sie nirgends entdecken. Sehen Sie nur all diese Leute, Sophie. Das wird wahrhaftig ein minimentales Epos. Sehen Sie nur all die Schauspieler und Schauspielerinnen! Sieht aus wie ein *Who's Who* der Beschäftigungslosen. Sophie, da sehen Sie Eddie Quillan und Mary Gordon. Und da drüben Cliff Edwards, meine Grütze. Was hat denn Ukulele Ike in einem Film über die Jungfrau von Orléans zu suchen?«

»Vielleicht hat man herausgefunden, daß sie Ukulelen gerngehabt hat«, sagte Sophie.

»Meinen Sie?« Er starrte verblüfft in die Runde. »Und diese Aufbauten. Müssen ja ein wahres Vermächtnis gekostet haben. Wissen Sie was, Sophie, ich glaube, ich sollte diesen Albert Guiss mal kennenlernen. Was meinen Sie?«

»Das ist der da drüben, mitsamt seinem Gefolge.« Guiss

stand mitten im Studio, umringt von Risa, Werner und Gustav Henkel. Sophie führte Goldwyn zu ihnen.

Goldwyn baute sich vor Guiss auf. »Mr. Guiss, nehme ich an. Wenn ich mich vorstellen darf. Ich bin Samuel Goldwyn. Dieses Studio gehört mir.«

Guiss und Goldwyn gaben sich die Hand; dann stellte Guiss die anderen vor.

Goldwyn fuhr fort: »Viel Glück. Sehr viel Glück. Mein Riecher sagt mir, daß Sie einen großen Hit in petto haben.«

»Ich danke Ihnen sehr, Sam.«

»Natürlich werden Sie nicht viel einnehmen, ehe dieser Krieg vorbei ist und Sie den Film in Europa zeigen können. In Europa ist die Garbo ein Kassenmagnet, und was für einer. Aber bis dahin werden Sie auf der Stelle treten.« Goldwyn lief allmählich warm. »Ich will, daß Sie großen Erfolg damit haben, das ist dann so, als ob wir diesem scheußlichen Hitler ins Gesicht spucken. Johanna wird genauso siegen, wie die Alliierten siegen werden. Die hauen Hitler die Nase platt wie Brei, und dann sperren sie ihn, wie ich schon einmal vorgeschlagen habe, in einen Käfig und schicken ihn auf Welttournee, damit alle ihn sehen können. Natürlich sollten sie ein Trittgeld nehmen, da können sie ein Vermögen absahnen. Vielleicht kann ich da auch noch einsteigen.« Es war ihm entgangen, daß er sein Publikum verloren hatte.

Als sie weg waren, bemerkte Sophie: »Äußerst seltsamer Verein.«

»Und auch nicht gerade höflich«, schnaubte Goldwyn. »Kommen Sie, begrüßen wir Greta.«

Als die Garbo, gefolgt von Lottie Lynton und Mercedes de Acosta, ihre Wohnwagen-Garderobe betrat, war sie angenehm überrascht. »Seht nur die vielen Blumen! Hier sieht's ja aus wie in einem Treibhaus! Gar kein Platz mehr für uns, Mercedes! Und Champagner!« Mindestens ein halbes Dutzend Kübel Champagner, dazu Whisky-, Wodka- und Brandyflaschen. »Und hier! Gekühlter Kaviar, genau wie ich ihn liebe, mit gehackten Zwiebeln und Eiern und saurer Sahne. Lottie, meine Liebe, bitte richten Sie mir etwas davon an.«

Mercedes sagte: »Und sieh mal hier, Greta. Von Louis B. Mayer eine Portion gehackte Leber. Hat er wahrscheinlich selbst gemacht.«

Garbo kämpfte sich aus einem übergroßen Pullover. »Die Blumen spenden wir Krankenhäusern. Aber das Essen behalten wir für uns«, sagte sie und rieb sich lüstern grinsend die Hände. Sie nahm von Lottie ein mit Kaviar überhäuftes Brötchen entgegen und biß gierig hinein. Mercedes reichte ihr eine Papierserviette, damit sie sich den Geifer vom Kinn wischen konnte.

»Greta Garbo!« sagte Goldwyn streng, als er und Sophie eintraten. »Warum spielen Sie die Jungfrau von Orléans für diese Ausländer und nicht für mich?«

Die Garbo mochte den Mann; er und seine schöne Frau Frances waren ihr immer sympathisch gewesen. Sie schluckte den Bissen hinunter und sagte: »Sie haben mich nicht gefragt. Und außerdem haben Sie die Johanna bereits vor Jahren als Stummfilm gemacht. Wozu sollten Sie den Stoff noch einmal verfilmen?«

Er breitete die Hände aus, Handflächen nach oben: »Damit ich Sie reden hören kann! Ich hab nichts gegen aufgewärmten Kohl. Habe ich nicht *Der dunkle Engel* und *Stella Dallas* zweimal verfilmt? Wer hat Ihnen alle diese Blumen geschickt?«

Sophie flüsterte ihm aus dem Mundwinkel zu: »Die weißen Nelken sind von Ihnen.«

Seine Zunge reagierte wie der Blitz. »Sehen Sie sich meine weißen Nelken an, sind sie nicht eine wahre Pracht?«

Die Garbo kicherte. »Ja, Sam, eine wahre Pracht. Und ganz reizend. Aber diese vielen Blumen machen mich sprachlos! Sind die für den neuen Film oder für ein Begräbnis?«

Lisa Schmidt war unauffällig eingetreten. Mercedes war die erste, die sie bemerkte und ihre Schönheit bewunderte.

Sie kannte sie nicht, nahm aber an, daß sie zum Produktionsstab gehörte. Lisas Schönheit gefiel ihr sehr. Mercedes wollte sie näher kennenlernen. Sie hörte, wie die Garbo von Blumen und Essen und den Strapazen eines ersten Drehtages plauderte, wie sie Lottie um eine Tasse Schokolade bat, wie sie, den Bügel mit ihrem Kostüm hochhaltend, Goldwyn und Sophie fragte, ob es ihnen gefalle, wozu Sam, dem es nicht gefiel, eine Antwort schuldig blieb, und wie sie dann auch sie selbst, Mercedes, danach fragte, und Mercedes hörte sich säuseln, das sei aber wirklich ein absolut brillant entworfenes Stück, womöglich werde es schon bald eine neue Modewelle auslösen.

»Daran habe ich noch gar nicht gedacht«, sagte die Garbo, plötzlich ernüchtert. »Durchaus möglich, wie? Wißt ihr noch, wie populär ich damals den Pillboxhut gemacht habe? Ohne je einen Pfennig dafür zu sehen. Mercedes, erinner mich daran, daß ich mit Adrian spreche.«

Nun setzte sich Goldwyn mit seinem Angebot in Szene, *Die Schwestern Karamasoff* mit ihr zu verfilmen; aber warum dies mit hysterischem Gelächter quittiert wurde, sollte ihm ewig ein Rätsel bleiben. Sophie Gang erlöste ihn mit dem Hinweis, daß sie noch einen Termin mit Aldous Huxley und Christopher Isherwood hätten. In der Annahme, sie habe womöglich noch nie etwas von den beiden britischen Autoren gehört, erklärte Goldwyn der Garbo: »Das sind nicht nur gute Autoren, sondern auch Verbündete. Ich will sie für einen Film verpflichten, den ich über Bulldog Drummond zu drehen beabsichtige, Sie wissen schon, den Safeknacker.« (Tatsächlich sagte er »Bullfinch Drumming«.) »Für meinen neuen Starkomiker Danny Kaye.«

»Mr. Goldwyn, wir sind spät dran«, drängte Sophie.

»Na und? Ich bin Sam Goldwyn, also? Habe ich je geahnt, daß ich mal Sam Goldwyn sein werde? Ich habe das Recht, zu spät zu kommen. Auf Wiedersehen, Greta. Viel Glück. Ich wette, die gehackte Leber kommt von Mayer.

Und wenn ich recht habe, holen Sie lieber einen Vorkoster. Ziehen Sie mich nicht so am Ärmel, Sophie!«

Als sie draußen waren, sank die Garbo auf einen Stuhl. »Ja, der erste Tag ist immer der schlimmste. Und der letzte Tag ist immer der traurigste. Aber bis zum letzten Tag ist es noch ein weiter Weg. Nun, Lisa Schmidt, was stehen Sie so herum wie eine verlassene Maus?«

Lisa trat vor. »Ich würde es nie wagen, mit Sam Goldwyn um Ihre Aufmerksamkeit zu kämpfen.«

»Wohin sind Sie gestern abend verschwunden? Ich habe versucht, Sie zu finden.«

»Ich war müde, und Lorre hat mich ziemlich aufgeregt. Ich bin nach Hause gegangen.«

»Ja, das war sehr unartig von Peter, Sie so aufzuziehen. Peter ist nicht gerade berühmt für seine Art, mit Frauen umzugehen.« Sie ging zum Schminktisch, ließ sich davor nieder und sah, wie Mercedes Lisa mit den Augen verschlang. »Aber, aber, hast du keine Manieren?« Während sie die Frauen einander vorstellte, packte Lottie mehrere Schachteln mit allerlei Schnickschnack aus, Sachen, die die Garbo mitgebracht hatte, um die Garderobe gemütlicher und behaglicher zu machen. Und dann noch Konservendosen und ein Sortiment Käse, Aufschnitt und Brötchen, was sie alles in den Schränken beziehungsweise im Kühlfach der Kochnische verstaute. Garbo fragte Lisa: »Waren Sie das damals am Strand?«

Lisa lächelte: »Ganz bestimmt nicht.«

»Was meinst du, was wollte diese Frau wohl ausspionieren?« rätselte Mercedes.

»Nicht ›was‹, sondern ›wen‹.« Die Garbo dachte kurz nach. »Wen?« Sie tat die Sache mit einer Handbewegung ab, die nur knapp eine Fliege verfehlte. Mercedes wiederholte die Frage.

Die Garbo sagte: »Dieses Haus steht seit langer Zeit leer. Ich frage mich, wem es gehört.«

Lisa wollte schon herausplatzen: »Guiss!«, sagte aber nur:

»Das müßten doch eigentlich die Makler dort in der Gegend wissen?«

»Möglich«, sagte die Garbo. Dann klärte sie Lisa auf: »Eine Zeitlang hat dort eine sehr seltsame Familie gewohnt – die Wolheims. Ein furchtbar häßliches Haus, die Art von Architektur, die vor dreißig Jahren in Mode war. Seltsames Haus, seltsame Familie.« Sie betupfte sich das Gesicht mit Kühlsalbe. »Salka und ich haben sie ein paarmal gesehen. Ein Vater, eine Mutter, drei Söhne und eine Tochter. Aber sie alle waren sich überhaupt nicht ähnlich.«

»Vielleicht hatten sie die Kinder adoptiert«, schlug Mercedes vor.

»Salka hat das auch für möglich gehalten. Komisch«, sagte sie, während sie die Gesichtscreme mit kleinen Wattebäuschen abwischte, »die sind aus dem Nichts aufgetaucht und genauso unerklärlich wieder verschwunden. Wenn ich jetzt darüber nachdenke – daß das Haus nicht mehr bewohnt war, ist mir letztes Jahr aufgefallen, Anfang Dezember. Ich weiß noch, wie ich meinen Nachbarn, Mr. Saloman, gefragt habe, ob er wüßte, wann diese seltsame Familie ausgezogen sei; er sagte, am achten Dezember. Der Tag des Überfalls auf Pearl Harbor.«

Lisa hatte sich etwas von Lotties Kaffee eingeschenkt und sagte jetzt mit seltsamer Stimme: »Vielleicht waren es deutsche Spione.« Lottie blitzte sie entgeistert an.

»Halten Sie das für denkbar?« fragte die Garbo und wölbte die Augenbrauen.

»In dieser Stadt ist alles möglich. Erinnern Sie sich, wie diese Leute ausgesehen haben?« Mercedes hielt ein Streichholz an eine Zigarette.

»Nicht genau. Die Kinder haben ganz gewöhnlich ausgesehen. Die Mutter, die Mutter, wenn ich's mir überlege ...« – sie lachte mit abwesendem Blick – »... wenn ich's mir recht überlege, die Mutter sah aus wie eine perfekte Bürgermeistersgattin. Wissen Sie, wie die Frau eines deutschen Kleinstadtbürgermeisters. Von denen habe ich viele gesehen, als ich an Wochenenden, wenn ich nicht vor der Kamera stehen mußte, mit Mauritz durch die Gegend gefahren bin. Und der Vater, den habe ich nur einmal richtig zu Gesicht bekommen.« Sie setzte sich um, so daß sie nicht mehr mit ihren Spiegelbildern im Spiegel zu reden brauchte.

Mercedes fragte: »Groß, klein? Dünn, dick? Vielleicht eine Glatze?«

»Da fällt mir was Komisches ein. Jetzt weiß ich, an wen mich Kriegman erinnert.«

»Wer ist Kriegman?« fragte Mercedes.

»Alberts Butler. Als ich Kriegman zum erstenmal sah, bei diesem Abendessen, hatte ich ein Déjà-vu-Erlebnis. Ja, er hat mich an Wolheim erinnert. Ist das nicht komisch?«

ELF

»Kriegman.«

Arnold Lake stand in Herb Villons Büro. »Wer ist Kriegman?« fragte Villon.

»Guiss' Butler. Ich habe mit Lisa gesprochen.«

»Dachte ich mir. Keine Reaktion auf gestern nacht?«

»Von Lorre nicht. Ist noch nicht im Studio aufgetaucht. Dreht erst am Nachmittag. Lisa hat heute früh mit Gruber gesprochen. Er denkt über Lisas Situation das gleiche wie ich. Die werden erst gegen sie vorgehen, wenn sie es für absolut unumgänglich halten. Er ist sicher, daß sie sich weder die Polizei noch uns FBI-Agenten auf den Hals laden wollen.«

»Was ist mit Kriegman?« hakte Villon nach.

Arnold erzählte ihm, was Lisa von der Garbo über die mutmaßlich falsche Familie Wolheim erfahren hatte. »Ich denke, wir sollten uns das Haus einmal ansehen.«

»Einen Durchsuchungsbefehl bekommen wir ohne weiteres.«

»Warum gehen wir nicht einfach hin und brechen ein Fenster auf?«

»Ich muß doch sehr bitten, Arnold. So was nennt man Einbruch. Das ist gesetzwidrig. Ein Verbrechen.«

Die Hände in die Hüften gestemmt, fragte Arnold: »Sie haben so was noch nie gemacht?«

»Doch, sicher. Aber dieses Haus steht am Strand von Santa Monica. In einer Reihe mit denen der großen Filmstars. Noble Gegend. Die Leute von Santa Monica sind nicht gerade verrückt nach uns einfachen L.-A.-Polizisten. Wir müssen vorsichtig vorgehen und uns an die Gesetze halten. Ich besorge den Durchsuchungsbefehl. Es gibt da draußen ein ganz gutes Fischrestaurant. Da können wir essen.«

Albert Guiss saß an seinem Schreibtisch in dem eigens für ihn auf dem Goldwyn-Gelände hergerichteten Büro und diktierte Martin Gruber ein Memorandum. »Darüber hinaus«, sagte er sehr präzise, als ob er jedes Wort einzeln ausstanzte, »kann es dem Film meiner Ansicht nach nur schaden, wenn er bereits in dieser Frühphase der Produktion allzuviele Schlagzeilen macht. Wie nennt man das noch mal, Martin?«

»Rummel.«

»Rummel«, sagte er amüsiert. »Rummel. Gefällt mir. Wo war ich? Ah ja.« Er lehnte sich auf seinem Stuhl zurück und betrachtete die Decke. Es war ein warmer Tag, die Fenster standen weit offen. Er hörte das rege Treiben draußen und spürte als jemand, der vorher nie etwas mit dem Film zu tun gehabt hatte, jene wundersame Dynamik, die allein in der ersten Erregung zu Beginn einer Produktion zu finden ist. Bald schon würde er die Nase voll haben von der endlosen Warterei auf die Fertigstellung einzelner Szenen, von der täglichen Last, die Musterkopien über sich ergehen lassen zu müssen, zumal es sich um von Stroheims Musterkopien handelte, also Tausende von Metern Film mehr, als andere Regisseure verbrauchen würden. Er fuhr mit seinem Diktat fort. »Selbstverständlich ist die Rückkehr der Garbo und von Stroheims eine Sensation, aber wir können davon ausgehen, daß die Aufregung sich mit der Zeit legen wird und andere Dinge von aktuellerem Interesse an ihre Stelle treten werden, so daß wir eine konzentrierte Kampagne erst starten sollten, nachdem die Dreh- und Schneidearbeiten zu jedermanns Zufriedenheit abgeschlossen sind und der Film dann mit großem Trara auf den Markt gebracht werden kann . . . Trara ist doch richtig?« Martin nickte. »Mit großem Trara und Tamtam und hoffentlich dickem Gewinn.«

»Soll ich Ihnen das noch einmal vorlesen?« fragte Gruber.

»Nicht nötig. Ich weiß Ihre Zuverlässigkeit zu schätzen.«

»Danke sehr.« Guiss war nicht immer zu Komplimenten aufgelegt. Ein Lob kam ihm nicht leicht von den Lippen.

»Lisa Schmidt.«

»Nettes Mädchen«, sagte Gruber, ohne den Blick von seinem Notizblock zu heben.

»Ich bitte nicht um Ihre Fürsprache, Gruber. Ich möchte, daß Sie herausfinden, wer sie ist.«

Gruber, ein ausgezeichneter Schauspieler, hatte einmal mit dem unsterblichen Max Reinhardt gearbeitet. Aber Reinhardt hatte seinen Hintern zu dick und seine Stimme zu dünn gefunden. »Ich kann vom Personalbüro ihr Bewerbungsschreiben besorgen.«

»Ich möchte, daß Sie noch gründlicher forschen, Gruber.«

»Verstehe. Darf ich fragen, ob Sie einen bestimmten Verdacht haben?«

»Wenn es nicht so wäre – würde ich Sie dann bitten, mehr über sie herauszufinden, als einem lächerlichen Bewerbungsformular zu entnehmen ist? Da wird doch sowieso fast nur gelogen.«

Und das meiste von dem, was ich für Sie herausfinden werde, Herr Guiss, wird auch gelogen sein, aber Teufel noch mal, es werden entzückende Lügen sein.

Guiss, der jetzt am Fenster stand und nach draußen sah, wobei er eine Zigarette in die geliebte Perlmuttspitze stopfte, sprach weiter. »Schmeißen Sie sich an sie ran. Laden Sie sie zum Essen ein. Vielleicht ist sie noch frei. Machen Sie ihr schöne Augen. Bei einer so schönen Frau dürfte das nicht schwierig sein. Sehen Sie. Da unten ist sie.« Gruber trat zu ihm ans Fenster. Lisa sprach mit Peter Lorre.

Lorre sagte zu ihr mit kindlicher Unschuld, jener Miene, die er im Film aufsetzte, wenn er einen besonders grauenhaften Mord begangen hatte: »Sie müssen mir verzeihen, Miss Schmidt. Wie konnte ich Sie gestern nacht nur so in

Verlegenheit bringen? Ich schäme mich sehr. Als ich nach Hause kam, war ich so außer mir, daß ich meiner Frau ans Schienbein getreten habe.«

»Schon gut, Mr. Lorre. Die Vorstellung – ich, mitten in der Nacht, bei Verdunkelung, allein am Strand – war halt ein wenig erschreckend. Ich bin wie eine alte Jungfer, die erst unterm Bett nachsieht, bevor sie sich schlafen legt.«

»Ach wirklich?«

Allmählich begann sie die Frauen zu verstehen, die ihn attraktiv fanden. Angeblich hatte er eine Affäre mit einer aus Deutschland geflohenen Schauspielerin, Kareen Verne, und die war eine ausgesprochene Schönheit.

»Ob ich Ihnen demnächst mal helfen darf, abends unterm Bett nachzusehen?«

Sie brachte mühsam ein sehr heiseres Lachen zustande.

»Vielleicht sehen Sie eines Abends unter Ihrem Bett nach, und ich warte dort, von Ihnen ertappt zu werden. Jedenfalls war Greta sehr verärgert über mich, und das mit Recht. Es war Vollmond in dieser Nacht und ziemlich neblig, und es kann schon sein, daß ich mir eine kleine Prise Koks zuviel genehmigt hatte. Jetzt sind wir Freunde, ja?«

»Sicher.«

»Gut. Warum gehen wir heute abend nicht ins Mocambo? Xavier Cugat spielt dort mit seinem Orchester, und ich bin ein berüchtigter Rumbatänzer.«

»Geht leider nicht. Wir arbeiten bis in die Nacht.«

»Ah ja. Natürlich. Ganz vergessen. Herrje. Greta wird in die Luft gehen. Wir sollten längst proben. Also bis später.« Er hastete davon wie Alice' Weißes Kaninchen, als käme er zu spät zu einer sehr wichtigen Verabredung.

Irgend etwas veranlaßte sie, den Blick nach der zweiten Etage des Verwaltungsgebäudes zu wenden. An einem Fenster sah sie Guiss und Gruber, die zu ihr hinabblickten. Guiss bemerkte nicht, daß Gruber ihr zublinzelte. Lisa verzog sich eilig.

In Garbos Garderobe fragte Lottie Lynton: »Soll ich das Essen machen, Miss Garbo?«

»Warten wir, bis Mr. Lorre kommt, falls er denn jemals kommt«, fügte sie gereizt hinzu. »Mercedes, es ist so lieb von dir, mir Gesellschaft zu leisten, aber wenn du was Besseres zu tun hast . . .«

Dafür hatte Mercedes Intrigen viel zu gern. »Meinst du, daß Kriegman tatsächlich Wolheim war?«

»Ach? Sind wir jetzt wieder bei dem Thema? Schön. Ich liebe Rätsel.« Sie legte einen Finger an ihre Wange. »War Wolheim auch Kriegman? Ich weiß es nicht. Ich habe doch nicht gesagt, daß er es war, oder? Ich glaube, ich habe gesagt, Kriegman erinnere mich irgendwie an Wolheim. Viele Leute erinnern mich an irgendwelche anderen Leute. Es gab Zeiten, da habe ich Goldwyn und Mayer für austauschbar gehalten, aber dann habe ich mich daran erinnert, wie sehr die beiden einander verachten – sie können also nicht ein und dieselbe Person sein.«

»Ich frage mich, wer den Wolheims das Haus vermietet hat? Derjenige müßte eigentlich was über sie wissen. Die müssen doch Referenzen gehabt haben.«

»Ein interessanter Gedanke.« Sie klatschte in die Hände. »Ach, Mercedes? Meinst du, wir sollten Polizei spielen?«

»Gute Idee«, sagte die kleine Frau und paffte an ihrer Zigarette.

»Könnte aber gefährlich sein«, bemerkte Lottie aus der Kochnische.

Die Garbo erinnerte Mercedes: »Mit der Polizei hat Lottie viel Erfahrung. Sie kann sie nicht leiden.«

Es klopfte an der Tür. Peter Lorre wartete nicht ab, bis man ihn aufforderte einzutreten. »Hier riecht es gut«, sagte er.

»Allerdings«, sagte die Garbo stirnrunzelnd. »Lottie! Ich denke, ich habe Sie gebeten, das Essen erst zu servieren, wenn Mr. Lorre da ist.«

»Er ist doch da, oder?«

Die Garbo zuckte die Achseln. »Mit einer Perle soll man sich nicht streiten.« Dann zu Lorre: »Warum kommen Sie immer zu spät?«

Er setzte sich auf einen Stuhl. »Diesmal ist mir Lisa Schmidt dazwischengekommen. Sehen Sie mich nicht so an! Ich war sehr nett zu ihr, ich habe sie wegen gestern abend um Verzeihung gebeten und für heute abend zum Tanzen eingeladen, aber sie wollte nicht.«

»Sehr klug von ihr.«

»Warum so unfreundlich, Greta? Verstehe ich recht, daß Sie mich zum Essen einladen?«

»Das spart Zeit. Machen wir uns an die Arbeit.« Sie griff nach ihrem Drehbuch auf dem Schminktisch.

Lottie reichte ein Tablett mit Appetithappen herum. »Ihre Leibspeise«, sagte sie überaus selbstzufrieden, »enthäutete und entgrätete Sardinen auf getoastetem Weizenbrot mit Butter.«

Die Garbo stopfte sich ein Stück in den Mund und machte ein verklärtes Gesicht, das Mercedes an die Kuh Elsie erinnerte, mit der eine Milchfirma für ihre Produkte warb. Die Garbo fragte Lorre: »Gefällt Ihnen die Neufassung?«

»Sehr brechtianisch.«

»Was soll das heißen?«

»Was soll das heißen: Was soll das heißen?« schnaubte Lorre zurück. »Haben Sie nie was von Brecht gelesen?«

»Salka hat mir was von ihm zum Lesen gegeben, *Mutter Courage*. Sie wollte, daß ich die Rolle übernehme. Ich bin zu jung. Hat mich gelangweilt.«

»Brecht ist ein sehr eigenwilliger Schriftsteller. Er ist sehr boshaft, sehr bitter und sehr geistreich. Ich besitze eine gedruckte Fassung seiner Filmbearbeitung der *Dreigroschenoper*. Die hat er zusammen mit Kurt Weill geschrieben.«

»Dem Mann von Lotte Lenya?« fragte Mercedes.

»Ja«, sagte Lorre. »Wenn Sie wollen, Greta, zeige ich Ihnen den Film.«

»Kann man was draus lernen?« fragte Greta.

»Er kann Sie mit der Arbeit dieses Mannes vertraut machen. Andererseits ist der Film langatmig und ein wenig ermüdend. Auf der Bühne wirkt das Stück besser. Vor meiner Flucht nach England habe ich in Berlin die Premiere gesehen.«

»Warum haben wir Brecht nicht kennengelernt?« fragte die Garbo.

»Darauf sollten Sie verzichten«, riet Lorre. »Er hat noch schlechtere Zähne als Gustav Henkel, sein Mundgeruch ist tödlich, und wenn er beschließt, ein Bad zu nehmen, werden im ganzen Land die Flaggen gehißt.«

»Entzückend«, sagte Mercedes. »Aber er ist ein verdammt guter Schriftsteller.«

Lottie war jetzt dabei, für jeden ein Omelett anzurühren. Es duftete betäubend. Lorre schnupfte ein wenig Kokain und sagte: »Greta, fangen wir an. Am ersten Drehtag habe ich immer Schwierigkeiten mit dem Text.«

»Noch etwas anderes macht Ihnen Sorgen«, bemerkte die scharfsinnige Schauspielerin.

»Ach was. Nein. Ich hab letzte Nacht nicht gut geschlafen.« Er steckte sich eine Zigarette an. Ich habe eine Menge Sorgen, dachte er. Meine Familie, die in Europa festsitzt. Guiss, der mich in der Hand hat. Und Lisa Schmidt. Für wen arbeitet sie? Für wen?

Marion Davies und Randolph Hearst saßen auf der Veranda im ersten Stock einander gegenüber und aßen zu Mittag. Marions Augen waren ein wenig blutunterlaufen – Andenken an ihr einsames, schweres Trinkgelage in der Nacht zuvor. Sie hob ein Glas und trank.

»Was trinkst du da?« quiekte Hearst streng. Seine Stimme war so abnorm hoch, daß, wenn er sprach, die Leute sich jedesmal ängstlich umblickten, ob irgendwo ein Nagetier herumlaufe.

»Dasselbe wie du. Vichyssoise.« Sie pflegte Vichyssoise stets aus einem Glas zu trinken. Dies hier war mit einem guten Schuß Gin versetzt. Sie hielt es ihm hin. »Mal probieren?«

»Ich hab selbst genug. Was starrst du so?«

»Da sind zwei Typen, die sich an der Eingangstür des Monstrums nebenan zu schaffen machen. Warum läßt du das Ding nicht einfach abreißen?«

»Bevor ich es abreißen kann, muß ich es erst einmal besitzen.«

»Und warum kaufst du's dann nicht?«

»Weil ich es nicht haben will.«

»Okay, dann kaufe ich es.«

»Nein, das tust du nicht.«

»O doch. Ich habe selbst einen Haufen Geld.« Sie fragte sich, ob er schon dahintergekommen war, daß sie sich in den Wolkenkratzer an der Südostecke Park Avenue und East-Fifty-seventh-Street in New York eingekauft hatte. Sie hatte den Anteil auf den Namen ihrer Schwester erworben.

»Ich will nicht, daß du dein Geld für unprofitable Objekte verschwendest.«

»Ich will von diesem verdammten Monstrum nicht profitieren, ich will es abreißen lassen. Jesses, die gehen da rein. Hältst du es für möglich, daß die da einziehen wollen?« Sie machte Anstalten, ihnen etwas zuzurufen, aber sie waren bereits im Haus verschwunden, außer Sicht, außer Hörweite.

Im Innern des Hauses sagte Herbert Villon zu Arnold Lake: »Wir hätten Badeanzüge mitbringen und das Wetter ausnutzen sollen.«

»Wir hätten Gasmasken mitbringen sollen.« Ein perfider Gestank durchdrang das Haus. Arnold bedeutete Villon, die Fenster zu öffnen, was diesem nur mit Mühe gelang. Die Fensterrahmen hatten sich wegen seltener Benutzung verzogen und klemmten. Die Eingangstür führte in ein riesiges Wohnzimmer, dessen Einrichtung der junge Caligula besorgt haben könnte. Während Arnold die Anrichten und

Beistelltische absuchte, schnüffelte Villon in Schränken und hinter Möbelstücken herum. Nichts, was sie interessierte. Arnold öffnete eine Tür am hinteren Ende des Zimmers. »He, die Bibliothek.«

»Na prima«, sagte Villon, der sich verzweifelt bemühte, einen Erstickungsanfall abzuwehren. »Hoffen wir, daß es dort einen Wandsafe gibt. Wandsafes knacke ich für mein Leben gern, besonders wenn sie hinter einem gerahmten Druck versteckt sind.«

Bücher gab es keine in der Bibliothek. Nur einen großen Schreibtisch und ein Sortiment von Möbeln, die jeder Beschreibung spotteten. Nichts paßte zusammen. Villon gluckste zufrieden, als er hinter einem schlecht gerahmten Druck von *Whistlers Mutter* den Wandsafe entdeckte. Während Arnold in den Schreibtischschubladen herumwühlte, machte Villon sich daran, den Safe zu knacken. Über die Schulter fragte er Arnold: »Schon was gefunden?«

»Bis jetzt ein eselsohriges Taschenbuch mit den gesammelten Werken von Schiller . . .«

». . . Wer auch immer das sein mag . . .«

». . . Ein paar Quittungen von Lebensmittelgeschäften, eine verfaulte, halb gegessene Birne . . .«

». . . Der Bewohner war ein Schwein . . .«

». . . Eine tote Kakerlake . . . Todesstarre muß vor mehreren Wochen eingesetzt haben . . .« Er zog die letzte Schublade auf. ». . . Ein Suspensorium . . .«

». . . Ausgerechnet in der Schreibtischschublade?«

»Der Bewohner war entweder schlampig, oder er hatte einen perversen Sinn für Humor. Wo zum Teufel kommt dieser Gestank her?«

»Vielleicht aus dem Keller.«

»Das Haus hat keinen Keller.«

»Vielleicht vom Dachboden.«

»Gibt's hier auch nicht.«

»Nun, dann war der Bewohner ein Geizkragen. Voilà!« Die Safetür schwang auf. Arnold stellte sich daneben. Villon murmelte: »Genau wie bei der alten Mother Hubbard. Rückte sie näh'r, war der Schrank leer.« Enttäuscht trat er von dem Safe zurück. Er ging zu einer Tür und machte sie auf. »Ich habe die Küche gefunden.«

»Ein Punkt für Sie.« Sie betraten die Küche und fielen über den Kühlschrank und die Schränke her. »Billiges Geschirr, Töpfe und Pfannen aus dem Kaufhaus, ererbtes Besteck aus uralten Zeiten ...« Arnold fuhr mit der Bestandsaufnahme fort – verschlissene Spültücher, geschmacklose Tischdecken und Servietten –, während Villon den Inhalt des Kühlschranks untersuchte.

»Hier drin ist es genauso entmutigend«, sagte Villon. »Irgendwas Vergammeltes, könnte Cheddar gewesen sein; ein halbleeres Glas Erdnußbutter; dito Apfelgelee; ein Teller mit einem Klumpen drauf, den ich lieber nicht beschreiben will – geht über meine Kräfte ...«

Arnold bemerkte angewidert: »Wer auch immer diese Wolheims waren, Mrs. Wolheim jedenfalls war eine miserable Haushälterin.« Er öffnete eine Tür. »Die Vorratskammer. Haben Sie Lust, die Vorratskammer zu untersuchen?«

»Wenn wir schon mal hier sind, sollten wir auch nichts auslassen.« Sie traten in die Vorratskammer. Ihre Stimmung hob sich keineswegs. Auch dort gab es, abgesehen von einem Regal mit diversen Abführmitteln, nichts von Belang oder Interesse. »Der Bewohner hatte Probleme«, stellte Villon fest. Neben der Vorratskammer führte eine Tür nach draußen in einen umzäunten Garten. Dort sahen sie eine marmorne Vogeltränke, etliche verschiedene Gartenmöbel – von Rohr- bis Eisengeflecht war alles vertreten – und etwas, das aussah wie die Reste eines Hundes oder Kojoten.

Arnold fragte: »Gibt es das öfter, daß Kojoten aus den Bergen kommen und bis zum Strand vordringen?«

»Nur wenn sie mal baden wollen.« Villon schritt ihm voran ins Haus zurück. »Der Gestank geht nicht von dem

Tier aus. Muß von oben kommen. Falls Sie mit dem Geruch nicht vertraut sind, sollte ich Sie warnen. Sehr wahrscheinlich werden wir da oben eine Leiche finden.«

»Oh, bitte. Nicht vor dem Essen.«

Sie fanden sie in dem Raum, der allem Anschein nach das Elternschlafzimmer gewesen war. Sie war auf dem Bett aufgebahrt, ihre offenen Augen zeigten entweder Angst und Schrecken oder schlicht und einfach altmodische Überraschung. Villon untersuchte die Leiche, während Arnold voller Ekel die Fenster aufriß. Villon sagte: »Alter fünfzig bis sechzig. Größe etwas über einsfünfzig; sehr korpulent. Haar in ungepflegtem Zustand, Farbe irgendwie misthaufenbraun. Sie trägt einen schmalen, sehr billigen Ehering und eine Armbanduhr von Farber.«

»Deutsches Fabrikat«, sagte Arnold, der sich widerstrebend zu Villon ans Bett stellte.

»Ich weiß nicht warum, aber ich denke, daß dies vermutlich Mrs. Wolheim ist.«

»Sieht aus wie ein liegengebliebener deutscher Kartoffelkloß. Mit etwas Glück funktioniert vielleicht das Telefon, was meinen Sie?«

Das Telefon stand auf einem Beistelltisch gegenüber dem Bett. Arnold nahm den Hörer ab, lauschte und lächelte. »Allah ist groß. Die Vermittlung? Ihre Leute kommen lassen?«

Villon nahm ihm den Hörer aus der Hand. »Das wäre ziemlich dreist. Hier ist die Polizei von Santa Monica zuständig. Aber ich fühle mich sehr niederträchtig heute. Bei dem Gestank dreht sich mir alles.« Er rief sein Revier an und bat um einen Fotografen, ein paar Leute von der Spurensicherung und den Coroner.

»Was werden Sie tun, wenn die Polizei von Santa Monica vor Ihren Leuten hier auftaucht?«

»Amnesie vortäuschen.«

»He, Willie.« Marion Davies stand am Geländer ihrer Veranda; sie trug jetzt eine Matrosenmütze und in der rechten

Hand ein Glas kalten Scharv mit einem kräftigen Schuß Wodka.

»Was gibt's, Schatz?« piepste er, während er Louella Parsons Kolumne zu lesen versuchte.

»In dem Haus geht irgend etwas vor. Herrgott noch mal, komm jetzt endlich und sieh dir das an! Du bist doch angeblich Journalist. Bist du nicht neugierig? Die Autos sind nicht gekennzeichnet, aber wenn das keine Polizisten sind, die da ins Haus strömen, will ich Greer Garsons Tochter sein.«

Hearst stellte sich hinter sie und sah mehrere Männer aus einem Ford und einem Chevrolet steigen und in das Haus hineingehen. »Tja«, sagte er schließlich, »sieht in der Tat so aus, als könnte es sich um eine Polizeiaktion handeln.«

»Ein Treffen des örtlichen Bnai Brith ist es ganz bestimmt nicht.«

Hearst ließ sie stehen, um drinnen mit seinem Chef vom Dienst zu telefonieren. Marion ging in ihr Schlafzimmer, rief über ihren Privatanschluß die Goldwyn-Studios an und ließ sich mit Greta Garbos Garderobe verbinden.

Lottie Lynton nahm ab. »Ah, hallo, Miss Davies. Miss Garbo ist im Studio. Wie lange noch, weiß ich nicht. Heute ist der erste Tag, und da sind alle ziemlich nervös, wissen Sie. Mr. von Stroheim hat einen Komparsen geohrfeigt, und der verpaßte ihm einen Kinnhaken, und noch mehr so kleine Zwischenfälle ... aber warten Sie ... Moment ... da kommt sie ...«

Die Garbo kam durch die Tür gestürmt wie ein gefährlicher Tornado. »Dieser Mistkerl. Dieser dämliche Deutsche. Wagt es, mir Ratschläge zu geben, wie man Komödie spielt. Lustig heißt für ihn, eine Katze bei lebendigem Leib sezieren!«

Lottie hielt diskret eine Hand auf die Sprechmuschel. »Ich habe Miss Davies am Apparat.«

»Ich kann jetzt mit niemandem sprechen. Bin viel zu aufgeregt.«

Lottie wiederholte die Worte der Garbo in gedrängter

Form. Dann lauschte sie, machte große Augen und berichtete aufgeregt: »Sie sagt ... äh ... das Haus wimmelt von Bullen ...«

»Bullen? Was für Bullen?« Garbo steckte sich eine Zigarette an und machte einen heftigen Zug.

»Polizei!«

»Welches Haus? Wovon reden Sie?«

»Wo die Wolheims gewohnt haben!«

Die Lust an Intrigen verdrängte ihren Zorn. Garbo nahm den Hörer und fragte: »Marion? Was ist los?«

Sie hörte die Davies sagen: »Vor ungefähr einer Stunde habe ich zwei Männer da reingehen sehen. Jetzt sind plötzlich noch zwei Wagen aufgetaucht ...« In der Ferne konnte sie das Heulen einer Krankenwagensirene hören. »... Und was da ausgestiegen ist, waren bestimmt noch mehr Polizisten, Zivilbeamte. Einer hatte eine kleine schwarze Tasche dabei, das wird der Medizinmann gewesen sein ... der ... ähm ... ah ja ... der Coroner. Also haben sie in der Bruchbude wahrscheinlich eine Leiche gefunden.« Marion amüsierte sich prächtig. »Wenn das nichts ist? Mord im Nachbarhaus! O Gott, Willie telefoniert mit seinem Redakteur. Dann wimmelt's hier von Reportern und Fotografen, die mich ausfragen wollen, und ich seh aus wie ein aufgewärmtes Stück Scheiße! Ethel! Ethel!« schrie sie nach ihrem Hausmädchen. »Komm her, du mußt mich auf jung zurechtmachen! Gleich kommen Fotografen! Greta? Ich halt dich auf dem laufenden!«

Marion Davies knallte den Hörer auf und hastete in das Zimmer, das sie als Schönheitssalon eingerichtet hatte. Ethel war bereits da und rührte in Apothekerschalen Zaubertränke an. »Und hol die Klammern, du mußt mir die Haut am Hinterkopf strammziehen. Ich setz den goldenen Brokatturban auf, dann sieht man sie nicht.« Sie schrie ein anderes Mädchen an, das eben ins Zimmer getreten war. »Geh zum Haus nebenan und versuch rauszufinden, wer da ermordet worden ist.« Der Krankenwagen war jetzt vorgefahren, die kreischende Sirene erstickte abrupt. »Der Leichenwagen ist da! So aufgeregt bin ich nicht mehr gewesen, seit Charlie Chaplin mich gevögelt hat!«

Während der Polizeifotograf die Leiche aus sämtlichen Blickwinkeln fotografierte, knöpfte sich die Spurensicherung das Zimmer vor. Dem Coroner reichte ein einziger geübter Blick auf die Haut der Toten zu der Feststellung, daß der Tod vor fünf bis sieben Tagen eingetreten sein dürfte.

»Können Sie schon sagen, woran sie gestorben ist?« fragte Villon. Neben ihm stand Arnold Lake; er hielt die Hände in den Taschen und ahnte, daß der Mord an dieser Frau binnen kurzem zu einer gewaltigen Explosion internationaler Intrigen führen würde. Wenn das hier die mutmaßliche Mrs. Wolheim war und wenn die Wolheims deutsche Agenten waren, dann stand zu erwarten, daß ihre Ermordung in Agentenkreisen eine ganze Serie von Morden auslösen würde.

Er hörte den Coroner sagen: »Wenn Sie ihren Kopf ansehen, bemerken Sie am Schädel Stellen, wo sie büschelweise Haare verloren hat.« Er räusperte sich: »Ursache dafür könnten verschiedene Blutkrankheiten sein. In diesem Fall aber wette ich jeden Betrag auf Thalliumnitrat. Das ist ein hochgiftiges Metall.« Sie traten beiseite, als die Leute vom Leichenwagen mit einer Trage hereinkamen und sich anschickten, die Tote fortzuschaffen. »Es wird selten in einer einzigen Dosis verabreicht. Meist gibt man es wie Zyanid über einen gewissen Zeitraum in kleinen Portionen, so daß das Opfer erst nach Wochen stirbt. Zu den Symptomen zählt außer dem Haarausfall ein schmerzhaftes Brennen in den Füßen. Mehr werde ich wissen, wenn ich sie aufgeschnitten habe.« Er sah zu, wie die Leiche aus dem Zimmer getragen wurde, und bemerkte tadelnd zu Villon: »Herbie, Sie sind mir ein schlimmer Finger. Gehört die Frau nicht den Jungs von Santa Monica?«

»Wer zuerst kommt, mahlt zuerst«, sagte Villon mit Unschuldsmiene.

Im Studio führte Martin Gruber geflissentlich eine Begegnung mit Lisa Schmidt herbei. »Ah, Miss Schmidt. Genau Sie habe ich gesucht.«

»Mr. Gruber? Was kann ich für Sie tun?«

Er führte sie außer Hörweite der Belegschaft, die mit dem Aufbau der nächsten Szene beschäftigt war. »Guiss hat mich beauftragt, so viel wie möglich über dich herauszufinden.«

»Er ist also immer noch mißtrauisch?«

»Er ist hartnäckig. Und sehr gründlich. Also dachte ich, wir setzen uns zusammen und denken uns eine Biographie für dich aus, die für alle Seiten befriedigend ist. Wohlgemerkt, nichts Übertriebenes. Nur eine Geschichte, die ihm etwas gibt, ohne ihm etwas zu geben. Dann ist er zufrieden und gratuliert mir zu meiner guten Arbeit. Vielleicht kriege ich sogar eine Gehaltserhöhung.«

»Sollen wir uns treffen und das zusammen machen? Was meinst du?«

»Wie wär's, wenn ich eine grobe Skizze entwerfe, die du dann erweitern, kürzen und ausschmücken kannst? Du bist vierundzwanzig, richtig?«

»Richtig.«

»Früh verwaist und von einer herzlosen unverheirateten Tante aufgezogen?«

»Nein, tatsächlich war es eine herzlose Großmutter mütterlicherseits, die behauptete, ich sei unehelich geboren.«

»Das hat dich bedrückt?«

»Nicht im geringsten. Ich weiß noch, wie Mutter mich bei zahlreichen Frühstücken einer ganzen Reihe von Onkels vorgestellt hat. Onkels in allen möglichen Variationen. Die meisten davon fand ich hinreißend, besonders die, die mir Geld gaben, wenn sie mich mal anfassen durften. Aber

Scherz beiseite, ich wurde in Cleveland geboren, meine Eltern waren bayerische Einwanderer und kamen vor drei Jahren bei einem Zugunglück ums Leben.«

Gruber dachte kurz nach. »Nein, zu banal. Laß mich mal machen, ich werde bald eine grobe Skizze fertig haben.«

Mit übertrieben lauter Stimme sagte sie: »Ich werde diese Notizen für Mr. Guiss abtippen lassen, Mr. Gruber. Ja, unverzüglich.«

Von Stroheim war, ohne daß Gruber ihn gesehen hatte, an sie herangetreten. »Was für Notizen?« knurrte er.

Gruber übernahm. »Mr. Guiss verlangt einen täglichen Arbeitsbericht.«

Der Regisseur kniff die Augen zusammen. »Wieso?«

»Na, weil er wissen will, wie Sie vorankommen. Ist es nicht üblich, daß der Regieassistent einen täglichen Bericht darüber anfertigt, wie viele Minuten Film pro Tag geschafft wurden?«

Von Stroheim lief dunkelrot an und explodierte: »Ich lasse mich nicht schikanieren! Wir haben heute erst mit Drehen angefangen, und schon versammeln sich die Geier, um mich fertigzumachen!«

»Beruhigen Sie sich, Mr. von Stroheim«, beschwichtigte Gruber.

Der Regisseur brüllte: »Wenn Sie Mr. von Stroheim beruhigen wollen, kommen Sie mir bloß nicht in die Quere, Mann! In diesem Studio herrsche ich allein! Absolut und unumschränkt. Wenn Mr. Guiss einen täglichen Arbeitsbericht haben will, sagen Sie ihm, daß dabei nichts Genaues rauskommen kann, weil ich von einem Tag zum andern nie genau weiß, was ich geschafft habe. Das weiß ich erst, wenn ich die Musterkopien geprüft und entschieden habe, was brauchbar ist und was neu gedreht werden muß. Und das dauert bei mir *sehr lange*! Und jetzt scheren Sie sich zum Teufel!«

Gruber floh.

Von Stroheim nahm Lisa beim Arm und stieß sie zur Seite. »Was haben Sie mit Peter Lorre?«

Sie spürte, wie sie erbleichte. »Nichts«, brachte sie heraus.

»Er ist völlig durcheinander. Gibt eine sehr schlechte Vorstellung. Wie ich höre, hatten Sie beide gestern abend eine Auseinandersetzung; seitdem ist er aufgeregt, nervös und unglücklich. So etwas kann ich nicht dulden.«

Lisa berichtete ihm von dem gestrigen Streit und dann von Lorres Entschuldigung am frühen Nachmittag dieses Tages. »Das war alles«, sagte sie abschließend, »bloß eine harmlose Verwechslung.«

Von Stroheim war etwa so groß wie sie, circa einsdreiundsechzig. Sie standen fast Nase an Nase voreinander. »Sagen Sie mir die Wahrheit, junge Frau. Haben Sie was mit verdeckten Ermittlungen zu tun? Spionieren Sie für Hedda Hopper?«

Sie brach in schallendes Gelächter aus, von Stroheim lächelte. Sie ist ein gutes Mädchen, dachte er, ein sehr gutes Mädchen. Ich muß sie in ein unauffälliges Motel in Laguna Beach locken und dort mit ihr Schlitten fahren.

ZWÖLF

Als zwischen Herb Villon und der Polizei von Santa Monica ein kleiner Krieg auszubrechen drohte, veranlaßte Arnold Lake seine Vorgesetzten, Villon Beistand zu leisten, was zu einem prekären Waffenstillstand führte. Die Polizei von Santa Monica litt sehr unter der illegalen Einmischung und sann auf Rache.

William Randolph Hearst stach mit Erfolg die Zeitungen seiner Konkurrenten aus und kaufte Marion ein Diamantendiadem, das sich später in der Schmucktasche befand, mit der sie ihn, als sein Zeitungsimperium an den Rand des Bankrotts geriet, zum Pfandleiher schickte.

Als die Garbo an diesem Abend mit Lottie Lynton aus dem Studio nach Hause kam, traf sie Herb Villon und Arnold Lake, die in Villons geparktem Wagen auf sie warteten. Villon entschuldigte sich für die Störung, aber da sie und Salka Viertel, soweit er wisse, die einzigen seien, die die Wolheims gesehen hätten, könne sie womöglich die Tote identifizieren, falls es sich dabei tatsächlich um Mrs. Wolheim handeln sollte.

Die Garbo sagte erschöpft: »Kommen Sie herein, meine Herren. Meine gute Freundin Salka Viertel muß jeden Augenblick kommen. Vielleicht kann sie dabei helfen, die Frau zu identifizieren.« Lottie nahm den Mantel der Garbo und eilte aus dem Zimmer, um Getränke zu holen. Villon und Arnold sahen die Garbo zum Sofa gehen und darauf niedersinken. Das also ist die legendäre Garbo, dachte Villon, das ist sie leibhaftig, und sie ist noch schöner und verführerischer als auf der Leinwand.

Die Garbo, dachte Arnold Lake. Na und? Später brachten ihm die Geschichten über seine Freundin Greta etliche Einladungen zum Essen ein, jedenfalls so lange, bis man sich in Washington einig war, ihn vorerst nicht mehr zu gesellschaftlichen Ereignissen einzuladen, in der Hoffnung, er würde sich in der Zwischenzeit eine neue Nummer ausdenken.

Sie hörten die Garbo sagen: »Ich bin sicher, daß auch Saloman die Wolheims gesehen hat. Das ist einer meiner Nachbarn. Ein pensionierter Versicherungsmakler. Witwer. Lebt allein.« Sie zeigte mit einer müden Handbewegung in die Richtung, in der Mr. Saloman womöglich zu finden wäre. »Ich könnte ihn ja telefonisch hierherbitten, aber ich habe ihn noch niemals eingeladen und wüßte nicht, warum ich jetzt einen Präzedenzfall schaffen sollte. Sie haben doch sicher ein Foto von der Toten. Warum gehen Sie damit nicht zu Mr. Saloman? Salka kommt wahrscheinlich erst später, und ich hätte gern noch ein wenig Zeit, mich darauf gefaßt zu machen. Der erste Drehtag ist immer sehr strapaziös. Man arbeitet hauptsächlich mit Schauspielern, mit denen man noch nie gearbeitet hat, und auf so viele Leute muß man sich erst einmal einstellen. Es ist, als ob man in eine neue und fremde Familie kommt, verstehen Sie?«

Sie verstanden. Villon bot sich freiwillig an, Saloman aufzusuchen. Arnold blieb und nahm gierig den Scotch mit Soda, den Lottie ihm brachte. Die Garbo schlürfte ebenso gierig ihren Wodka mit Eis und schleuderte ihre Schuhe weg. Sie musterte Arnold eine Zeitlang; ihr inquisitorischer Blick war ihm so unangenehm, daß er dachte, sie könnte damit selbst Torquemada in den Schatten stellen. Schließlich sagte sie: »Sie sind von der Bundespolizei, sagen Sie?«

»Ja.«

»Ein FBI-Agent.«

»Ja.«

»Wie James Cagney?«

»Der ist nicht beim FBI.«

»Doch, in einem Film, den ich vor Jahren gesehen habe.

Da hat er einen entzückenden FBI-Agenten gespielt. Gibt es sonst noch FBI-Agenten, die entzückend sind?«

»Ich wüßte nicht, daß wir uns als entzückend bezeichnen.«

»Ich finde Sie entzückend.« Sie grinste. »Nehmen Sie mich nicht ernst. Nach einem Tag mit Erich von Stroheim und Peter Lorre ist es wohl begreiflich, daß mir ein wenig donquichottisch zumute ist.« Sie hielt inne und bemerkte dann: »Die Rolle würde ich gern mal spielen.«

Er vermochte ihren geistreichen Sprüngen kaum zu folgen. »Welche Rolle?«

»Die Figur, von der sich das Wort ›donquichottisch‹ herleitet. Cervantes' Don Quichotte. Korrekt ausgesprochen wird das aber ›Ki-hote‹. Sehen Sie, da sind Sie baff. Die Garbo ist gebildet.« Sie lachte. »Eigentlich nicht so sehr. Ich war eine schlechte Schülerin. Gelernt und Kenntnisse erworben habe ich erst, als ich älter wurde. Deshalb bin ich auch meistens still. Ich bin still, weil ich zuhöre und lerne. Ah! Ich höre Salkas Wagen! Lottie! Mrs. Viertel ist da! Bringen Sie ihr einen trockenen Sherry als Kompliment für ihren trockenen Witz.« Die Garbo ging zur Tür. Salka Viertel kam herein, und während die Garbo sie gerade mit Arnold bekannt machte, kam Herb Villon zurück.

Salka fand sofort Gefallen an den beiden Männern. Sie sahen gut aus und strahlten eine Nüchternheit aus, die ihr sympathisch war.

Villon berichtete: »Mr. Saloman hat die Frau einwandfrei identifiziert.«

»Ja?« Die Garbo legte den Kopf schief. »Zeigen Sie mir das Bild.« Er nahm das Foto aus einem braunen Umschlag. Sie und Salka studierten es. Die Garbo zog eine Grimasse. Salka sagte: »Ja, das ist die Dicke, das arme Ding.« Die Garbo bestätigte. Salka fragte: »Wie wurde sie umgebracht?«

»Der Coroner tippt fürs erste auf Thalliumnitrat, das ist ein toxisches Metall. Wie Sie sehen, hat sie viele Haare verloren. Das ist eins der Symptome.«

Die Garbo trat ans Fenster und blickte aufs Meer hinaus. »Sieh nur, Salka, sieh nur! Da draußen tummeln sich die Delphine!«

Salka erklärte den Männern: »Sie ist vernarrt in Delphine.«

Lottie brachte ein Tablett mit Hors d'œuvres aus der Küche und reichte es den Gästen der Garbo. Sie lächelte Villon an. Er dachte, ich kenne diese Frau. Die habe ich schon mal gesehen. Aber ich weiß nicht mehr wo. Wird mir noch einfallen. Wie immer.

»Herb, was machen Sie für ein komisches Gesicht?«

Er sagte Arnold, daß er Lottie von früher her zu kennen glaube.

Arnold meinte: »Warum fragen Sie sie nicht? Hatten Sie den Eindruck, daß sie Sie erkannt hat?«

Villon konnte nicht antworten, weil die Garbo und Salka jetzt vom Delphinebeobachten zurückkamen und sie mit Fragen zu bombardieren begannen. Salka fing an: »Gab es in dem Haus irgendwelche Hinweise auf ihre wahre Identität? Wolheim ist doch offensichtlich ein Pseudonym.«

»Nein, nichts«, erklärte Villon. »Keine Handtasche, keinerlei Ausweispapiere. Ihre Kleider sind von der Stange, den Etiketten nach aus irgendeinem billigen Kaufhaus in L. A., dürfte nicht leicht zu ermitteln sein. Die Spurensicherung hat das ganze Haus abgesucht, aber nichts von Bedeutung gefunden. Ein paar Fingerabdrücke wurden zur möglichen Identifizierung nach Washington geschickt. Reste von Erdnußbutter und Apfelgelee, die wir im Kühlschrank gefunden haben, werden im Labor auf eventuelle Spuren des Gifts untersucht.«

Salka fragte interessiert: »Der Kühlschrank war an? Der Strom war nicht abgeschaltet?«

»Das Telefon hat auch funktioniert«, ergänzte Villon.

»Dann müssen Sie bei den Versorgungsbetrieben nachforschen, wer die Rechnungen bezahlt.« Die Garbo stand wieder im Rampenlicht. »Nun, habe ich recht?«

Villon war fassungslos. »Ein Punkt für Sie, Miss Garbo. Darauf hätten wir selbst kommen müssen.«

»Aber die Leute, die die Rechnungen bezahlt haben, sind wahrscheinlich unter falschem Namen aufgetreten.« Sie rieb sich am Kinn. »Ja? Richtig? Ist doch logisch, oder? Wenn die Wolheims deutsche Agenten waren, dann wird derjenige, der die Rechnungen bezahlt hat, nicht seinen richtigen Namen benutzt haben. O mein Gott!« Sie hielt sich den Mund zu.

»Greta, was ist?« rief Salka bestürzt. »Was hast du?«

»Kriegman!«

Arnold fragte: »Wer ist Kriegman?«

»Guiss' Butler. Lottie, ich brauche noch einen Wodka.«

Die Garbo setzte sich. »Ich habe heute in meiner Garderobe mit Peter Lorre und meiner Freundin Mercedes de Acosta über die Wolheims gesprochen. Peter hatte irrtümlich eins der Mädchen, die für von Stroheim arbeiten, für eine geheimnisvolle Frau gehalten, die vor einigen Wochen bei uns am Strand vor irgend etwas auf der Flucht gewesen war. Nettes Mädchen, Lisa Schmidt.« Villon und Arnold unterließen es, einen Blick auszutauschen. »Jedenfalls hatte ich, während wir über Mr. Wolheim sprachen, so ein Gefühl, als hätte ich schon mal jemanden gesehen, der ihm ähnlich war, und dann wußte ich plötzlich, wen ich meinte. Kriegman!«

Arnold fragte noch einmal: »Wer ist Kriegman?«

»Der Butler von Albert Guiss!«

Diesmal tauschten Villon und Arnold einen Blick aus. Villon sagte: »Diesen Butler Kriegman müssen wir kennenlernen.«

»Ich kann Albert für Sie anrufen, wenn Sie wollen«, bot die Garbo an.

»O nein, nein. In diesem Fall brauchen wir das Überraschungsmoment«, sagte Villon eisern. »Es wäre uns lieber, unangemeldet bei Mr. Guiss aufzutauchen.«

Die Stimme der Garbo klang traurig. »Bei Mr. Guiss kann

man nicht so ohne weiteres auftauchen. Er bewohnt ein Schloß in Bel Air, das mit sehr raffinierten elektrischen Anlagen zur Abwehr von Eindringlingen ausgestattet ist. Ich bin mehrmals dort gewesen. Ich weiß Bescheid.« Lottie schenkte ihr Wodka nach.

Villon wandte sich unvermittelt an Lottie: »Verzeihen Sie. Aber wir sind uns schon mal begegnet?«

Lottie schenkte ihm ein strahlendes Lächeln. »Ja, selbstverständlich. Vor knapp zehn Jahren. Als Sie mich verhaftet haben.«

Der Mund der Garbo stand offen. Salka sagte: »*Was* hat er?«

»Er hat mich verhaftet«, beteuerte Lottie. »Ich werde das nie vergessen. Er war ungeheuer höflich und sehr nett. Sie hatten Ihre blonde Freundin dabei«, erinnerte sie Villon.

»Hazel Dickson.«

»Ja, genau. Hazel Dickson. Die war Klatschkolumnistin oder so was Ähnliches.«

»Richtig.«

»Was ist aus ihr geworden? Sie haben mit ihr Schluß gemacht?«

»Nein. Sie ist zur Armee gegangen. Ist jetzt Captain beim Women's Army Corps.«

»Da wird sie eine gute Figur abgeben.«

»Zur Zeit hat sie einige Schwierigkeiten. Sie kann viele der Mädchen, die unter ihr dienen, kaum noch davon abhalten, sich untereinander zu verloben. Sagen Sie, wie war noch gleich Ihr Name?«

Sie stemmte verärgert die Hände in die Hüften, als wollte sie sagen: *Wie können Sie es wagen, sich meiner nicht zu entsinnen.* »Lottie Lynton, verdammt noch mal!«

»Lottie ...«

»... Lynton«, betonte sie ungehalten. Salka schüttelte ungläubig den Kopf und ging an die Bar, um sich Sherry nachzuschenken.

Die Garbo war entzückt über die unerwartete Begegnung. »Lottie arbeitet seit über zwei Jahren für mich. Ihr Bewährungshelfer hat sie meiner Obhut anvertraut. Jetzt gehört sie mir. Sie ist ein Schatz.«

Villon erinnerte sich wieder. »Sie haben Ihren Mann getötet.«

»Und wie! Dieser miese Schweinehund. Ständig habe ich ihn gewarnt, mich nicht mehr zu schlagen. Der blöde Idiot hat es darauf ankommen lassen, also habe ich ihn umgebracht. Meine Narben sind noch immer nicht verheilt.«

»Jetzt weiß ich wieder«, sagte Villon. »Sie haben ihn vergiftet.«

»Volltreffer!«

»Irgendwas mit Kakao oder so, stimmt's?«

»Heiße Schokolade!« kreischte die Garbo, die vor Lachen nicht mehr an sich halten konnte.

»Richtig!« schrie Villon. »Heiße Schokolade!«

Lottie hatte sich stolz aufgerichtet. Daß sie ihren Mann vergiftet hatte, war eine Heldentat, von der sie bis ans Ende ihres Lebens prahlen würde.

»Mit Zyanid, richtig?« fragte Villon.

»Falsch.« Sie verschränke die Arme. »Mit Thalliumnitrat!« Garbos Lachen erstarb. Lottie begriff nicht, warum es plötzlich so still war. »Nun, so hieß das Zeug. In unserer Bücherei gab es ein Buch über Gifte, da habe ich mich informiert. Die arme Sau. Hat Wochen gebraucht, bis er tot war. Und ich mußte mir ständig sein Gebrüll anhören, die Füße würden ihm verbrennen. Und dann fielen ihm büschelweise die Haare aus, wenn er sich kämmte, und ich sage Ihnen, es hat mir schon den Appetit verschlagen, ihn bloß herumgehen zu sehen. Aber schließlich ist er doch gestorben. Ich wurde überführt, dann wegen guter Führung entlassen, und da bin ich nun.«

»Ja, allerdings«, stimmte Villon zu. »Da sind Sie nun.«

DREIZEHN

Ein paar Stunden später konnte Villon in Musso und Franks beliebtem Restaurant am Hollywood Boulevard noch immer nicht über Lottie Lyntons unverfrorene Aufführung in Greta Garbos Wohnzimmer hinwegkommen. »Die hat sich über den Giftmord an ihrem Mann ausgelassen, daß man meinen könnte, sie hätte die Sicherheitsnadel erfunden. Nehmen Sie einen Reibekuchen.«

Arnold verzichtete. »Glauben Sie, sie hat Mrs. Wolheim kaltgemacht?«

»Kein Motiv. Warum sollte sie? Bloß, um in Übung zu bleiben?«

»Nun, wir haben einen Thalliumnitrat-Mörder in der Nachbarschaft eines Thalliumnitrat-Opfers. Wie zufällig kann ein Zufall sein?«

»Thalliumnitrat ist sehr beliebt. Ich hatte vor zwei Monaten einen Fall mit so einem Irren, der seine Frau, deren Mutter und Vater und drei minderjährige Kinder auf diese Weise aus dem Weg geräumt hat. Hat behauptet, Gott habe ihm den Auftrag dazu erteilt.«

»Welcher Gott?«

»In seinem Fall? Vermutlich Buddha. War eine chinesische Familie. Hatten ein Restaurant.«

Arnold spießte eine gekochte Karotte auf und wollte sie gerade seinem Mund überantworten, als er die Gabel sinken ließ und sagte: »Martin Gruber.«

»Was ist mit ihm?«

»Der Butler. Kriegman.«

»Mann, können Sie nicht Klartext reden?«

»Gruber kann ein Foto von Kriegman machen und uns geben. Wir haben eine neue Kamera, die sensationelle Innenaufnahmen liefert. Im örtlichen Revier haben sie bestimmt eine.«

»Arnold, Sie sind ein Genie.«

»Ich werde mich gleich morgen früh darum kümmern.«

»Angenommen, Gruber macht nicht mit? Er kann doch nicht hinter Kriegman herrennen und schreien: ›He, Kriegman, bitte recht freundlich!‹«

»Er ist schlau. Einer der besten Informanten, die wir je hatten. Stammt aus einem alten Verrätergeschlecht. Hat nicht viel Training gebraucht, als Lisa ihn uns gebracht hat.«

»So gut ist er? Und Sie sind sicher, daß er kein doppeltes Spiel treibt?«

Arnold dachte darüber nach. »Daß er für uns arbeitet und gleichzeitig für sie? In dem Spiel ist alles möglich.« Er schüttelte den Kopf. »Nein, Gruber nicht. Er hat uns im Lauf der letzten zwölf Monate zu viele überaus wertvolle Informationen geliefert. Er hat uns geholfen, zwei Codes zu knakken; er hat uns eine phantastische Liste von Leuten besorgt, die in diesem Land für die Fünfte Kolonne arbeiten; und so gut zahlen die Deutschen nicht. *Wir* zahlen *wirklich* gut.«

»Wie lange ist er schon bei Guiss?«

»Seit über einem Jahr jetzt.«

»Und es ist ihm noch immer nicht gelungen, Guiss und seine Trabanten festzunageln?«

»Herb, Sie sind vielleicht naiv. Wenn wir hier raus sind, erzähle ich Ihnen ein paar Gute-Nacht-Geschichten.«

»Was mißfällt Ihnen denn hier?« fragte Villon, indem er den Kampf mit einer schlaffen, zerkochten Spargelstange aufnahm.

»Man kann nie wissen, wer in der Nische nebenan sitzt.«

»Ich weiß, wer in der Nische nebenan sitzt. Zwei französische Schauspielerinnen, Fifi D'Orsay und Yola D'Avril. Nette Mädchen.«

»Sind das Freie Franzosen?«

»Weiß ich nicht. Ich hatte keine Veranlassung, ihnen ein Angebot zu machen.«

»Ich schwöre, Herr Guiss, ich schwöre, ich habe sie nicht umgebracht! Das letzte Mal habe ich sie vor über einer Woche gesehen, als sie ihre Sachen packte, um nach Kanada zu gehen.« Kriegman betupfte seine feuchte Stirn mit einem Taschentuch. »Unsere Leute in Toronto sollten sie nach Deutschland zurückbringen. Ist es nicht so, Herr Henkel? Sie haben ihnen doch die Nachricht durchgegeben.«

Außer Henkel waren noch Risa Barron und Werner Lieb in Guiss' Büro; sie alle machten sich Sorgen über die Folgen, die der Mord an Mrs. Wolheim nach sich ziehen könnte. Henkel unterdrückte ein nervöses Gähnen. »Ja, so ist es. Aber die wollten sie nicht unbedingt zurückhaben.«

»Wieso das?« fragte Guiss.

»Sie hatten in der Heimat keine weitere Verwendung für sie. Hätten es lieber gesehen, wenn sie hierbliebe. Wollten ihr Arbeit bei einer Familie in Boston verschaffen, Kennedy war der Name, glaube ich. Aber Anna wollte nach Hause. Sie hatte Angst.«

»Ja«, brüllte Kriegman, »sie hatte große Angst. Wenn sie nicht gerade Sandwiches mit Erdnußbutter und Apfelgelee in sich reinschlang, hat sie die Hände gerungen und dazu unaufhörlich ›Achtung, Achtung!‹ gemurmelt. Außerdem hat sie über Haarausfall und brennende Schmerzen in den Füßen geklagt.«

»Das sind die Nerven«, stellte Risa Barron kategorisch fest, »nur die Nerven. Einer meiner Schwestern sind die Augenbrauen, Wimpern und Schamhaare ausgefallen, nachdem ihr Mann sie in Marokko wegen einer Hure verlassen hatte. Später, als sie sich in einen Apotheker verliebte, ist natürlich alles wieder nachgewachsen. Das sind nur die Nerven.«

Kriegman quasselte weiter. »Sie haben selbst gesagt, wenn ein Agent die Nerven verliert, kann man ihn vergessen. Wenn wir in dem Haus geblieben wären, wenn Sie uns nach der Bombardierung von Pearl Harbor nicht gezwungen hätten, von dort zu verschwinden . . .«

»Das Haus hatte seine Schuldigkeit getan. Ich habe Sie

hier gebraucht, genau wie ich die Jungen für meine bewaffnete Wachmannschaft gebraucht habe.« Guiss fragte Risa: »Das Mädchen? Bist du noch immer unzufrieden mit ihr?«

Risa spielte nervös am Verschluß ihres Armbandes herum. »Sie gibt sich große Mühe. Aber sie ist so gewöhnlich. Wie ist sie bloß zum Geheimdienst gekommen? Sie ist so alltäglich, so gewöhnlich. Sie sollte einen Metzgergehilfen heiraten und Kinder kriegen.«

»Weiß sie, daß Mrs. Wolheim getötet wurde?«

»Natürlich weiß sie das. Sie liest die Zeitungen.«

»Hat sie dir irgend etwas gesagt?«

»Eine ganze Menge. Sie hat Angst. Abendliche Spaziergänger haben sie am Strand gesehen, zum Beispiel dieser Jude Saloman, der Nachbar von Greta. Und Greta selbst auch, und ihre Freundin Salka Viertel. Und Marion Davies wahrscheinlich auch, als sie und Hearst am Strand Nachlaufen spielten. Gott im Himmel! Wir sollten sie alle nach Deutschland zurückschicken, je früher, desto besser.«

Kriegman erbleichte. »Bitte! Schickt mich nicht zurück! Ich will nicht zurück. Dort gibt es nichts für mich zu tun.«

»Halten Sie den Mund, Idiot!« schrie Guiss. Er stand auf und entfernte sich von seinem Schreibtisch, um laut nachzudenken. »Sie hatte also gepackt, um nach Deutschland abzureisen. Sollte jemand sie zum Zug begleiten?«

»Ja, ich«, sagte Henkel. Dann mit einem Lächeln: »Sie hatte mich ziemlich gern.«

»Warum haben Sie sie nicht zum Zug gebracht?«

»Als ich sie abholen wollte, war sie weg. Niemand hat sie verschwinden sehen.«

»Und niemand weiß, wie sie ins Haus zurückgekommen ist.«

»Ihr Mörder weiß es«, sagte Risa Barron mit honigsüßer Stimme. »Meinst du, die vom FBI haben sie umgebracht? Meinst du, die haben sie getötet und ins Haus zurückgebracht, sozusagen als Warnung, daß sie uns durchschaut haben?«

»Wenn sie uns durchschaut haben«, bemerkte Guiss sachlich, »werden sie uns holen kommen.«

Risa machte große Augen. »Die Aussicht macht dir keine Angst?«

»So leicht macht man mir keine Angst.«

Werner Lieb polierte sein Monokel mit einem Stück Seidenpapier und fragte: »Ist Ihnen schon mal der Gedanke gekommen, daß der Mörder sich unter uns befinden könnte?«

»Durchaus«, sagte Guiss, »aber wer von uns sollte einen Grund haben, sie zu töten?«

»Muß denn jeder Mörder ein Motiv haben?« fragte Lieb. »Gibt es nicht Mörder, die bloß aus Spaß am Töten töten? Sie war für unsere Sache nicht mehr zu gebrauchen. Demnach war sie entbehrlich.«

Risa beugte sich auf ihrem Sessel vor. »Das klingt sehr plausibel, wie Sie das sagen. Am Ende haben Sie sie umgebracht.«

»Ich bin Pragmatiker, Risa. Ich denke, die Ermittlungen sollten der Polizei überlassen bleiben. Die Zeitungen berichten nichts davon, *wie* sie getötet wurde; nur, daß im Schlafzimmer eines Strandhauses in Santa Monica, in der Nachbarschaft einiger sehr prominenter Zeitgenossen, die Leiche einer Frau namens Wolheim gefunden wurde. Hearst selbst ist damit seiner Konkurrenz zuvorgekommen. Ich denke, wir sollten uns jetzt eher mit der dürftigen Leistung unserer Darsteller am ersten Drehtag befassen. Von Stroheim hat keine zwei Minuten brauchbares Material geschafft. Das ist sehr unbefriedigend.«

»Nach dem, was ich von der ersten Szene mit der Garbo und Lorre gesehen habe«, steuerte Risa bei, »wirken ihre Leistungen sehr enttäuschend.«

»Die werden sich steigern«, sagte Guiss zuversichtlich; »und von Stroheim hat versprochen, Tempo zu machen. Die sind alle nervös. Der erste Tag, sagt man mir, ist niemals einfach.«

»Das ist richtig«, sagte Risa mit bösem Grinsen, »es ist

wie die erste Nacht auf einer Hochzeitsreise. Nichts als unbeholfenes Gefummel.«

Guiss steckte sich eine Zigarette an. »Morgen, wenn wir uns die Musterkopien ansehen, werden wir mehr wissen. Mag sein, daß Greta sich nicht gut anhört, aber auf alle Fälle sieht sie gut aus. Die Farbtests waren beachtlich.« Er lächelte bei der Erinnerung. »Würde ja zu gern mit ihr ins Bett gehen.«

Zum erstenmal, seit sie Guiss kennengelernt hatte, tat Risa der Mann leid. In Gedanken bei der unerreichbaren Garbo, wirkte Guiss wie ein trauriger, verwundbarer Schuljunge.

Auf dem Weg zu Arnolds Bungalow, wo sie ihr Gespräch über Guiss und Konsorten fortsetzen wollten, machten Arnold und Villon auf einen Drink Zwischenstation in der belebten Bar des Garden of Allah. Herb Villon war verrückt nach großen Namen, und in dem Lokal wimmelte es von Prominenten. An einem Tisch saß Dorothy Parker mit ihrem Mann Alan Campbell und dem Komiker Charles Butterworth. Sie hörten, wie Butterworth Mrs. Parker fragte: »Haben Sie Steinbecks neues Buch gelesen?«

»Ein wenig.«

»Und wie ist es?«

Sie antwortete: »Kaffeesatz ist eine gehaltvollere Lektüre.«

An einem anderen Tisch trank der Autor und Regisseur Preston Sturges mit dem Schauspieler und Humoristen Robert Benchley. Benchley sprach über einen Schauspieler, den Sturges für seinen nächsten Film ins Auge gefaßt hatte. »Ich finde ihn ziemlich mittelmäßig«, sagte Benchley.

Sturges erwiderte mit schwerer Zunge: »Er ist nicht talentiert genug, um mittelmäßig zu sein.«

Am Tresen versuchte die Schauspielerin Miriam Hopkins, sich nicht über ihren Begleiter, den Schauspieler Vince Barnett, zu langweilen, der gerade aus heiterem Himmel zu ihr sagte: »Wissen Sie, Miriam, ich habe das Gefühl, mein Leben fängt jetzt erst an.«

Sie sagte fröhlich: »Dann lernen Sie mal Windeln wechseln.«

Arnold stieß Villon an: »Fahren wir zu meinem Bungalow. Mir reicht's.«

Im Bungalow legte Arnold sein Jackett ab und schenkte zwei Drinks ein. Villon ließ sich in einen Sessel sinken und zündete eine Zigarette an. Arnold sagte: »Wissen Sie, was ich denke, Herb? Ich denke, die Frau wurde von einem aus ihrer eigenen Clique umgebracht.«

»Ich denke, Sie könnten recht haben.«

»Ich muß recht haben. Soweit wir wissen, hatte sie außer ihrer falschen Familie niemanden. Wahrscheinlich hat sie sonst keinen Menschen in L. A. gekannt.«

»Mich stört bloß die Frage«, sagte Villon, »wo sie in der Zwischenzeit untergetaucht war, also vom 8. Dezember an, wo sie das Strandhaus verlassen hat, bis zu ihrer Ermordung? Das sind immerhin zwei Monate.«

»Vermutlich hatten sie sie in einem ihrer sicheren Häuser versteckt. Davon sind uns allein in der Gegend hier mindestens drei bekannt.« Arnold dachte kurz nach. »Jemand muß sie für eine Bedrohung gehalten haben, oder aber sie hatten keine Verwendung mehr für sie und fanden es einfacher, sie umzubringen, als sie nach Deutschland zurückzuschicken. Die haben eine Rückzugsroute über Kanada.«

»Habe davon gehört. Ist unseren freundlichen Nachbarn im Norden eigentlich klar, wie gastfreundlich sie zu den Nazis sind?«

»O ja, glauben Sie mir, das wissen sie.«

»Okay, und was ist mit Guiss und seinen Spielkameraden?«

»Wir wissen«, sagte Arnold, »daß Guiss aus Wien stammt und daß er als Kavallerist bei der Wiener Armee gedient hat. In dieser Zeit hat er erstaunliches diplomatisches Geschick bewiesen und die Freundschaft und Bewunderung einiger sehr einflußreicher Leute gewonnen. Nun, das ist gut zwanzig Jahre her. Man kann davon ausgehen, daß er ein Kriegsheld war, aber ich bezweifle, daß wir je die Ehre haben werden, seine Orden mit eigenen Augen zu sehen. Dann kommt eine Lücke von fünf Jahren, und als er wiederauftaucht, ist er ein sehr sehr reicher Mann und von lauter Geheimnissen umgeben.«

»Keine Frau? Keine Kinder?«

»Kein gar nichts. Jede Menge Gerüchte, was Mätressen betrifft. In den letzten zwei Jahren nimmt Risa Barron diese Rolle ein. Er hat sie mit einem Vermögen an Schmuck überhäuft.«

»Was ist mit der Barron? Haben Sie die mal kennengelernt?«

»Ich habe Fotos gesehen, Wochenschauen: ein häßliches Weibsbild, das gelernt hat, gut auszusehen. Alles in ihrem Gesicht ist falsch, aber wenn man es so zusammensetzt, wie sie es tut, kommt das heraus, was die Schundschreiber eine ›faszinierende Abenteurerin‹ nennen. Hat sich an eine Menge fieser Kerle rangeworfen. Hitler und seine Bande, Mussolini und seine Spaghettis. Soll auch in einem Harem gelebt und von dort den Rechtsanspruch auf eine Ölquelle mitgebracht haben. Sie war wirklich verknallt in Guiss, aber es gibt Verdachtsmomente, die belegen, daß die Sache sich bereits abkühlt. Er ist hinter der Garbo her.«

»Ich wette, die kriegt er nicht«, sagte Villon.

»Dann haben wir noch Werner Lieb. An dem ist alles falsch. Sein Name, sein Monokel, seine Stellung als Koproduzent des Films. In Wirklichkeit ist er Guiss' Adjutant. Guiss hat ihn vor etwa zehn Jahren in Südamerika aufgelesen, wohin er sich nach irgendwelchen Betrügereien aus Deutschland verdrückt hatte. Hatte alten Damen ihr Geld abgegaunert.«

»Das tun Warenhäuser auch.«

»Es gab auch eine Anklage wegen Päderastie. Guiss hat das alles für ihn aus der Welt geschafft. Er hat in Lieb den

Typ von Kriecher erkannt, der ihm nicht an den Karren pinkeln würde. Guiss mag ihn sehr, und Lieb ist schlau genug zu wissen, daß ihm gar nichts Besseres passieren konnte.«

»Und Henkel? Wie sieht's mit dem aus?«

»Der war mal Buchhalter. Hat versucht, Kurzgeschichten zu schreiben, aber nie welche verkauft, jedenfalls nicht daß ich wüßte. Wir nehmen an, daß er kein Deutscher ist. Wie schmeckt der Drink?«

»Ausgezeichnet. Erzählen Sie weiter. Ich bin fasziniert.«

»Wir bezweifeln, daß Henkel sein richtiger Name ist. Die Jungs haben Fotos von ihm untersucht und meinen, er könnte Slawe sein, oder Pole, oder womöglich Lette. Es gibt einen Schnappschuß von ihm, wie er grinsend eine Prozession von Badenixen beobachtet, und, allmächtiger Gott, da sehen seine Zähne aus, als hätte man ihm eine Ladung Schrot reingeschossen.«

»Und dann haben wir unseren Mann Gruber. Vergessen Sie nicht, die Kamera mal auf ihn zu richten.«

»Wir haben auch noch unsere Frau Greta.«

Villon richtete sich auf. »Sie wollen doch nicht etwa sie mit dem Mord an Mrs. Wolheim in Zusammenhang bringen.«

»Nein, keineswegs. Aber sie hat eine Zeitlang in Deutschland gelebt und dort eine Menge Leute kennengelernt, die heute aktive Nazis sind.«

»Na und? Pola Negri ist auch wieder in der Stadt, um ein Comeback zu versuchen. Kennen Sie sie noch?«

»Stummfilme?«

»Richtig«, sagte Villon. »Aber wissen Sie, wo sie war, bevor in Europa der Krieg ausgebrochen ist? Sie war in Deutschland und hat für Goebbels Filme gedreht! Wird sie deshalb auf dem elektrischen Stuhl gebraten?«

»Wir haben ein komplettes Dossier über sie. Sie ist harmlos. Hat in Deutschland gearbeitet, weil sie keine anderen Angebote hatte und ihr der Schmuck zum Versetzen ausgegangen war.«

»Sie wollen mir doch nicht weismachen, daß die Garbo eine Sympathisantin sein könnte. Sie war ganz schön clever heute abend. ›Forschen Sie bei den Versorgungsbetrieben nach, wer die Rechnungen bezahlt!‹ Warum sind *wir* da nicht drauf gekommen?«

Arnold zuckte die Schultern. Er war müde. Er wünschte, Lisa Schmidt würde sich melden. Sie mußte Gruber die Kamera bringen. Er wünschte, daß er nicht so besorgt um ihre Sicherheit wäre. Ihm war kein einziger faschistischer Fanatiker bekannt, bei dem nicht leicht die Sicherung durchbrannte. Heute heißt es »Bringt sie nicht um«, und morgen schon könnte es »Was, die Frau lebt noch?« heißen. Diese Leute machten ihm angst. Sie waren nicht menschlich, entsprachen nicht dem, was man ihm in der Sonntagsschule über Menschlichkeit beigebracht hatte. Sie waren unwirklich. Er sagte es laut und erschreckte damit Villon. »Guiss ist unwirklich!«

»Was zum Teufel soll das heißen?«

»Ich hatte grade so ein Gefühl. Irgend etwas an Guiss bringt mich auf den Verdacht, daß er ein Schwindler ist.«

»Sie meinen, daß er gar nicht so reich ist?«

»Ich meine, vielleicht ist es gar nicht sein Geld.«

Villon genehmigte sich noch einen Drink. »Ich weiß, worauf Sie abzielen. Interessante Prämisse. Irgendein Milliardär, ein Unbekannter, hat ihn entworfen und erschaffen. Als Mittelsmann. So was haben die Gangster in den zwanziger Jahren oft getan. Wußten Sie, daß die George Raft erschaffen und dann dafür bezahlt haben, daß er ein Star wurde, bloß um irgendwie nach Hollywood reinzukommen? Haben Sie das gewußt?«

»Der ist doch immer noch ein Star, oder?«

»Das soll einer verstehen. Kein Talent, und sein Name erscheint noch immer über dem Titel.«

»Bei Guiss ist es, figürlich gesprochen, ebenso. Aber worin besteht sein Talent? Warum bringt man ihn dazu, fünf Millionen Dollar in eine Mißgeburt über die Jungfrau von

Orléans zu pumpen? Warum kostet das Ding fünf Millionen? Lisa Schmidt meint, die Aufbauten seien zwar nicht billig, aber auch nicht gerade verschwenderisch. Abgesehen von der Million für die Garbo kriegen die anderen Schauspieler nicht überdurchschnittlich viel Honorar, nur das Übliche. Sie meint, zwei oder zweieinhalb Millionen dürften mehr als genug sein, die Kosten der Produktion zu dekken. Wer also steckt den Rest in die Tasche?«

Das Telefon klingelte. Es war Lisa Schmidt. Arnold erzählte ihr von dem Plan mit der Kamera, und sie versicherte ihm, es wäre kein Problem, sie Gruber zu bringen. Sie berichtete von Guiss' Anweisung, ihre Vorgeschichte gründlich zu durchleuchten. Dann kamen sie auf den Mord zu sprechen.

»Haben Sie herausgefunden, wie die Leiche ins Haus geschafft wurde«, fragte Lisa, »oder hat sie im Haus noch gelebt? Ist sie dummerweise dort gestorben, und der Mörder hat gemeint, dann könne er sie genausogut auch dort liegenlassen?«

»Guter Gedanke.«

Sie sprachen über Strom und Telefon. Lisa sagte: »Das Anwesen gehört Guiss. Gruber hat mir das vor langer Zeit erzählt. Deswegen funktionieren die Anschlüsse noch. Warum sonst haben sie ihr Treffen dort abgehalten? Warum sonst haben die Wolheims dort so lange gewohnt? Ich wette um einen ganzen Wochenlohn, daß die einen Kurzwellensender hatten und als Relaisstation fungiert haben. Verdammt, Arnold, es steht in einem meiner Berichte, daß Guiss der Eigentümer des Hauses ist.«

»Ich behalte nie was von dem, was ich lese«, bellte Arnold. »J. Edgar gibt mir so viele verdammte Berichte, daß ich mich manchmal frage, wo er noch die Zeit hernimmt, so viele Leute zu hassen.«

»Ich glaube, es spricht vieles dafür, daß sie von ihren eigenen Leuten getötet wurde. Vielleicht hat Guiss den Befehl gegeben. Falls Kriegman wirklich Wolheim ist, hat die Frau vielleicht aus irgendeinem Grund damit gedroht, die ganze Chose zu verpfeifen. O Gott, bin ich müde. Ich kann nicht mehr denken. Sagen Sie mir Bescheid, wenn Sie die Kamera haben, dann vereinbaren wir ein Treffen.«

»Was ist mit der Biographie, die Sie und Gruber sich für Sie ausgedacht haben?« fragte Arnold.

»Die ist phantastisch. Vielleicht können wir die Filmrechte verkaufen.«

»Vielleicht. Gehen Sie schlafen. Entschuldigung, daß ich Sie angeschnauzt habe. Bin ziemlich durcheinander.«

»Wir sind alle ziemlich durcheinander. Also bis morgen.«

»Und, Lisa, verriegeln Sie Türen und Fenster.«

»Ich bin Ihnen weit voraus. Längst erledigt. Sehr stickig hier drin. Gute Nacht.«

Als Villon sich den nächsten Drink einschenkte, sagte Arnold: »Nicht so hastig mit dem Zeug. Sonst haben Sie morgen einen Riesenkater.«

»Ich habe nie einen Kater. Aber ich kann schlecht einschlafen. Der Fusel hilft dagegen. Ich muß Ihre Theorie über Guiss durchdenken. Was hatte Lisa zu berichten?«

Arnold erzählte von Lisas Überlegung, ob die Frau bereits tot ins Haus gebracht worden sei oder eben zufällig dort den Geist aufgegeben habe.

Villon sagte: »Sie haben etwas vergessen. Das Gift wurde über einen gewissen Zeitraum verabreicht. Jemand kannte ihre Lieblingsspeisen und hat ihnen Gift beigemischt. Da halte ich jede Wette.«

»Erdnußbutter und Apfelgelee?«

Villon sah auf seine Armbanduhr. Die Leute von der Spurensicherung waren wahrscheinlich noch bei der Arbeit. Es war erst kurz nach zehn. Manchmal saßen sie die ganze Nacht über ihren Experimenten, besonders wenn sie überlastet waren. Er rief sein Revier an, ließ sich mit der Spurensicherung verbinden und gab Anweisung, die Erdnußbutter und das Apfelgelee auf Spuren von Thalliumnitrat zu untersuchen.

Jack Kelly von der Spurensicherung teilte Villon mit: »Genau das haben wir gerade gefunden. Sie muß das Zeug über mehrere Wochen gegessen haben, zwei Wochen, vielleicht weniger, falls sie es in sich reingeschlungen hat.«

»Danke, Jack.« Villon legte auf und sagte: »Wenn sie so verrückt auf das Zeug war und es trotzdem im Kühlschrank hat liegenlassen, dürfte sie sich vor dem Rückzug in das Haus einen neuen Vorrat besorgt haben.«

»Wahrscheinlich hat man es ihr besorgt«, sagte Arnold, »als Abschiedsgeschenk.«

Villon seufzte. »Arnold, für Ironie ist es zu spät am Abend. Ich gehe nach Hause. Könnten Sie mich zur Tür bringen?«

Die Garbo saß im Dunkel ihres Wohnzimmers und paffte eine Zigarette; während sie aufs Meer hinausstarrte und das Auf und Ab der Wellen an der Küste beobachtete, gingen ihr Gedanken durch den Kopf, die ihr bis dahin fremd gewesen waren. Gift und Mord und Leichen in einem Nachbarhaus. Lottie Lynton und ihre Freude daran, sich als Gattenmörder betätigt zu haben. Villon hatte sich als Kriminalbeamter ausgewiesen, aber was war mit dem anderen? Sein Name, sein Name ... sie wühlte in ihrem Gedächtnis. Ah ja. Arnold Lake. Hat er sich als Kriminalbeamter vorgestellt? Nein, hat er nicht. Aber was ist er dann? Sicher, er hat sich nicht als Kriminalbeamter vorstellen müssen, der andere war ja bei ihm. Die beiden schienen gute Freunde zu sein. Haben sich gut verstanden. Und gut zusammengearbeitet.

Plötzlich dachte sie an Peter Lorre. Sie beide hatten heute nicht gut zusammengearbeitet. Gewiß, es war der erste Tag, und es war schon was dran an diesem alten Spruch, daß der erste Drehtag immer der schwierigste ist, und sie war ja auch wirklich nervös gewesen; aber Peters Nervosität, davon war sie überzeugt, hatte irgendeinen anderen Grund.

Angst.

Angst? Aber wovor hat er Angst? Etwa vor Lisa Schmidt?

War es möglich, daß er sie in jener Nacht tatsächlich am Strand gesehen hatte? Daß sie in seinem Haus um Hilfe gebeten hatte? Vielleicht hatte sie nicht geglaubt, ihn eines Tages wiederzusehen. Peter war im Studio so felsenfest überzeugt davon, sie sei die fragliche Frau gewesen, daß er fast aus der Haut gefahren ist. Und heute, nur einen Tag später, sagt er, er hätte sich geirrt. Gestern ein wütender Hund, heute ein netter Schmusekater. Da stimmt was nicht.

Sie drückte die Zigarette aus, ging an die Bar und machte sich einen Wodka mit Eis. Mit dem Glas in der Hand öffnete sie die Hintertür und trat auf die Veranda. Von dort konnte sie das geheimnisvolle Haus beobachten. In das unheimliche Licht des Vollmondes getaucht, machte es einen bösen und bedrohlichen Eindruck. Mrs. Wolheim.

Mr. Wolheim. Kriegman. Jetzt in einer neuen Rolle als Guiss' Butler. Ahnt Guiss, daß Kriegman ein feindlicher Agent ist?

»O mein Gott«, flüsterte sie, »bin ich blöd! Ich bin ja so dumm. Natürlich weiß er es!«

Sie eilte ins Haus zurück, verschloß die Tür, zog, um den Verdunkelungsvorschriften zu genügen, die Vorhänge vor und rief Salka Viertel an. Salka hörte sich die Informationen und Vermutungen, die ihre Freundin hervorsprudelte, aufmerksam an und sagte schließlich: »Greta, hör mir zu. Was auch immer du vermutest, behalt es für dich. Es könnte gefährlich sein.«

»Wann habe ich je eine Gefahr gefürchtet? Habe ich nicht sogar in einem Film mit John Barrymore gespielt?«

»Greta, bitte. Wenn diese Leute das sind, wofür du sie hältst, und wenn sie befürchten, daß du Bescheid weißt, bist du womöglich in Lebensgefahr. Gott im Himmel, es steht schon in der Zeitung, daß wir Mrs. Wolheim identifiziert haben. Also ist doch wohl klar, daß wir auch *Mr.* Wolheim identifizieren könnten. Und falls er tatsächlich Kriegman ist und er jetzt für Guiss arbeitet ... o mein Gott, Greta. Am Ende stehen wir schon auf der Abschußliste!«

»Sei nicht so melodramatisch, Salka. Du hast zu viele Drehbücher geschrieben. Wer würde es wagen, die Garbo zu töten?«

»Albert Guiss.«

»Meinst du wirklich? Welch entzückende Vorstellung. Das macht ihn ein bißchen interessanter.«

Salka sagte gereizt: »Red nicht so dumm daher. Vielleicht sollten wir diese Polizisten anrufen, die in dem Haus gewesen sind. Vielleicht solltest du *denen* von deinem Verdacht erzählen.«

»Meinst du nicht, die sind clever genug, von allein darauf zu kommen? Haben einen recht intelligenten Eindruck gemacht. Ach Salka. Ist das nicht wunderbar?«

»Was ist wunderbar?«

»In Gefahr zu sein! Ich glaube, ich bin noch niemals richtig in Gefahr gewesen. Ach Salka, das ist ein ganz neues Gefühl für mich, und was habe ich mich nach etwas frischem Wind in meinem öden Leben gesehnt! Ich bin in Gefahr! Herrlich! Am liebsten würde ich sofort Louella und Hedda anrufen, aber nein, das laß ich bleiben. Dieses Gefühl gehört mir, mir allein, und ich werde es für mich behalten, habgierig und egoistisch wie ich bin. Ich will noch einen Wodka trinken und darüber nachdenken. Geh schlafen, meine Liebe. Geh schlafen. Wir reden morgen weiter.« Sachte legte sie den Hörer auf.

Schlafen gehen? Ist sie verrückt? Salka schleuderte ein Kissen durchs Zimmer und wußte, daß ihr eine schlaflose Nacht bevorstand.

Die Garbo schenkte sich den versprochenen Wodka ein und ging dann wieder auf die Veranda. Glaubte sie, Salka etwas vorgemacht zu haben? Hatte sie zu dick aufgetragen? Glaubte Salka wirklich, daß Greta keine Gefahr fürchtete? Die Nachtluft ließ sie zittern. Die Nachtluft? Oder die Angst? Gott, du Idiot. Geh wieder rein. Weg von der Veranda. Hier draußen im Mondlicht bist du eine gute Zielscheibe. Sie stürzte ins Haus zurück. Sie verriegelte sorgfältig die Tür. Sie eilte ins Schlafzimmer und faßte den Entschluß, Villon und Arnold ihre Vermutungen mitzuteilen.

VIERZEHN

Villon und Arnold waren begeistert. Die Garbo hatte sie früh am Morgen angerufen und gebeten, ins Studio zu kommen. Jetzt saßen sie bei ihr in der Garderobe und ließen sich die von Lottie Lynton servierte Schokolade schmecken. Die Garbo fragte sich, ob sie vergessen hatten, daß Mr. Lynton mit Schokolade ins Jenseits befördert worden war. Lottie brachte auch einen Teller Toll-House-Kekse, die sie an diesem Morgen gebacken hatte. Die Männer empfanden nichts als Bewunderung für die Schauspielerin. Ihre Schlußfolgerungen waren intelligent und sorgfältig durchdacht. Sie besaß einen scharfen, mit unsterblicher Schönheit getarnten Verstand. Sie bewunderten sie und sagten ihr das auch.

Die Garbo klatschte vergnügt in die Hände, ein kleines Mädchen, das den Beifall seiner Lehrer errungen hatte. »Und was ist das für eine interessante Kamera, die Sie da haben, Mr. Lake?«

»Ähm, die habe ich in Südamerika entdeckt, als ich mal für ein paar Monate da unten war.«

»Sieht schrecklich raffiniert aus. Ich selbst habe nur eine kleine Brownie. Aber man kann sehr schöne Bilder damit machen. Darf ich mir die Kamera mal ansehen?« Arnold gab sie ihr, und sie spähte lachend durch den Sucher. »Sie beide sehen so ernst aus. Ist ein Film eingelegt? Ich würde Sie gern fotografieren.« Als Lake sie bat, das zu unterlassen, zog sie eine Schnute. »Glauben Sie mir, ich bin eine sehr gute Fotografin. Ich bin bei Meisterfotografen in die Lehre gegangen. Cecil Beaton, Louise Dahl Wolfe, Robert Capa, der jetzt als Kriegsfotograf in Europa ist. Aber wenn Sie sich nicht fotografieren lassen wollen . . .« Ihre Stimme verlor sich in kindlicher Enttäuschung, als William Haines ins Zimmer trat. Sie stellte ihn ihren Besuchern vor und sagte dann zu ihm: »Sie sehen mitgenommen aus. Was haben Sie?«

»Wie Dr. Jekyll einmal gesagt hat: Ich bin heute nicht ganz bei mir. Von Stroheim ist furchtbar schlecht gelaunt. Als er sich heute morgen mit der Wiener-Schnitzel-Bande die Musterkopien angesehen hat, gab es einen Aufruhr.« Haines grinste. »Ich wußte ja, daß er diesen Film genauso verpfuschen würde wie alles andere, was er anfaßt. Von den zig Kilometern, die er gestern gedreht hat, sind vielleicht ein oder zwei Minuten brauchbar. Sie hätten mal hören sollen, wie Guiss ihn zur Sau gemacht hat. Der arme Von konnte mir beinahe leid tun, aber er hat es ihm bei Gott gut zurückgegeben. Hat Guiss gesagt, wo er sich die Musterkopien reinschieben soll, wenn er so unzufrieden damit ist.«

Er führte ihnen eine boshafte Parodie des Regisseurs vor, indem er auf und ab stolzierte und dazu mit einer imaginären Reitpeitsche in die Luft hieb. »›Amateure wie Sie wollen mir erzählen, was gut und was schlecht aussieht? Sie haben doch keine Ahnung, wie man Musterkopien beurteilen muß. Nur der erfahrene Blick des Regisseurs und seiner Cutter kann entscheiden, was brauchbar ist und worauf verzichtet werden sollte. Und manchmal übersehen selbst *wir* eine gute Szene und müssen uns die Musterkopien immer und immer wieder ansehen, bis wir genug Schnipsel zusammenhaben, mit denen sich was Vernünftiges anfangen läßt. Sie haben von Stroheim engagiert?‹« Haines warf sich in die Brust und reckte das Kinn vor. »›Dann müssen Sie absolutes Vertrauen zu von Stroheim haben! Ich bin nicht so ein Pfuscher wie von Sternberg, der in dieser Branche erledigt ist!‹« Die Garbo zuckte zusammen. Ihr und Haines war bewußt, daß von Stroheim ohne diesen glücklichen Zufall jetzt wahrscheinlich im Büro seines Agenten sitzen und sich überreden lassen würde, vor die Kamera zurückzukehren, um schurkische Nazis zu verkörpern, Rollen, die ihm zur Zeit dutzendweise angeboten wurden. Der Mann mußte sich über die Verblüffung der ganzen Branche im klaren sein, daß jemand ihm noch einmal einen Regieauftrag gegeben hatte.

Haines setzte seine Vorführung fort. »›Also, wenn Sie mich feuern wollen, bitte sehr. Wenn nicht, verschwinden Sie und lassen mich den Film weitermachen. Greta ist phantastisch, und Lorre wird sich noch steigern . . .‹«

Greta kreischte vor Vergnügen. »Hat er wirklich gesagt, ich sei phantastisch? O Billy, wie mich das freut! Dann werden Lorre und ich heute wunderbar sein. Ich werde Peter an der Gurgel packen und zu einer guten Leistung zwingen. Er denkt zuviel an die geheimnisvolle Frau am Strand.«

Es war unheimlich, aber genau aufs Stichwort klopfte jetzt Lisa an die Tür, die so weit offen stand, wie Haines sie gelassen hatte, und trat ein. »Guten Morgen allerseits.« Dann sagte sie zu Greta: »Es wird Sie freuen zu hören, daß das Ungeheuer Sie in den Musterkopien großartig findet. Ich übrigens auch.«

»Sie haben sie gesehen?«

»Selbstverständlich. Ich bin doch Regieassistentin. Ich muß mit dem Notizbuch neben ihm sitzen und sein Geknurre übersetzen.«

Die Garbo war amüsiert. »Erich knurrt?«

»Er gibt eine Menge Geräusche von sich, die wenigsten davon sind angenehm.«

»Sie mögen ihn nicht?«

»Na ja, allmählich wird er mir sympathisch.« Sie schenkte sich Kaffee ein und nahm von Lottie Lynton einen Keks. »Er wächst mir ans Herz. Seine Beleidigungen werden melodiöser, und seinem Gemecker fehlt nur noch die Harfenbegleitung.« Sie biß in den Keks und nahm einen Schluck Kaffee. »Das ganze Geschrei soll bloß seine Angst kaschieren.«

»Aber was fürchtet er denn?«

»Mißerfolg!« kläffte Haines. Er wandte sich an Villon und Arnold: »Mißerfolg ist die Beulenpest von Hollywood.

Wer keinen Erfolg hat, fliegt raus; man kriegt keine Angebote mehr; man wird nicht mal mehr als Komparse gebraucht, um irgendeine Tischgesellschaft zu vervollständigen. Also verlegt man sich, falls man nicht sowieso schon süchtig ist, auf Alkohol oder Drogen oder beides, oder man geht nach Europa, um dort Arbeit zu suchen, nur daß es heutzutage in Europa kaum noch Stellenangebote gibt.«

»Oder man ist so klug und macht eine ganz neue Karriere als Filmausstatter«, sagte die Garbo und bedachte Haines mit einem bewundernden Lächeln.

Aber Haines ließ sich nicht ablenken. »Oder man ist so verrückt, Filmausstatter zu werden und nur noch vor dem ewigen Gezeter eines wahnsinnigen Diktators davonzulaufen.« Plötzlich schrie er auf: »›*Fuchsienrot!*‹« Arnold staunte nicht schlecht über diesen Ausbruch, während Villon mit seinen Augen unauffällig Lisas Aufmerksamkeit erst auf sich und dann auf die Kamera in Arnolds Hand lenkte. »Der blöde Hund hat was gegen Fuchsienrot! Erinnert ihn ans Schlafzimmer seiner Mutter. Wie konnte eine Mutter einen solchen Sohn in ihr Schlafzimmer lassen?«

Die Garbo erinnerte ihn melancholisch: »Aber er war doch früher genauso ein unschuldiger kleiner Junge wie Sie selbst.«

Haines gab hochmütig zurück: »Ich bin niemals unschuldig gewesen. Ich war der cleverste Bursche im ganzen Viertel. Ich habe immer mit den richtigen Leuten geschlafen und dauernd Eis und Bonbons und Eintrittskarten fürs Kino geschenkt bekommen. Ach zum Teufel damit. Ich habe Louis B. Mayer überlebt, ich werde Erich von Stroheim überleben.« Er wandte sich zu Lisa. »Ich nehme an, er hat Sie auf der Suche nach mir hierhergeschickt?«

»Nein, er ist gerade dabei, Mr. Lorre die Haut abzuziehen. Er droht, ihn durch Donald O'Connor zu ersetzen.«

Die Garbo war entsetzt. »Ein halbwüchsiger Steptänzer als Kronprinz von Frankreich?«

»Warum nicht?« fragte Lisa, amüsiert, daß die Garbo die Drohung von Stroheims ernstzunehmen schien. »Bedenken Sie, er hat auch mal versucht, aus Fay Wray eine ernsthafte Schauspielerin zu machen, und am Ende hat sie bloß einen Riesenaffen frustriert.«

Haines fragte von linksaußen: »Was ist mit diesem Mord am Strand? Haben Sie die Frau gekannt, Greta?«

»Nur vom Sehen. Ich nehme an, Sie haben die Zeitungen gelesen. Dort steht, daß Salka und ich sie erkannt haben. Sehr tragisch, so ein einsamer Tod. Andererseits, auch ich werde wohl einsam sterben. Aber lassen wir das Thema. Der Tod ist ohnehin allgegenwärtig und unvermeidlich, und ich bin glücklich, wieder arbeiten zu können, und möchte wenigstens so lange in glücklicher Stimmung bleiben, bis ich meine Szenen mit Peter abgedreht habe. Die sollen komisch sein, und komisch kann ich nur sein, wenn ich glücklich bin. Ach, Alysia. Kommen Sie rein. Werde ich im Studio verlangt?«

Alysia Hoffman trat ein. Die Garbo merkte sofort, daß mit der Frau, seit Mercedes sie mit ihr bekannt gemacht hatte, eine dramatische Veränderung vorgegangen war. Sie trug neue Kleider, schlicht, aber geschmackvoll. Waren ihre Bewegungen damals ängstlich und zaghaft gewesen, trat sie jetzt offen und selbstsicher auf. Die Garbo fragte sich, ob sie vor ihrer Schauspielerkarriere womöglich Sportlehrerin gewesen war. Alysia berichtete, von Stroheim mache noch immer Theater wegen der Kameraeinstellungen.

Das Wort »Kamera« erinnerte Arnold an ihren eigentlichen Auftrag hier im Studio. Er hörte, wie die Garbo ihn und Villon Alysia Hoffman vorstellte, und fragte sich, warum das Gesicht der letzteren sich verfärbte, als die Garbo sie als Kriminalbeamte bezeichnete. Er fragte sich, wie die Hoffman reagieren würde, wenn er die Garbo korrigierte und sich, was freilich dumm genug wäre, als Agent der Regierung zu erkennen gäbe. Die Garbo erklärte noch, sie seien mit der Untersuchung des Mordes am Strand befaßt.

Arnold fragte sachlich: »Ich nehme nicht an, daß Sie durch irgendeinen verwickelten Zufall mit Mrs. Wolheim bekannt gewesen sind?«

»Ich? Woher sollte ich die denn kennen? Sie meinen, weil ich ebenfalls Deutsche bin?« Sie lachte, aber es war ein sehr schwaches Lachen, das ihr einiges an Kraft abverlangt haben mochte. »Wir Flüchtlinge sind nicht alle untereinander bekannt. Es gibt ja so viele von uns.« Villon verkniff es sich, »zu viele« zu sagen. »Jedenfalls habe ich, seit ich hierhergekommen bin, aufgrund meiner ökonomischen Situation in einer Art selbstauferlegter Isolation gelebt. Inzwischen geht es mir besser, und ich werde versuchen, mich ein wenig in die Welt hinauszuwagen, nein?«

Lisa gratulierte ihr zu dem schicken Kostüm, das sie anhatte. Alysia dankte. Haines fragte die beiden Gesetzeshüter auf seine klugscheißerische Art: »Habt Ihr schon eine heiße Spur?«

Villon verschränkte die Arme und sagte: »Wir verhaften die üblichen Verdächtigen.«

»Womit Sie mir zu verstehen geben wollen, ich soll mich um meine eigenen verdammten Angelegenheiten kümmern.« Haines seufzte, legte einen Finger an die Wange und sagte mit Schuljungenstimme zu der Garbo: »Warum wollen die großen Jungen nie mit mir spielen?«

Die Garbo überhörte die Frage und teilte Villon und Arnold mit: »Alysia war so freundlich, sich als mein Stand-in zur Verfügung zu stellen.« Lisa empfand tiefen Respekt für diese großmütige Erklärung. Die Garbo fuhr fort: »In Europa war sie ein viel größerer Star als ich.«

»O nein, nein«, protestierte Alysia, aber nicht allzu energisch, dachte Lisa.

»O doch, doch. Alysia hat in allen bedeutenden europäischen Studios Filme gemacht.« Die Garbo sagte die ganze Liste auf. Villon und Arnold blickten interessiert, obwohl sie endlich mit Lisa allein sein wollten, um ihr unauffällig die Kamera übergeben zu können. »In diesen Winkel der Welt hat es sie verschlagen, weil sie für einen Film, aus dem dann leider nichts geworden ist, nach Mexiko gehen mußte. Von dort war es ein mühseliger Weg nach Amerika. Gütiger Himmel!« Sie fuhr sich mit einer bekannten Garbo-Geste an die Schläfen. »Wenn ich jetzt das Land verlassen würde, bekäme ich womöglich keine Einreiseerlaubnis mehr!«

»Warum nicht?« fragte Villon.

»Weil ich nicht eingebürgert bin! Auch ich bin Ausländerin!«

Villon fragte: »Wollen Sie nicht eingebürgert werden?«

»Gewiß. Das wäre wohl besser, wie? Ich lebe seit siebzehn Jahren hier, da wird es Zeit, daß ich etwas Konkretes unternehme. Ich werde an Eleanor Roosevelt schreiben und sie bitten, sie möchte ihren Mann veranlassen, mir die Staatsbürgerschaft zu besorgen. Wissen Sie«, begann sie kichernd, »sie hat mir einige Verehrerbriefe geschrieben. Nachdem sie mich als Kameliendame gesehen hatte, wollte sie eine Haarlocke von mir haben.« Das Kichern gedieh zu schallendem Gelächter.

Arnold sagte durch den Lärm: »Mrs. Roosevelt bittet viele Frauen um eine Haarlocke.«

Die Garbo verstummte und zog eine Augenbraue hoch. »Ach wirklich? Na ja, wenn das so ist, bin ich eben kein Einzelstück mehr. Du liebe Zeit, wie frustrierend.« Dann kicherte sie wieder. »Es war sowieso nicht mein Haar, was sie bekommen hat. Ich habe Freddie Bartholomew eine Locke abgeschnitten und ihr die geschickt.«

»Ich muß ins Studio zurück«, sagte Lisa Schmidt. »Wenn von Stroheim mich vermißt, kriegt er einen Anfall.«

Arnold unterbrach sie hastig: »Wir könnten uns nicht mal das Studio ansehen? Ich bin noch nie in einem Filmstudio gewesen.«

Lisa sagte: »Aber natürlich. Kommen Sie mit.«

Greta brachte die drei zur Tür und sagte zu Villon und Arnold: »Sie halten mich über Ihre Fortschritte auf dem laufenden?« Villon genoß den verschwörerischen Ton in ihrer

Stimme. »Seitdem ich geholfen habe, diese arme Frau zu identifizieren, kommt es mir vor, als sei ich selbst an Ihrem Fall beteiligt.«

»Sie hören bestimmt von uns«, versicherte Arnold.

Alysia Hoffman murmelte, auch sie werde wahrscheinlich im Studio gebraucht, und folgte den dreien aus der Garderobe. Die Garbo sagte traurig: »Sie wollten sich nicht von mir fotografieren lassen.«

»Vielleicht sind sie auf der Flucht?« meinte Haines.

Die Garbo erwiderte ungehalten: »Seien Sie nicht so kindisch. Was wollen Sie jetzt mit dem Fuchsienrot machen?«

Er stemmte die Hände in die Hüften und sagte schmollend: »Ich streiche das Fuchsienrot und überschütte den Blödmann mit Schockrosa. Mit etwas Glück kriegt er davon einen tödlichen Durchfall.« Kichernd zog er ab.

Die Garbo war mit ihren eigenen Sorgen beschäftigt. Als sie an die letzte halbe Stunde zurückdachte, hatte sie das beunruhigende Gefühl, es habe da etwas ganz Seltsames in der Luft gelegen. Was störte sie an Arnolds Kamera? Angeblich hatte er sie in Südamerika gekauft, aber sie hatte nirgends eine Herstellermarke entdecken können. Sie hatte die Kamera sorgfältig untersucht, weil Kameras sie faszinierten, und sie hatte in ihrer langen Karriere eine ganze Menge davon gesehen. Sie verlangte von ihren Fotografen stets vollständige und eingehende Auskünfte darüber, wie sie sie ins Bild rückten und was sie zu erreichen versuchten. Sie hatte Arnold fragen wollen, ob er ihr eine solche Kamera besorgen könne, hegte aber den Verdacht, daß dieses Fabrikat nur für Ordnungshüter bestimmt sein könnte. Mit Kameras kannte sie sich aus, und dies war ein ganz besonderes Exemplar gewesen.

Lottie Lynton brachte ihr noch eine Tasse Kaffee und ging, als sie ihren Gesichtsausdruck bemerkte, in die Kochnische zurück, um sie ihren Gedanken zu überlassen. Die Garbo beschäftigte sich jetzt mit Alysia Hoffman. War sie verrückt, oder hatte die Frau wirklich einen verärgerten

Eindruck gemacht, als sie Villon und Arnold erzählte, wie berühmt Alysia gewesen und wie sie über Mexiko hierher gekommen war?

Die Garbo saß an ihrem Schminktisch und sah sich kurz ins finstere Gesicht. »Meine Güte, Greta! Du mußt glücklich aussehen. Du mußt dich glücklichen Gedanken hingeben. Du hast eine glückliche Szene zu spielen! Hast du gehört, was Lisa gesagt hat, Lottie? Ich sehe großartig aus in den Musterkopien. Das muß ich Salka und Mercedes erzählen, ich werde sie anrufen. Mercedes ist heute ein bißchen sauer auf uns. Eifersüchtig, weil wir Mrs. Wolheim identifiziert haben. Arme Mercedes. Vielleicht hat sie ja auch mal Glück und findet ein Mordopfer, das sie identifizieren kann.«

Samuel Goldwyn sagte zu Sophie Gang: »Ich gönne es ihm nicht, aber das muß man von Stroheim lassen. Er ist immer noch ein Original.« Er hatte sich im Projektionsraum heimlich die letzten Musterkopien angesehen und dabei mit seiner Zigarre die Luft verpestet, bis dem Vorführer schlecht wurde. »Er ist ein Meister der Komposition. Und Greta ist in Hochform. An die kommt niemand ran.«

»Peter Lorre soll enttäuschend sein.«

»Der wird noch besser. Wenn von Stroheim ihm die Musterkopien zeigt, wird er sich schämen und heute eine bessere Leistung abliefern. Er ist ein wunderbarer Schauspieler. Hollywood ist nichts für ihn. Er sollte den Hamlet spielen ...«, er sprach den Namen wie »Omelett« aus, »oder auch diesen König ...«

»Lear?« fragte Sophie.

»Ganz recht, Lear. Oder in dem Stück mit diesem Schwarzen ...«

»*Othello?*«

»Ja, hab ich mit Paul Robeson am Broadway gesehen. Da sollte er den Unruhestifter spielen, diesen ...«

»Jago.«

»Sagen Sie mal, Fräulein Schlauberger, wie kommt's, daß Sie so viel von Shakingspeares wissen?«

»Mein Hauptfach auf dem College war englische Literatur.«

»Sie waren auf dem College? Das ist mir völlig neu. Na so was. Dann war Ihre Einstellung ja ein richtiger Volltreffer.« Er sprach, als hätte er an der Wall Street ein dickes Geschäft an Land gezogen. »Jedenfalls wird Peter sich noch steigern. Warten Sie's nur ab, wenn Peter einmal in Fahrt kommt, halten keine Dämme mehr.«

Es ging alles so schnell, daß niemand etwas davon mitbekam, wie die Kamera von Arnold zu Lisa und von Lisa zu Martin Gruber wanderte. Getrieben von der Sorge, in sein Büro zu kommen und die Schmuggelware in einer eigens für diesen Zweck mitgebrachten Einkaufstasche zu verstecken, begegnete Gruber auf dem Rückzug Alysia Hoffman, die eben auf dem Weg ins Studio war, und überhörte ihr »Hallo, Martin«. Komisch, dachte Alysia, sonst ist er nie unhöflich.

Fünfzehn Minuten später trat Gruber in Guiss' Büro, wo der Finanzier mit seinen drei Mitarbeitern Kriegsrat hielt. Lieb sagte gerade: »Wir sollten uns eingestehen, daß von Stroheim ein Fehlgriff war.«

Guiss erwiderte: »Es wäre voreilig, ihn jetzt schon ersetzen zu wollen. Wir haben erst das Ergebnis eines einzigen Tages gesehen. Vielleicht hat der Mann recht. Wir müssen warten, bis er mehr Material gedreht hat, mit dem er arbeiten kann; also bis er den Anfang einer Sammlung zusammenhat, wie er das nennt. Dann werden wir seine Leistung besser beurteilen können.«

Lieb ließ nicht locker: »Aber sehen Sie sich diese Verschwendung an! Wenn das Tag für Tag so weitergeht, wird der Film den Etat sprengen. Das darf auf keinen Fall passieren.«

Guiss explodierte. Martin Gruber machte lediglich Notizen; es belustigte ihn, wie diese Amateure sich jetzt schon in den Haaren lagen, obwohl gerade erst ein paar Meter im Kasten waren. Guiss brüllte: »Seit wann sind Sie denn Finanzexperte? Bei einem Film werden die Ausgaben nicht auf Tagesbasis abgerechnet, da wartet man erst mal ein paar Wochen ab, und *dann* sieht man, wo es langgeht. Richtig, Henkel?«

»Woher soll ich das wissen? Das ist mein erster Film.«

Risa sah ihn mit unverhohlener Abscheu an. Manchmal hatte Guiss einen unglaublich seltsamen Geschmack, was seine Mitarbeiter betraf. Sie fragte sich, wo ihr Liebhaber diesen Kerl bloß aufgetrieben haben mochte. Er hatte schon lange vor ihrer Ankunft hier gelebt, und es war nicht einfach, ihm irgendwelche Auskünfte über sich aus der Nase zu ziehen. Wenn es darum ging, Antworten auszuweichen, war er so geschickt wie ein Bauer, der auf der Weide um jeden Kuhfladen einen Bogen macht.

Guiss schlug mit der Faust auf den Schreibtisch. »Ich habe recht, und ich dulde keinen Widerspruch!«

Aha, dachte Gruber, er fühlt sich in Hollywood schon zu Hause.

Risa zündete sich eine Zigarette an, blies einen Rauchring in Guiss' Richtung und sagte dann mit fester, energischer Stimme: »Meine Herren, wir sind dabei, ein dringenderes Problem aus dem Blick zu verlieren.«

»Und was soll das sein?« fragte Guiss; er versuchte seine Stimme zu beherrschen, in der noch immer ein Rest von Ärger mitschwang.

»Kriegman. Was fangen wir mit Kriegman an? Wenn Greta und Salka Viertel schon Hannah Baum erkannt haben ...« – so der richtige Name der angeblichen Mrs. Wolheim – »... wird es Greta auch nicht entgangen sein, daß Kriegman als Mr. Wolheim aufgetreten ist.«

Guiss rückte nervös auf seinem Stuhl herum und schlug die Beine übereinander. »Sie hat ihn mehrmals gesehen. Und sie hat nichts gesagt.«

»Vielleicht spielt sie ein Spiel«, sagte Henkel. »Sie spielt doch gern, wie?«

»Im Halma ist sie unschlagbar«, räumte Guiss ein.

»Leider mußte ausgerechnet sie zu den Leuten gehören, die Hannah erkannt haben. Das könnte ein ernstes Problem aufwerfen«, sagte Risa.

»Das heißt?« Guiss war offensichtlich nicht erfreut über dieses Gespräch.

»Das heißt: früher oder später, falls es ihr nicht längst aufgegangen ist, wird sie darauf kommen, daß Kriegman und Wolheim tatsächlich ein und derselbe waren. Die drei Trampel, die als seine Söhne aufgetreten sind, wird man kaum erkennen können in diesen Operettenkostümen, in denen du sie als Lanzenträger herumlaufen läßt; andererseits kommt vielleicht einmal die Zeit, wo sie auch *die* wiedererkennt. Und was diese schwabblige Matschkuh betrifft, die jetzt bei mir als Hausmädchen arbeitet, könnte Greta schon bald dahinterkommen, daß *sie* Wolheims Tochter gewesen ist.«

Guiss sagte: »Greta wird das Haus bestimmt nicht so bald betreten. Sie hat unmißverständlich klargestellt, daß sie, solange sie dreht, keine gesellschaftlichen Einladungen annimmt.«

Risa bemerkte sarkastisch: »Für eine solche Hingabe an die Kunst kann man nur Bewunderung empfinden.«

Werner Lieb sagte: »Miss Garbo ist zu einem Risiko geworden. Sie ist eine Gefahr für uns und unsere Arbeit.«

Guiss knetete an seinen Fingern herum. Martin Gruber verwünschte sich, weil er schwitzte. Guiss sagte: »Wollen Sie damit andeuten, daß wir sie eliminieren sollen?«

Lieb sagte nichts. Er beobachtete Henkel, der sein ewiges nervöses Gähnen zu unterdrücken versuchte.

»Und was soll aus diesem Projekt werden? Was wird aus *Johanna die Große*?« fragte Henkel.

Lieb erklärte nüchtern: »Wer mit dem Feuer spielt, verbrennt sich die Finger.«

Wieder explodierte Guiss. »Sie sind ja wahnsinnig! Greta

ermorden? Würden Sie es wagen, das Lincoln-Denkmal in die Luft zu sprengen?«

»Das wird bereits erwogen.«

»Dummkopf! Wenn Kriegman und die anderen entlarvt werden, bestreiten wir schlichtweg jede Kenntnis ihrer Vorgeschichte. Wir behaupten, wir hätten sie erst kürzlich eingestellt, um mein Personal zu verstärken. Wie hätte ich ahnen können, daß es subversive Elemente sind? Sie hatten ausgezeichnete Referenzen, und in diesen schweren Zeiten ist es gar nicht so einfach, vernünftige Haushaltshilfen zu bekommen. Entsprechend dankbar bin ich gewesen, sie zu finden und einstellen zu können! Ist das klar? Und kein Wort mehr davon, Greta zu eliminieren, haben Sie gehört? Kein Wort mehr davon!«

Henkel unterdrückte ein Gähnen.

FÜNFZEHN

Es brauchte Mut, Geduld und Gerissenheit, aber am Ende bekam Martin Gruber sein Bild von Kriegman doch. Er entdeckte ihn zufällig bei einem Spaziergang im Garten, wo er ein erregtes Selbstgespräch führte. Gruber stellte sich, von Kriegman unbemerkt, hinter eine Ligusterhecke und machte eine Reihe von Schnappschüssen, die in Kriegman, wenn er sie gesehen hätte, womöglich den Wunsch nach einer Karriere als Dressman entfacht haben würden.

Gruber verabredete sich mit Lisa Schmidt, um ihr die Filmrolle auszuhändigen. Es war vereinbart, daß er niemals mit Arnold im Garden of Allah oder mit Villon auf dessen Revier Kontakt aufnehmen sollte, denn man befürchtete, daß irgendein deutscher Agent ihn beobachten und erkennen könnte. Die lauerten an allen Ecken, hatte Arnold ihm eingeschärft. Einer von ihnen, der als Masseur der Stars ein kleines Vermögen machte, hatte eine lukrative Nebenbeschäftigung gefunden, indem er die gierigen Klatschkolumnisten der Stadt mit Stoff versorgte.

Am nächsten Abend kam Lisa nach der Arbeit im Studio auf einen Drink in den Garden of Allah und setzte sich neben Arnold Lake an die Bar. Während sie freundlich plauderten, schob Lisa die Filmrolle in Arnolds Jackentasche. Nach ihrem dritten Sidecar war Lisa nicht mehr abgeneigt, sich Arnolds Bungalow von innen anzusehen. Und so hatten sie schließlich beide was von diesem Abend.

Nach dem ersten Drehtag wurden die Musterkopien immer besser, und Peter Lorre steigerte sich zu Leistungen, die seine Mitakteure zu der Überzeugung brachten, er sei ein sicherer Kandidat für eine Oscar-Nominierung. Auch von der Arbeit der Garbo sprachen sie mit Ehrfurcht, erinnerten sich dabei aber daran, daß die Schauspielerin noch niemals von der Akademie ausgezeichnet worden war und daß es dazu wohl auch niemals kommen würde. Hollywood hatte etwas gegen Einzelgänger. Einzelgänger machten die Wahlmänner der Akademie nervös und ängstlich.

Mercedes de Acosta gelang es, Greta Garbo nervös und ängstlich zu machen. Die Garbo brachte es fertig, ihre wahren Gefühle zu verbergen, und fragte ihre Freundin: »Du meinst also ... wie hast du es ausgedrückt ... jetzt bin ich an der Reihe?«

»Nun hör mal zu, Greta, es ist doch ganz klar, daß diese Wolheims, oder wie zum Teufel die nun wirklich heißen, im Auftrag höherer Stellen gearbeitet haben. Und diese Auftraggeber sind mit Sicherheit furchtbar skrupellose und gefährliche Leute. Die werden vor nichts zurückschrecken, um sich aus der Affäre zu ziehen; denen ist es völlig egal, wen sie umbringen, wenn es um ihre eigene Haut geht. Greta«, sie sprach den Namen wie Donnergrollen, »ich bin Kubanerin und habe den Sturz der Regierung überlebt. Meine Familie ist aus Kuba geflohen, weil das Leben meines Vaters in Gefahr war.« Greta dachte, Mercedes hätte Schauspielerin werden sollen. Sie trägt zwar ein bißchen dick auf, versteht es aber zweifellos, dem Publikum etwas zu verkaufen. »Greta«, sagte Mercedes; das Donnern in ihrer Stimme war noch lauter und beängstigender geworden. »Niemand von uns ist unbesiegbar. Wenn du ein Mitglied dieser falschen Familie identifiziert hast, müssen sie fürchten, daß du den Rest ebenfalls identifizieren kannst.«

»Aber ich weiß doch nur, wo Kriegman ist. Wo seine Söhne und die Tochter sind, weiß ich nicht.«

»Würdest du sie erkennen, wenn du sie sehen würdest?«

»Ich glaube schon. Ja.«

»Dann stellst du *eindeutig* eine Gefahr für sie dar. Wenn Kriegman in Guiss' Schloß arbeitet, wie kannst du wissen, ob die anderen nicht auch dort sind? Nach deinem ersten

Besuch dort hast du selbst erzählt, daß da eine Horde von Statisten und Komparsen als Wächter, Lanzenträger, Hausmädchen und Küchenpersonal arbeitet. Die vier könnten ohne weiteres in diesem Gewimmel untergetaucht sein.«

»Ja«, stimmte die Garbo zu, »in Hollywood ist alles möglich.«

Lottie kam auf die Veranda, um Villon und Arnold zu melden. Die Sonne ließ sich behaglich Zeit mit dem Untergehen, schon kämpfte der Mond sich über den Horizont. Obwohl es ziemlich frisch hier draußen war, verzichtete Mercedes dankend auf Lotties Angebot, ihr eine heiße Schokolade zu bringen, und bat statt dessen um einen Bourbon pur. Greta begrüßte ihre Besucher und machte sie mit Mercedes bekannt. Während Lottie die Drinks zubereitete und servierte, wiederholte die Garbo, was Mercedes an Befürchtungen und Vermutungen geäußert hatte.

Arnold sagte: »Ich kann Ihnen versichern, daß sie Miss Garbo nicht nach dem Leben trachten. Und was den Aufenthalt dieser angeblichen Söhne und der Tochter angeht, vermuten wir bereits, daß sie in Guiss' Haus arbeiten; aber wichtig wären sie für uns nur, wenn einer von ihnen Zeuge des Mordes gewesen wäre, und das ist höchst unwahrscheinlich. Herb und ich sind der Ansicht, daß Mrs. Wolheim ins Haus zurückgebracht wurde, weil der Mörder die Geduld verloren hat. Sie hat zu lange zum Sterben gebraucht. Er hat gemeint, das Gift hätte längst Wirkung zeigen müssen, bei den gewaltigen Mengen, die sie davon aufgenommen hatte. Wir nehmen an, daß er sie ins Haus gebracht hat, um ihr den Rest zu geben.«

Die Garbo unterdrückte ein Schaudern. Wie kalt und sachlich dieser Mann seine Theorie über die Ermordung eines Menschen ausbreitete. Was auch immer diese Mrs. Wolheim gewesen sein mochte, sie war ein Mensch gewesen, ein Mensch, der eines gräßlichen Todes gestorben war und daher in den Augen der Garbo ein wenig Mitleid verdient hatte.

»Manche Leute haben eben Glück«, setzte Villon die Ausführungen Arnolds fort. »Er bringt sie ins Haus, wahrscheinlich klagt sie über brennende Schmerzen in den Füßen und ständige Übelkeit, und plötzlich bricht sie zusammen, ihre Augen sind völlig verdreht, ihre Haut ist grau und klamm . . .«

»Mr. Villon, bitte«, flehte die Garbo.

»Pardon. So plastisch wollte ich's nicht schildern.« Wie er sich sehnte, von ihr Herb genannt zu werden. Wie er schmachtete, sie Greta nennen zu dürfen. Wie er sich fragte, was für ein Gefühl es wohl wäre, ihre Zehen zu streicheln und zu küssen. Wie groß ihre Füße waren, war ihm gleichgültig; es waren die Füße von Greta Garbo, und wenn es nach Herb Villon ginge, würden sie zu nationalem Kulturgut erklärt.

Er hörte Arnold sagen: »Er trägt sie also ins Schlafzimmer, legt sie dort hin und verschwindet.«

»Wo ist ihr Gepäck?« Sie spitzten die Ohren. Die Garbo lächelte. »Wenn sie angeblich das Land verlassen sollte, muß sie doch Gepäck gehabt haben. Wenigstens eine Reisetasche. Und einen Paß?«

Arnold sagte: »Für die Fahrt mit einem U-Boot braucht man keinen Paß. Der neugierige Blick der Garbo veranlaßte ihn zu der Erklärung: »Das ist das übliche Transportmittel, mit dem sie ihre Leute zwischen Nordamerika und Europa hin und her befördern. Also, Herb, wo ist das Gepäck der Frau?«

»Entweder in Union Station oder auf einem Busbahnhof aufgegeben. Ich tippe auf Union Station. Übrigens bin ich Ihnen voraus. Ich habe bereits zwei Leute darauf angesetzt.«

Arnold zog einen Umschlag aus der Innentasche seines Jacketts. »Miss Garbo, würden Sie sich das bitte einmal ansehen?«

Sie griff nach dem Umschlag und nahm die Fotos von Kriegman heraus. »Er ist sehr fotogen, wie? In Fleisch und Blut hat er so nichtssagend gewirkt, aber hier, hier macht er eine sehr imposante und beeindruckende Figur. Er war offenbar ziemlich erregt, als diese Fotos gemacht wurden. Aber ja, das ist Kriegman alias Mr. Wolheim. Aber Kriegman ist bestimmt auch nicht sein richtiger Name.« Sie starrte Mercedes an. »Was bist du so aufgeregt, Mercedes?«

»Du reitest dich immer tiefer rein! Kann dich denn gar nichts mehr aufhalten?«

»Aber, Mercedes, ich bin doch nicht bloß Greta Garbo, die Schauspielerin. Ich bin auch Greta Garbo, die Soldatin. Ich diene meinem Land. Wenn Louella und Hedda das wüßten, würden sie aufhören, diese schrecklichen Lügen über meinen Mangel an Patriotismus zu schreiben, aber wir sagen ihnen doch nichts davon, oder, meine Herren?«

»Diesen beiden bestimmt nicht«, sagte Villon; er dachte an Hazel Dickson, die als Soldatin für ihr Land kämpfte, und fragte sich, was sie wohl dazu sagen würde, daß er, Herb, bei Greta Garbo auf der Veranda saß. Für ihn war das ebenso wichtig, wie es für John Wilkes Booth wichtig gewesen sein mußte, auf Präsident Lincoln zu zielen.

»Du bist ja völlig verrückt«, sagte Mercedes. »Ich brauche noch einen Bourbon.« Lottie wurde gerufen und zum Dienst verpflichtet. Sie hatte die Verdunkelungsvorhänge zugezogen. Niemand verspürte Lust hineinzugehen, und so blieben sie im Finstern sitzen.

Die Garbo erzählte, die Dreharbeiten machten deutliche Fortschritte; von Stroheim gehe nun endlich mit dem von Guiss gewünschten Tempo vor. Lorre habe sich ungeheuer gesteigert, und auch mit ihrer eigenen Leistung sei sie sehr zufrieden. Dann stellte sie die unausweichliche Frage: »Wann werden Sie Kriegman verhaften?«

»Wieso?« fragte Villon.

»Weil er ein Spion ist!«

»Das können wir nicht beweisen.«

»Aber ich habe ihn als Wolheim identifiziert. Und ich bin sicher, Salka und Mr. Saloman werden es bestätigen.«

»Damit ist er bloß als ein Mann identifiziert, der sich als

ein geheimnisvoller Mr. Wolheim ausgegeben hat. Daß sie Spione sind, können wir nicht mit Bestimmtheit sagen. Wir haben den starken Verdacht . . .«

»Um das mindeste zu sagen«, warf Arnold ein.

»Wir haben nicht die Spur eines Beweises. Im übrigen, Miss Garbo . . .«

»Ach bitte, sagen Sie Greta zu mir. Wir arbeiten doch zusammen. Sie sind Herb. Und Sie sind Arnold. Sind wir nicht letzten Endes Kampfgefährten?«

Villon strahlte. Herb. Greta Garbo hatte ihn beim Vornamen angesprochen. Herb. Das hatte einen anderen Klang, eine andere Bedeutung. Wenn seine Mutter wüßte, daß ihr geliebter Herbert seinen Vornamen aus dem Mund der glorreichen Greta Garbo vernommen hatte, würde sie aus ihrem Grab aufschweben und ihnen beiden ihren Segen spenden.

Arnold fragte sich, warum Herb Villon so ein blödes Gesicht machte. Er sah aus wie Stan Laurel, der mit feixenden Grimassen einen großen Triumph über Oliver Hardy bejubelte.

Mercedes nahm das Wort. »Ich verstehe nicht, warum Sie die Gefahr, die von diesen Leuten ausgeht, so herunterspielen. Das sind Mörder aus Passion. Ich weiß es, ich war nämlich in Hamburg, als dieser Wahnsinnige da herumlief und aufs Geratewohl Leute umbrachte; er ist immer noch auf freiem Fuß. Haben Sie nicht davon gelesen? Das war ein Giftmörder. O mein Gott, er hat in einem Restaurant irgendwie an den *Spetzel* herumhantiert und damit eine ganze Essensgesellschaft ausgelöscht.« Herb dachte: Wenn bloß keiner an meinem *Spetzel* herumhantiert.

»Mercedes, willst du damit sagen, daß dieser Hamburger Giftmörder den weiten Weg von Deutschland hierher gemacht hat, um die unglückliche Mrs. Wolheim zu vergiften?«

»Spotte nicht, Greta. In diesen Zeiten ist alles möglich! Denk nur an den Erfolg von Abbott und Costello!«

Die Garbo lächelte. »Mich amüsieren die beiden. ›Wer schlägt zuerst?‹ Hahahahaha!«

»In Düsseldorf ist es zu einer neuen Mordserie gekommen«, berichtete Arnold.

»Woher wissen Sie das?« fragte die Garbo. Woher sollte er wissen, was in Nazi-Deutschland vorging?

Arnold räusperte sich. »Ich habe nun mal Zugang zu gewissen Informationen.«

»Weil Sie FBI-Agent sind?«

»Sie haben's erfaßt.«

»Kann ich FBI-Agentin werden?«

»Dazu müßten Sie ein abgeschlossenes Jurastudium haben.«

Mercedes war doppelt unglücklich. Ein FBI-Agent, auch das noch!

Herb dachte, Arnold hätte sich das verkneifen sollen. Lag es an seiner Faszination von dem Star, daß er sich vor dieser de Acosta – und Lottie Lynton hörte womöglich auch noch mit – einen solchen Ausrutscher erlaubte, oder steckte eine Absicht dahinter?

Die Garbo fragte Mercedes: »Wo kann ich Jura studieren, Mercedes?«

Mercedes konnte nicht mehr an sich halten. »Du redest«, explodierte sie, »wie ein gottverdammter Idiot! Du brauchst kein Jurastudium, du brauchst einen Psychiater!«

Die Garbo sagte ruhig und mit dem Anflug eines Lächelns: »Einen Psychiater würde ich bloß zum Wahnsinn treiben. Ich bin vor langer Zeit mal bei einem gewesen. Er hat mich um ein Autogramm gebeten.« Sie erklärte den anderen: »Ich gebe niemals Autogramme.« Dann fragte sie Arnold: »Sollte es nicht vertraulich bleiben, daß Sie Agent der Regierung sind?«

Arnold sagte: »Meine Vorgesetzten meinten, um gewissen Leuten so richtig einzuheizen, sei es an der Zeit, die Maske abzunehmen.«

»Das hätten Sie mir ruhig sagen können«, meinte Villon.

»Wollte ich ja, aber Greta ist mir zuvorgekommen; sie hatte ja schon alles verraten.«

»O mein Gott«, flüsterte sie, »tatsächlich! Verzeihen Sie, bitte verzeihen Sie mir.«

Ist das nun echt oder Schauspielerei? fragte sich Villon. Er hörte, wie Arnold die Garbo beschwichtigte, und beobachtete de Acostas verwirrtes Mienenspiel.

Die Garbo schlug sich aufs Knie. »Aha!« Sie zeigte mit einem Finger auf Arnold. »Sie wollen, daß Guiss und seine Leute Ihre wahre Identität erfahren. Sie haben mich absichtlich dazu gebracht, daß mir das rausrutschen soll! Indem Sie sagten, Sie hätten Mittel und Wege zu erfahren, was in Deutschland vorgeht. Sie wußten, daß meine Neugier Sie dazu bringen würde, Ihre ...« – sie verzog das Gesicht, um den richtigen Ausdruck zu finden – »... Ihre ... Ihre ... jetzt hab ich's ... Ihre Tarnung auffliegen zu lassen.« Sie sah triumphierend in die Runde. »So geht das also, wenn man auffliegt! Muß ziemlich aufregend sein. Aber Moment mal!« Sie stand auf, ging hin und her, umschlich sie wie eine Löwin, die sich jeden Augenblick auf ihr Opfer stürzen wird. »Deshalb wurden die Wolheims aus dem Haus abgezogen: aus Angst, daß sie auffliegen könnten. Demnach hielt man sie tatsächlich für eine Gefahr! Sie fürchteten um ihre Sicherheit, mein Gott, um ihr Leben.« Sie fuhr zu Arnold herum. »Werden Spione in Kriegszeiten nicht exekutiert? Ach, die arme Mrs. Wolheim. Sie wollte nicht sterben. Sie wollte in die Heimat zurück und wieder Hausfrau sein. Sie wollte nicht verhaftet und hingerichtet werden. Und ganz bestimmt wollte sie nicht vergiftet werden. Arnold? Meinen Sie, sie hat gewußt, daß sie langsam ermordet wurde? Die brennenden Schmerzen in den Füßen, die Übelkeitsanfälle. Meinen Sie, sie hat gemerkt, daß man sie kaltblütig ums Leben brachte? Ach, die arme Frau. Ich frage mich, ob sie wohl Kinder hinterlassen hat.«

»Bedenken Sie folgendes«, sagte Arnold. »Bedenken Sie, daß Mrs. Wolheim im Lauf ihrer Tätigkeit selbst über Leichen gegangen sein könnte. Vielleicht hat sie Informationen weitergegeben, mit deren Hilfe Schiffe versenkt und Munitionsfabriken oder Flughäfen zerstört wurden. Womöglich hat sie den Tod von Tausenden von Soldaten und Matrosen zu verantworten.«

»Ah, was für eine schreckliche Frau! Gehen wir hinein. Hier draußen ist es so dunkel, daß ich keinen mehr erkennen kann. Lottie! Machen Sie das Licht im Wohnzimmer aus. Wir kommen jetzt rein!«

»Wollen Sie ausgehen?« fragte Lieb Martin Gruber, der die Einkaufstasche mit Arnolds Kamera in der Hand hatte.

»Ja, ich bin zum Essen verabredet. Mr. Guiss braucht mich heute abend nicht.«

»Was für eine hübsche Reisetasche. Haben Sie die in L.A. gekauft?«

»Ja. In einem Geschäft am Beverly Boulevard.«

Lieb griff nach der Tasche. »Interessantes Muster. Darf ich mal einen Blick drauf werfen?« Gruber überließ sie ihm. Lieb hielt sie hoch und zog eine Show ab, als könnte er das Muster gar nicht genug bewundern. »Hoppla, was bin ich doch für ein Trottel.« Er hatte die Tasche fallen lassen. Die Kamera purzelte heraus. »Herrje, hoffentlich hab ich die Kamera nicht kaputtgemacht.« Er bückte sich schnell und schnappte sie Gruber vor der Nase weg, um sie dann eingehend zu untersuchen. »Sehr interessant. Was ist das für ein Fabrikat?«

»Ein südamerikanisches, glaube ich«, sagte Gruber. »Gehört nicht mir. Hab's von einem Freund geliehen, um im Studio ein paar Fotos zu machen.«

Lieb schraubte sich das Monokel ins Auge. »Man kann damit Innenaufnahmen machen?«

»Nur wenn genug Licht da ist, und im Studio ist es ja strahlend hell.«

»Wie interessant. Die Fotos würde ich gern mal sehen.«

»Ich habe sie zum Entwickeln fortgegeben. Wenn sie fertig sind, zeig ich sie Ihnen.« Verdammt, dachte Gruber, so ein blöder Mist. Jetzt muß ich die Kamera behalten und auch noch Fotos im Studio machen. »Ich muß jetzt gehen, Herr Lieb . . .«

»*Mister* Lieb. Merken Sie sich das. Was sind Sie so nervös? Was schwitzen Sie so?«

»Ich werde zu spät kommen. Ich komme nicht gern zu spät.«

»Tut mir leid, wenn ich Sie aufgehalten habe. Lassen Sie die Dame nicht warten.«

Gruber brachte ein schwaches Lächeln zustande. »Habe ich was von einer Dame gesagt?«

»Ach, ich nahm an, Sie würden sich mit Lisa Schmidt treffen. Sie beide machen im Studio so einen befreundeten Eindruck.«

»Doch nur, weil wir zusammenarbeiten. Wir haben kein Interesse aneinander, das kann ich Ihnen versichern.«

»Warum müssen Sie mir das versichern?« fragte Lieb kalt. »Ihr Privatleben ist Ihre Sache. Ich habe bloß so dahergeredet, das ist alles.« Er lächelte ein dünnes, eisiges Lächeln. »Sie ist sehr schön. Ich würde Ihnen keinen Vorwurf machen, wenn Sie versuchen würden, bei ihr zu landen. Auch ich hätte nichts gegen so einen Leckerbissen einzuwenden. Gute Nacht, Gruber.« Er ließ Gruber unvermittelt stehen und schritt aus der Eingangshalle, in der sie einander begegnet waren.

Gruber eilte aus dem Haus zu seinem Wagen. Als er, die Einkaufstasche neben sich, auf dem Fahrersitz saß, packte er das Steuer mit beiden Händen und wartete, daß die Panik sich legte. Plötzlich fühlte er sich beobachtet. Er ließ das Steuer los und drehte den Zündschlüssel. Aus dem Augenwinkel hatte er gesehen – das hätte er schwören können –, wie jemand an einem Fenster den Vorhang leicht beiseite geschoben und ihn beobachtet hatte. Als er den Fahrweg zum Eisentor hinunterfuhr, floß ihm der Schweiß übers Gesicht. Vielleicht war da gar nichts, hoffte er, vielleicht entwickle ich Verfolgungswahn. Vielleicht ist Werner Lieb schlauer, als wir denken. Vielleicht ahnt er, daß diese Kamera ein Spezialgerät ist. Ich muß heute nacht mit Lisa ins Studio und Aufnahmen machen. Dieser gottverdammte Kerl! *Mister* Lieb. Nicht *Herr* Lieb. Auf einmal war ihm schwindlig. Ach was, was soll's. Heute Herr, morgen tot.

Lisa Schmidt war nicht gerade glücklich über Grubers Begegnung mit Lieb, und sie wußte, Arnold und Villon würden das nicht anders sehen. Noch weniger glücklich war sie, daß sie mit Gruber ins Studio zurück und sich bei dem Nachtwächter am Tor eintragen mußte. Na ja, ihr würde schon ein Vorwand einfallen, weshalb sie, nachdem die anderen längst gegangen waren, noch einmal ins Studio müßten. Zum Glück waren Nachtaufnahmen erst für kommende Woche angesetzt. Es war sieben Uhr. Von Stroheim hatte kurz vor sechs Feierabend gemacht. Er wollte ein paar Stunden mit seinen Cuttern arbeiten. Wahrscheinlich hatte er sich jetzt mit ihnen im Schneideraum eingeschlossen und bereitete die Musterkopien für den nächsten Morgen vor. Nach der ersten Kontroverse mit Guiss legte er nun Wert darauf, die Musterkopien auf eine vernünftige Länge zurechtzustutzen und seine Exzesse sorgfältig herauszuschneiden. Er wollte diesen Film nicht verspielen. Er brauchte die Viertelmillion, die man ihm garantiert hatte. Er hatte beträchtliche Schulden. Er mußte Geld verdienen und anfangen zu sparen. Der Krieg würde nicht ewig dauern. Wenn das hier seine letzte Regiearbeit war, würde er anschließend wieder Nazischurken spielen müssen. Und wenn der Krieg vorbei war, wären solche Rollen nicht mehr gefragt.

Es war das erste Mal, daß von Stroheim sie ins Vertrauen gezogen hatte. Sie fühlte mit ihm. Sie wollte, daß er mit dem Film Erfolg hatte. Aber es gab etwas, das sie wußte und das von Stroheim nicht wußte, und sie war nicht bereit, dieses häßliche Geheimnis mit ihm zu teilen. Arnold Lakes Vorgesetzte hegten den Verdacht, daß der Film niemals zu Ende gedreht werden würde.

SECHZEHN

Punkt acht Uhr abends betrat Guiss das Speisezimmer. Am Tisch saß niemand. Der Majordomus, der im Speisezimmer die Aufsicht führte, begrüßte ihn mit einem warmen Lächeln und zog in der Erwartung, daß Guiss Platz nehmen und sich bedienen lassen würde, den Stuhl am Kopfende des Tisches zurück.

Doch Guiss war verwirrt und ärgerlich. »Wo sind die anderen?«

»Ich weiß es nicht, Sir. Sie sind bestimmt noch unterwegs.«

»Wo ist Kriegman?«

»Ich weiß es nicht, Sir. Ich habe mich während der vergangenen drei Stunden in der Küche aufgehalten. Dort habe ich nur das Personal gesehen.«

Guiss machte abrupt kehrt und verließ das Speisezimmer. Der Majordomus schob mit einem bösen Fluch den Stuhl an seinen Platz zurück. Er besah den Serviertisch, der unter der Last von Rechauds und abgedeckten Platten stöhnte, eine Überfülle von Speisen, mit denen man die Hungernden in Europa hätte sättigen können, und es wäre immer noch etwas für morgen übriggeblieben. Er hatte das Gefühl, es werde niemand kommen, dies üppige Mahl zu verzehren.

Guiss hatte Risa Barrons Hausangestellte Agathe abgefangen, die als Wolheims Tochter aufgetreten war. Ihre Hände flatterten wie die Flügel eines Schmetterlings, der fürchtet, aufgespießt und unter Glas ausgestellt zu werden. »Sie hat mir nicht gesagt, wo sie hinwollte. Sie hat ihre Diamant- und Rubinarmbänder und ihre Amethystkette angelegt, und als sie aus der Wohnung ging, hat sie den Zobel hinter sich auf dem Boden schleifen lassen und gesagt, sie müßte heute abend allein sein.«

»Und Henkel? Und Lieb? Wissen Sie, wo die geblieben sind?«

»Wenn sie nicht hier sind, Sir, sind sie weg.«

»Und Kriegman? Was ist mit Kriegman?«

Sie hatte feuchte Handflächen vor Angst und rieb sie an der Schürze ab, um sie zu trocknen. »Ich habe ihn seit mehreren Stunden nicht gesehen, Sir. Er ... er hat sich seltsam benommen und komische Reden geführt, Sir. Er ... er hat Angst. Seitdem man Hannah ermordet aufgefunden hat, hat er Angst. Ach Sir«, stieß sie hervor, und Tränen stürzten ihr in die Augen, »ich habe auch Angst. Wenn Hannah getötet wurde, werden sie uns alle töten wollen.«

»Benimm dich nicht wie eine dumme Gans. Wer sollen denn diese ›sie‹ sein, die euch alle angeblich töten wollen?«

»Die Leute da oben. Die Leute, von denen die Befehle kommen.« Sie zeigte an die Decke.

»Sie sind ja nicht ganz dicht, Agathe. *Ich* bin die Leute da oben, die Leute, von denen die Befehle kommen. Glauben Sie, ich will Sie umbringen?«

Sie wich zurück. »Ich hoffe nicht. Ach bitte, kann ich nicht nach Hause gehen?«

»Schämen Sie sich, Agathe, schämen Sie sich. Während Ihrer Ausbildung hat man mir gesagt, aus Ihnen könnte mal was Großes werden. Und jetzt sehen Sie sich an. Heulen da herum, ringen die Hände, fürchten sich vor Ihrem eigenen Schatten. Sie widern mich an.« Er ließ die Verängstigte im Flur stehen und fragte sich, wohin denn Kriegman nun wirklich verschwunden war.

Als Agathe auf ihr Zimmer eilte, erinnerte sie sich an ihr Gespräch mit Kriegman in der Bibliothek, die immer ein sicherer Treffpunkt für sie beide war, wenn die anderen sich im Studio aufhielten.

Kriegman hatte gesagt: »Einer von denen hat Hannah ermordet. Es mußte sein. Da bin ich ganz sicher. Und wenn sie *sie* für eine Bedrohung gehalten haben, dann sind wir alle, die wir als Familie Wolheim aufgetreten sind, in Gefahr.«

»Aber ich denke, sie wurde ermordet, weil sie nach Hause zurück wollte und weil man sie dort nicht haben wollte.«

»Willst du nicht nach Hause zurück? *Ich* will nach Hause. Ich hasse diese scheußliche Stadt mit ihren Palmen und Tennisplätzen. Und sieh mich an. Er läßt mich den Butler spielen. ›Kriegman tu dies, Kriegman tu das, Kriegman leck mich am Arsch.‹ Ich! Doktor der Philosophie an der Universität Hamburg! Und mußte mich von denen als Spion anwerben lassen. Was bin ich doch für ein Idiot, was für ein Idiot. Ich will dir was sagen, Agathe, ich werde bestimmt nicht still hier sitzenbleiben und auf das Beil des Henkers warten. Einer von *denen* hat Hannah umgebracht. Vielleicht Guiss persönlich.«

Sie machte große Augen. »Glaubst du wirklich?«

»Möglich ist es«, beharrte er. »Der Mann ist eine eiskalte Bestie. Er hat weder ethische noch moralische Grundsätze, er ist eine Parteimaschine. Wer ist er überhaupt? Wo kommt er her? Ich nehme an, er ist eine reine Erfindung.«

»Was?« fragte sie ungläubig.

»Er ist nicht echt. Der Mann ist nicht echt. Irgend etwas an ihm kommt mir falsch vor. Ich habe immer das Gefühl, er spiele eine Rolle. Und eines Tages wird man ihm die Maske abnehmen. Wenn ich nur herausbringen könnte, wem gegenüber er verantwortlich ist.«

»Du meinst, er ist gar nicht so ein hohes Tier?«

»Sicher ist er ein hohes Tier, aber nur auf einer sehr niedrigen Stufe. Sei vorsichtig, Agathe. Sei wachsam. Wir sind in Gefahr. Du, ich, die Jungen. Wir sind in schrecklicher Gefahr.«

Jetzt war sie in ihrem Zimmer, konnte aber die Tür nicht

abschließen. Sie klemmte einen Stuhl unter die Klinke und setzte sich aufs Bett; sie legte die zitternden, feuchten Hände in den Schoß und überlegte, was zu tun war. Sollte sie versuchen wegzulaufen? Aber wohin? Sich den Behörden stellen und um Gnade bitten? Man würde sie ins Gefängnis stekken, aber na und? Lieber eingekerkert als tot. Sie hatte diese amerikanischen Filme über Frauen in Gefängnissen gesehen. Das wäre doch gar nicht so schlimm, jedenfalls nicht, wenn die freundliche Jane Darwell Gefängnisdirektorin wäre.

»Was machen Sie hier noch so spät?«

Lisa und Gruber schraken zusammen. Von Stroheim war leise ins Studio getreten; in seiner Begleitung befand sich, wie Lisa überrascht bemerkte, Alysia Hoffman. Sie ertappten Gruber, wie er den Thron des Kronprinzen fotografierte. Lisa war eine gute Schauspielerin. »Sie sind noch hier?«

»Offenbar. Ich wollte Alysia gerade zum Essen ausführen. Was machen Sie da, Gruber?«

»Ich fotografiere die Aufbauten, für Miss Garbo.« Sehr schlagfertig, dachte Lisa.

»Und wozu braucht sie Fotos von den Aufbauten?«

Lisa antwortete für Gruber. »Für ihr Sammelalbum. Sie behauptet immer wieder, dieser Film sei ihr Schwanengesang, und die Fotos sollen sie später an die gute Zeit erinnern, die sie hier verlebt hat.«

»Sie arbeitet gern an diesem Film?«

»Teufel auch, ja«, sagte Lisa, »das hat sie in eine wunderbare Stimmung versetzt. Merken Sie das nicht, wenn Sie die Musterkopien sehen?«

Endlich sagte Alysia etwas. »Ja, das ist ganz offensichtlich. Sie sieht sogar jünger aus. Na los, Von, du merkst es, gib's zu.«

Von, dachte Lisa. Die Dame kommt schnell voran. Sie möchte wieder ein Star werden. Na dann viel Glück, Schätzchen.

Von Stroheim lachte. »Ja, sie ist zauberhaft. Na schön, machen Sie Ihre Bilder, wir sehen uns morgen früh. Moment noch. Ich möchte mir die Kamera mal ansehen.« Gruber gab sie ihm. Von Stroheim hielt sie hoch, damit Alysia Hoffman einen genaueren Blick darauf werfen konnte. »So eine habe ich noch nie gesehen. Bestimmt kein amerikanisches Fabrikat, wie?«

Lisa erklärte: »Ich glaube, Greta hat gesagt, sie sei aus Südamerika. Irgendein Freund oder Verehrer hat sie ihr geschenkt.«

»Das muß ein ausländisches Fabrikat sein«, stimmte von Stroheim zu, »viel zu kompliziert, als daß es von uns sein könnte.« Er gab Gruber die Kamera zurück. »Lisa, erinnern Sie mich daran, daß ich Greta frage, wo sie die herhat. So eine würde ich gern meinem Sohn schenken. Komm, Alysia. Wie wär's mit Romanoff's? Bin heute abend in festlicher Stimmung. Vielleicht ist Bogie da. Ich liebe es, Beleidigungen mit ihm auszutauschen.«

Lisa blickte ihnen nach, während Gruber wie gelähmt stehengeblieben war. Lisa meinte: »Unsere Alysia macht sich ja prächtig.«

Gruber antwortete: »Ja, prächtig. Wir haben genug Bilder gemacht. Verschwinden wir.«

»Wir müssen uns mit Greta wegen der Kamera und den Fotos absprechen. Gehen wir ins Büro und rufen sie an, danach geben wir den Film in Schwab's Drugstore ab. Vielleicht wartet dort irgendein Filmproduzent und entdeckt mich wie weiland Lana Turner.«

Guiss saß in seinem Arbeitszimmer und starrte auf den knisternden Scheiterhaufen im Kamin, der ihn an das Schicksal der Jungfrau von Orléans erinnerte. Zwischen seinen Handflächen wärmte er einen Cognacschwenker. Das Verschwinden seiner Kameraden wollte ihm nicht aus dem Kopf, es ärgerte ihn, daß sie ihn ohne Vorwarnung im Stich gelassen hatten. Gewiß, sie gingen häufig ihren privaten Geschäften nach, ohne ihn von ihren Plänen in Kenntnis zu setzen, aber im letzten Monat waren sie geradezu unzertrennlich gewesen, und dies erregte ein menschliches Gefühl in ihm, Einsamkeit, und dieses Gefühl behagte ihm nicht. Wie wird die Garbo damit fertig? Sie genießt es, sie hegt und pflegt ihr Alleinsein wie ein Geizhals, wie die geizige ZaSu Pitts in von Stroheims *Gier*. Er nippte an dem Brandy und war so mit seinen Gedanken beschäftigt, daß er Henkel nicht eintreten hörte.

»Du trinkst allein?« Guiss fuhr zusammen und machte ein Geräusch, das sich wie das Jaulen eines jungen Hundes anhörte. »Kein gutes Zeichen.«

»Du hast mich erschreckt.« Dann streng: »Wohin bist du verschwunden?«

»Ich hatte Lust auf *gefilte Fisch*, da bin ich zu Cantor's auf der Fairfax Avenue gefahren.«

»Ich würde das in meinem Tagesbericht nicht erwähnen.« Henkel steckte sich eine Zigarre an. »Wen kümmert das schon. Du mußt zugeben, die Juden haben der Welt einige Dinge hinterlassen, die sich durchaus sehen lassen können: *Gefilte Fisch, Knisches, Kischke, Bagels* und *Lox*. Ich glaube, ich werde mir auch einen Brandy genehmigen.«

»Kriegman ist geflohen«, sagte Guiss.

»Ach? Bist du sicher?«

»Beim Dinner war er nicht; ich habe allein gegessen.« Henkel machte kein schuldbewußtes Gesicht. »Ich war in seinem Zimmer. Alles durcheinander, als ob er hastig gepackt hätte. Ich habe nach seinem Paß gesucht, aber der war auch weg. Er ist geflohen, der Idiot. Agathe hat auch schon Angst. Ich habe mit ihr gesprochen. Hoffentlich macht sie keine Dummheiten.«

»Warum sorgen wir nicht dafür, daß es nicht dazu kommen kann?«

»Gustav, liegt dir daran, den Anschein zu erwecken, als habe das Monster von Hamburg seinen Wohnsitz nach Hollywood verlegt?«

Henkel schritt achselzuckend zu einem Sessel neben Guiss und nippte an seinem Brandy. »Bisher hat es nur einen Mord gegeben, den an Hannah. Damit kann man wohl kaum von einer Epidemie sprechen. Hat dieser Mord Ihnen irgendwelche Kritik eingebracht?«

»Seltsamerweise nein.«

»Na, dann ...«

»Ich frage mich, wo Werner ist. Er geht sonst kaum alleine aus«, sagte Guiss.

»Vielleicht hat er den Drang verspürt, heute abend Madam Frances aufzusuchen.« Madam Frances war die Inhaberin eines bei Filmschaffenden beliebten Freudenhauses.

»Ich hätte selbst nichts gegen einen Besuch dort einzuwenden. Risa zeigt mir in letzter Zeit die kalte Schulter«, meinte Guiss verdrießlich.

»Kannst du ihr das vorwerfen, wenn du Greta so auffällig den Hof machst?«

»Aus einem Verhältnis mit Greta kann nichts werden. Ich glaube, die Frau ist asexuell.«

»Da bin ich aber anders informiert. Sie soll einen ganzen Katalog voller sexueller Erinnerungen haben.« Er betrachtete seine Zigarre und sagte dann: »Wir haben noch nie über diese Polizisten gesprochen, Albert.«

»Villon und Lake? Die sind aus einem Varieté entsprungen.«

»Ich war so frei, über Villon und Lake Erkundigungen einzuziehen.«

Guiss war angenehm überrascht. »Und? Was hast du herausgefunden? Irgendwas Kompromittierendes?«

Henkel antwortete langsam und bedächtig. »Villon ist ein hochangesehener Kriminalbeamter. Er hat manchen Mörder nicht weniger erbarmungslos zur Strecke gebracht als Javert damals auf seiner Jagd nach Valjean.« Er zog an seiner Zigarre.

»Und Mr. Lake?«

»Er gehört nicht zur Polizei von Los Angeles.«

»Vielleicht ist er Reporter.«

»Reporter können es sich nicht leisten, im Garden of Allah zu wohnen. Ich nehme an, er ist vom FBI.«

Guiss' Gesicht wurde hart. »Wenn das stimmt, kann er es nicht mit mir aufnehmen.«

»Trotzdem, wenn es stimmt, sind wir in Gefahr.«

»Wieso? Wir drehen einen Film. Jede Menge Ausländer haben hier unabhängige Produktionsfirmen gegründet. Ist doch einleuchtend, daß wir das auch tun müssen.«

»Aber wenn sie nachforschen, woher unsere Gelder kommen?«

»Tja, das könnte gefährlich werden. Aber das gehört schließlich zu unserem Job, oder? Profis wie wir sind immer in Gefahr. Komm, Gustav, ich habe immer noch Hunger. Plündern wir den Kühlschrank.«

»Meinen Sie?«

»Allerdings«, sagte Arnold.

Sie waren in Villons Büro. Nach dem Besuch bei der Garbo hatten sie noch etwas arbeiten wollen und sich zum Abendessen Sandwiches und Kaffee besorgt. Jetzt, drei Stunden später, hatten sie alles zu Papier gebracht, was sie über die *Johanna*-Produktion wußten. Eine Liste aller Beteiligten: nicht nur der Schauspieler, sondern auch derer, die hinter den Kulissen mitwirkten. Arnold wartete auf Nachricht aus Washington über die wahre Identität der Wolheim-Familie. Irgendeiner von ihren ausgezeichneten europäischen Agenten, die in Deutschland ihr Leben riskierten, würde ihnen diese Information mit Sicherheit bald liefern können.

Jetzt hatte Arnold die Theorie aufgestellt, Guiss sei gar nicht der Leiter dieser Operation. Er hegte den Verdacht, Guiss bekomme seine Befehle von höherer Stelle. »Und diese höhere Stelle hat Mrs. Wolheims Ermordung angeordnet. Und Mord kann ansteckend sein. Kann sich ausbreiten. Ich jedenfalls rechne mit weiteren Toten.«

»Wie langwoilig, Schatzi«, schäkerte Villon und reckte sich. »Was ist mit von Stroheim und Alysia Hoffman?« Lisa Schmidt hatte angerufen und von ihrer und Grubers Begegnung mit dem Regisseur und der Schauspielerin berichtet; danach hatte sie mit der Garbo telefoniert und ihr geraten, das Märchen, sie habe um Fotos aus dem Studio gebeten und die Kamera sei ihr Eigentum, zu bestätigen.

»Von Stroheim, wer weiß? Alysia, eine unbekannte Größe. Offenbar ist sie hinter von Stroheim her. Sie war einmal ein großer Star, sie möchte wieder ein großer Star werden. Sie ist nicht mehr das junge Ding von vor zwanzig Jahren, andererseits kann man in der Filmbranche nie so genau wissen.«

»Ich muß zugeben«, begann Villon, »ich fand es ziemlich beeindruckend, daß sie in ganz Europa gearbeitet hat. In den Zeiten des Stummfilms hat das wohl keine Probleme bereitet. Da muß sie jede Menge Kontakte geknüpft haben.«

»Allerdings. Mit denen hat sie es bis nach Mexiko und dann in die Staaten geschafft.«

»Meinen Sie, sie könnte Guiss oder irgend jemand aus seiner Bande in Deutschland kennengelernt haben?«

Lake rieb sich die Nase. »Wir könnten sie fragen. Aber ich bin sicher, sie wird das abstreiten. Lisa behauptet, sie gebe sich im Studio durchaus nicht freundlich zu diesen Leuten. Genaugenommen hält sie es einzig und allein mit Greta.«

(Meiner Greta, dachte Villon mit albernem Grinsen.)

»Jetzt machen Sie schon wieder dieses blöde Gesicht.«

»Hmmm? Was? Ah, tschuldigung. Was haben Sie gesagt?«

»Ich sagte, sie hält sich nur an Greta, die ihr den Job besorgt hat.« Er fragte sich, ob Herb womöglich an leichten Verdauungsstörungen leide. »Jetzt ist sie dabei, mit von Stroheim anzubändeln. Nun, er hat vor dem Krieg viel Zeit im Ausland verbracht.«

»Er hat ein paar gute Filme in Frankreich produziert«, sagte Villon. »*Die große Illusion* ist umwerfend. Ein ausgesprochener Antikriegsfilm. Die Nazis haben keine Antikriegspropaganda gemacht.«

»Nein, bloß einen Haufen antisemitischer Scheiße und kindische Operettenfilme mit Zarah Leander. Sie ist Schwedin, arbeitet aber ausschließlich für die Nazis. Komische Vögel, diese Europäer.« Arnold kratzte sich den Handrükken. »Ob von Stroheim auch zu dieser Bande gehört? Jahrelang wollte niemand etwas mit ihm zu tun haben. Das heißt, seit 1933, als Fox ihn bei *Hallo, Schwester!* ausgebootet hat. Danach sind schwere Zeiten für ihn angebrochen. Miese Billigfilme. Und dann taucht er plötzlich in Frankreich auf und ist wieder der große Star.«

Villon nickte. »Da drüben hält man den Alten viel länger die Stange. Während wir sie auf den Müll schmeißen und so tun, als hätte es sie nie gegeben. Wie kommt es nur, daß das Altwerden hier bei uns als etwas Peinliches betrachtet wird?« Er tupfte einen Krümel von seinem Schreibtisch und schnippte ihn weg. »Ich glaube nicht, daß von Stroheim vorbelastet ist. Er hat einfach plötzlich Glück gehabt, und ich hoffe, er ist darauf gefaßt, daß ihm die ganze verdammte Sache um die Ohren fliegen kann. Arnold?«

»Was ist?«

»Könnten Sie Greta nicht eine FBI-Dienstmarke besorgen?«

»Also wirklich, Herb. Werden Sie erwachsen.«

»Okay, und jetzt zu Alysia Hoffman . . .«

Die fragliche Dame las ihrem Regisseur aus der Hand. Das Licht in Mike Romanoffs Restaurant in Beverly Hills war schmeichelhaft gedämpft, und kein Humphrey Bogart ließ sich blicken, um mit von Stroheim spitze Bemerkungen auszutauschen. Überhaupt waren nur wenige Prominente anwesend, aber das war an einem Abend mitten in der Woche nichts Ungewöhnliches. Die arbeitenden Schauspieler lernten zu Hause ihren Text oder gönnten sich ein wenig dringend nötigen Schlaf; die arbeitslosen Schauspieler konnten es sich nicht leisten, auswärts zu essen, schon gar nicht bei Mike Romanoff; Mike war ein Betrüger aus Brooklyn, der von sich behauptete, aus dem russischen Zarenhaus abzustammen.

Hollywood amüsierte sich über ihn, und das Essen in seinem Restaurant war gut.

»Was siehst du sonst noch?« fragte von Stroheim, während er dem Kellner winkte, noch mehr Champagner zu bringen. Er glaubte nicht an Chiromantie, Astrologie, schwarze Magie oder irgendein Leben nach dem Tod, hielt es aber für klug, dieser Frau, die offenbar unbedingt ihren früheren Status als Filmstar wiedererlangen wollte, ihren Willen zu lassen.

»Ich sehe eine sehr verwirrende Zukunft.«

»Das ist in Kriegszeiten unvermeidlich.« Er zog seine Hand aus der ihren und griff nach dem Champagnerglas. »Sag mir, Alysia, wenn es vorbei ist, bleibst du hier, oder gehst du nach Deutschland zurück?«

»Wird der Krieg jemals aufhören? Und Deutschland. Deutschland wird in Trümmern liegen. Die Filmindustrie wird lange brauchen, um wieder auf die Beine zu kommen. Bis dahin hat man mich längst vergessen.«

»Hier kennt man dich noch kaum, deine Filme sind selten exportiert worden. Aber dort wirst du noch immer ein großer Star sein.«

»Meinst du? Erinnerst du dich an Lil Dagover und Dorothea Wieck?« Er erinnerte sich. »Nun, die wurden in den dreißiger Jahren mit großem Trara und Riesentamtam hierhergebracht. Und wozu? Um Greta und Marlene Konkurrenz zu machen. Sehr witzig. Und nachdem sie kläglich durchgefallen waren, sind sie nach Deutschland zurückgegangen. Und was gab's da für sie noch? Ein paar Charakterrollen, kleine Nebenrollen, und ab in den frühen Ruhestand.«

»Dein Gesicht wird anders, wenn du verbittert bist.«

Sie lächelte breit. »Sieht es dann besser aus?«

»Sehr viel besser. Alysia, hast du Guiss oder einen von den anderen in deiner Heimat kennengelernt?«

»Nein, bestimmt nicht. Warum fragst du? Du sprichst wie diese Polizisten.«

»Guiss beunruhigt mich. Irgend etwas stimmt nicht mit ihm.«

»Inwiefern?«

»Er kommt mir absolut unecht vor. Wie ein Schauspieler, der seinen Text gut, aber völlig gefühllos vorträgt. Als ob alle seine Bewegungen und Äußerungen von außerhalb gesteuert würden.«

»Das hört sich an, als würdest du ihn für einen Roboter halten.«

»Genau das denke ich. Er ist ein Roboter. Nun denn, meine Liebe, das war ein überaus reizender Abend, aber es wird spät, und morgen früh müssen wir ausgeschlafen im Studio erscheinen. Also, gehn wir zu dir oder zu mir?«

»Aber Miss Garbo, Sie dürfen nicht ganz allein spazierengehen. Das ist zu gefährlich.«

Die Garbo wischte Lotties Bedenken beiseite. »Ich kann auf mich aufpassen. Ich muß nachdenken. Im Haus kann ich das nicht. Mir fällt die Decke auf den Kopf. Seit dem Mord wimmelt es am Strand von Privatpolizisten. Da kann mir nichts passieren.«

»Nehmen Sie wenigstens einen stumpfen Gegenstand mit! Hier, dieses Schlachtermesser.«

Die Garbo lachte. »Ich wüßte doch nichts damit anzufangen. Am Ende schneide ich mich selbst, und wäre das nicht töricht?«

Ein paar Minuten später stapfte sie am Strand entlang. Als sie am Haus von Hearst und Marion Davies vorbeikam, hörte sie die beiden streiten. Hearst fiepte wie ein bedrängter Kanarienvogel, Marion brüllte Beleidigungen, vor denen es die Garbo schauderte. Dann erschien ein Mann aus dem Nichts, aus dem Dunkel der Nacht; sie blieb stehen und wartete, daß er sich zu erkennen gab. Da er nichts sagte, sprach sie selbst. »Wer sind Sie? Was wollen Sie?«

»Ach, Sie sind's, Miss Garbo.« Tom Toth hatte ihre vertraute, heisere Stimme erkannt. »Ich bin's. Tom Toth.«

»Ah, schön, Thomas. Sie sind bei der Arbeit. Sie beschützen uns.«

»Ich würde nicht zu weit gehen, Miss Garbo. Die Nacht ist sehr bewölkt.«

»Das sehe ich. Ich brauche nur einen kleinen Spaziergang. Mir passiert schon nichts.« Sie setzte ihren Weg fort. Er beschloß, ihr in sicherer Entfernung zu folgen. Wenig später fragte er sich: Was mag sie an diesem Mordhaus so faszinierend finden?

Was die Garbo faszinierte, war die Tatsache, daß die Eingangstür einen Spalt weit offenstand. Und sie bemerkte den schwachen Widerschein einer trüben Lichtquelle, so schwach, daß nichts davon in die Verdunkelung hinausstrahlte und Alarm auslösen konnte. Es trieb sie nicht der Wunsch, ihre Angst zu überwinden oder falschen Mut zu beweisen, sondern bloß ihre unverbesserliche Neugier. Sie schob die Tür weit genug auf, ihren schlanken Leib hindurchzuschieben.

Was zum Teufel hat sie da drin zu suchen, fragte sich Toth. Kehrte der Mörder an den Ort seiner Tat zurück? Mörder? Die Garbo? Verrückt.

Sie war entsetzt von dem abscheulichen Mobiliar. In dem Raum war es eben hell genug, daß sie sich mit angewidertem Blick umsehen konnte. Das Licht kam aus dem angrenzenden Zimmer. Kein Laut drang von dort zu ihr hin. Daß Toth an der Vordertür stand und sie beobachtete, merkte sie nicht. Er sah, wie sie die Tür zum Nebenzimmer aufstieß. Es war die Küche.

Die Garbo schnüffelte. Hier hatte jemand gekocht. Auf der Spüle stand eine offene Dose. Sie ging hin und sah nach. Eine beliebte Cornedbeef-Marke, billig, aber schmackhaft. Ab und zu ließ auch sie sich von Lottie eine Portion zubereiten. Das Licht kam von einer kleinen Lampe über dem Herd. Die Lampe war abgedunkelt. Schrecklicher Raum. Wer mochte hierhergekommen sein, um Cornedbeef zu essen? fragte sie sich.

Und dann wußte sie es.

Er saß in der Frühstücksecke und zog ein entsetzlich qualvolles Gesicht. Vor ihm auf dem Tisch lagen Essensreste, offenbar Cornedbeef. In seiner Rechten hielt er noch die Gabel umklammert. Die Linke war zur Faust geballt. Er sah aus wie ein Richter, der eine Gerichtsverhandlung führt, aber der Verurteilte war er selbst.

Tom Toth sagte hinter ihr: »Gott.«

»Nein«, korrigierte die Garbo ihn ruhig, »das ist Kriegman, der früher als Mr. Wolheim aufgetreten ist. Hoffentlich funktioniert das Telefon noch. Wir müssen Hilfe holen.«

SIEBZEHN

»Bei Gott, die haben schon wieder eine Leiche in dem Kasten gefunden!« schrie Marion Davies von ihrem Balkon. »Greta hat sie entdeckt, es ist doch nicht zu fassen! Ausgerechnet Greta! Die nie aus ihrem Schneckenhaus will. Wenn das nicht das Allerletzte ist!« Sie nahm einen ordentlichen Schluck aus ihrem Glas Borschtsch, der mit einem ordentlichen Schuß Tequila versetzt war. Hearst kam auf den Balkon gestürzt und zwitscherte:

»Sie spricht mit keinem Reporter. Hat sich mit zwei von ihren Harpyien, Viertel und de Acosta, in ihrem Haus verbarrikadiert. Marion, geh mal rüber. Versuch mit ihr zu reden. Zu dir hat sie Vertrauen.«

»O Gott. Das heißt, ich muß mich anziehen. Ich kann doch nicht im Pyjama da rüberlatschen.« Sie schrie nach dem Hausmädchen. »Geh zum Schrank und hol mir das neue Blaue mit den Pailletten, den rosa Florentiner mit den gelben Bändern und die rosa Slippers mit den Saphirschnallen. Nein, das Glas kannst du nicht haben, ich bin noch nicht fertig!«

Hearst hörte sich jetzt an wie eine Pikkoloflöte. Er fragte streng: »Was hast du in dem Glas?«

»Borschtsch!« zeterte sie. »Die Roten sind jetzt unsere Verbündeten, stimmt's? Sie trinken Borschtsch. Also trink ich jetzt auch Borschtsch. Alles für unsere Verbündeten.« Sie nahm einen langen Zug, leckte sich die Lippen und segnete Hearst, der ihr jede Lüge abkaufte. Das ist die wahre Liebe.

Der Mordfall Kriegman schwirrte durch den Äther. Kurzwellen trugen die Kunde ins Land und um die ganze Welt. Der Giftmörder von Santa Monica war zur dicken

Sensation geworden, weil er ein zweites Opfer gefunden hatte. Manche meinten, Kriegman müßte sich, wo auch immer seine Seele gelandet sei, jedenfalls geschmeichelt fühlen, von der göttlichen Garbo entdeckt worden zu sein. Villon und die Polizei von Santa Monica veranstalteten kein Tauziehen um Kriegman. Man kam stillschweigend überein, den Fall den sehr kompetenten Händen von Villon und Arnold Lake zu überlassen. Es gab ohnehin nur wenig Polizisten in Santa Monica, und der Aufklärung eines Mordfalls waren sie kaum gewachsen.

Der Schauplatz des Verbrechens war – notgedrungen – wegen der vorgerückten Stunde ins gleißende Licht einer Bogenlampe getaucht. Das verstieß zwar gegen die Verdunkelungsvorschriften, aber die Behörden bezweifelten, daß irgendwelche japanischen Flugzeuge sich in diesem Gebiet aufhielten. Die schafften es bis Hawaii, aber niemals bis zur kalifornischen Küste. Villons Leute schwärmten überall herum. Der Coroner fragte brummend, warum Leichen nicht zu einer vernünftigen Zeit entdeckt werden könnten. Und zu Villon und Arnold sagte er, es würde ihn nicht im geringsten wundern, wenn auch in diesem Fall eine Thalliumnitratvergiftung vorliegen sollte.

Dieser Mord gab Villon und Arnold einen Hinweis auf den *modus operandi* des Täters. Villon erklärte: »Es muß so gewesen sein: Mr. X, unser Killer . . .«

»Warum ausschließen, daß es eine Madam X gewesen sein könnte?«

Villon stimmte ihm zu. »Sicher, auch das wäre möglich. Aber der Klarheit halber – lieber einen halben Klaren, als gar nichts zu trinken«, Arnold schnitt eine Grimasse, »bleiben wir mal bei Mr. X. Also, er ist beiden Opfern bekannt und genießt ihr Vertrauen. Er bietet ihnen ein Versteck, bis sie aus L.A. ins Hinterland, in die Provinz, nach Südamerika oder wohin auch immer verschwinden können, wo sie in Sicherheit zu sein glauben. In Sicherheit nicht vor uns, sondern vor ihren eigenen Leuten. Mr. X ist natürlich ein

Schwindler. Seine Versprechungen sind Lügen. Er hat Befehl, die Abtrünnigen zu töten. Er kennt sich mit Gift aus. Er bereitet Mrs. Wolheim ... wie sagten Sie noch, soll ihr richtiger Name sein?«

»Hannah Baum.«

»Bleiben wir bei Wolheim. Das macht die Sache übersichtlicher. Wo war ich?«

»Er bereitet Mrs. Wolheim ...«

»Ja. Richtig. Er bereitet sie ganz allmählich auf jene geheime Mission im Himmel vor; anfangs hat er keine Eile. Aber als sie ihm auf die Nerven geht und immer gefährlicher wird, sagt er, sie soll ihre Sachen packen, gibt das Gepäck in Union Station auf, wo wir es gefunden haben, und bringt sie hierher, vorgeblich, um sie bis zur Abfahrt des Zuges zu verstecken. Wahrscheinlich schüchtert er sie mit der Behauptung ein, die Stadt sei voller Nazi-Agenten, die auf der Jagd nach ihr seien. Sie stirbt. Er läßt sie hier. Warum nicht? Der Ort ist so gut wie jeder andere, und es gibt keine Spuren, die ihn verraten könnten.«

»Mit Kriegman hatte er es offenbar sehr eilig.« Arnold beobachtete, wie die Assistenten des Coroners sich abmühten, Kriegman die Gabel aus der Hand zu winden.

»Offenbar. Der Sprecher des Schlosses ... wie heißt er noch?«

»Gustav Henkel, der Drehbuchautor.«

»Ah ja. Der jedenfalls behauptet, Kriegman sei heute gegen drei Uhr nachmittags von einem der Hausmädchen zum letztenmal gesehen worden. In seinem Zimmer fehlen Kleidungsstücke und ein Koffer, er muß also ganz spontan beschlossen haben, das Weite zu suchen.«

Arnold verzog das Gesicht, er war tief in Gedanken. »Wie wär's damit? Versuchen wir's mal so. Als Martin Gruber diese Bilder von ihm im Garten machte, war Kriegman ziemlich erregt. Beunruhigt, in Panik. Mrs. Wolheims Tod war der Auslöser, er hatte Angst, er könnte das nächste Opfer sein.«

Villon spreizte die Hände und sagte: »Und er hatte recht, richtig?«

»Der Mörder erkennt das Warnsignal. Er bearbeitet Kriegman und gewinnt sein Vertrauen. Dieselbe Masche wie bei dem weiblichen Opfer. Aber er muß schnell machen. Er überzeugt Kriegman, daß er ihm eine gefahrlose Ausreise arrangieren kann, aber bis zur Abfahrt müsse er sich hier draußen verstecken. Dann sind die beiden hier. Er hat, wie günstig, eine Dose Cornedbeef mitgebracht. Ich mach Ihnen was, bietet er Kriegman an, der zweifellos kein Abendessen gehabt hat. Und dann rührt der Mörder ihm genug Gift ins Essen, um eine Footballmannschaft umzubringen.«

»Wissen Sie das genau?«

»So muß es gewesen sein. Die Wirkung mußte schnell eintreten.«

Der Coroner legte Kriegman eine Hand auf die Schulter und sagte zu seinen Leuten: »Okay, Jungs. Packt ihn ein und legt ihn zu den Akten.«

Villon fragte ihn nach der Todesursache. Ob es wieder Thalliumnitrat sein könne?

»Durchaus«, sagte der Coroner. »Giftmörder bleiben immer bei ihrer Marke. Nehme an, sie fühlen sich wohl dabei, wie in Gesellschaft eines alten Freundes. O ja, es war eine sehr starke Dosis. Betrachten Sie sein Gesicht, falls Sie das über sich bringen. Vermutlich hat er das Essen hastig in sich reingestopft und daher das meiste schon intus gehabt, bevor die Wirkung eintrat. Und dann hat's ihn mit Karacho erwischt. Wie Sie sehen, muß er grauenhafte Schmerzen gehabt haben. Beachten Sie die stark abgespreizten Beine unterm Tisch. Mann, was müssen dem die Füße gebrannt haben.« Seine Leute hatten Schwierigkeiten, ihn aus der Frühstücksecke zu ziehen. Die Leichenstarre hatte bemerkenswert schnell eingesetzt. »Immer mit der Ruhe, Jungs, brecht ihm nicht die Knochen.«

Villon führte Arnold aus der Küche. »Was meinen Sie, Arnold? Wer ist der nächste?«

»Logischerweise die Jungen, die als Söhne der Familie aufgetreten sind, und das Mädchen, das die Tochter gespielt hat.«

»Ich werde die Garbo unter Polizeischutz stellen. Nachdem sie die Leiche entdeckt hat, könnte jemand auf die Idee kommen, sie wisse mehr, als sie wirklich weiß, und sie auf die große Reise schicken wollen. Hier können wir jedenfalls nichts mehr machen. Der Mörder hat bestimmt keine Spuren hinterlassen. Die Jungs bringen die Cornedbeef-Dose ins Labor, um nach Fingerabdrücken zu suchen, werden aber wohl nichts finden. Fahren wir zu Greta. Ich würde lieber zu Fuß gehen, kann es aber nicht ab, Sand in den Schuhen zu haben.«

Als sie vor dem Haus der Garbo hielten, wurden sie von einer kleinen Armee von Reportern und Fotografen, die draußen kampierten, mit Fragen bombardiert. Villon versprach ihnen für später am Tag einen großen Durchbruch, ansonsten hielten die beiden sich bedeckt. Im Haus trafen sie außer der Garbo noch Salka und Mercedes an. Zu ihrer angenehmen Überraschung war auch Marion Davies da, die aussah wie ein zur falschen Jahreszeit geschmückter Weihnachtsbaum. Sie trank Schokolade mit einem Schuß Sliwowitz aus dem Flachmann in ihrer Handtasche. Greta machte sie mit den beiden bekannt und schlug dann vor, daß Tom Toth, der mit einigen seiner Leute die Rückseite des Hauses absicherte, Marion Davies nach Hause begleiten sollte. Was die Garbo ihren Freunden zu sagen habe, sei nur für ihre Ohren bestimmt. Wenn Davies etwas von der drohenden Gefahr mitbekäme, würde sie damit gleich zu Hearst laufen.

»Ihr wollt mich loswerden, wie?« fragte die Davies, als Toth ihr seinen Arm anbot. Allzu sicher stand sie nicht mehr auf den Beinen. »Schon gut, Greta. Ich verstehe. Danke für das Interview. Ich habe dich doch interviewt, oder? Deswegen hat Willie mich rübergeschickt. Habe ich irgendwelche Informationen erhalten? Welches Jahr haben wir? Wo bin ich? Nicht so schnell, Meister«, ermahnte sie Toth, »ich lasse nichts von dem Zeug umkommen. Sliwowitz ist heutzutage gar nicht leicht zu kriegen. Die Polen exportieren es nicht mehr, in der gegenwärtigen Lage.« Sie kippte den Rest ihres Drinks hinunter und reichte Lottie das leere Glas. Dann nahm sie Toths Arm, winkte mit der freien Hand den anderen zu und sagte: »Wir sehen uns in der Kirche.« Toth schaffte sie auf die Veranda hinaus. Lottie schloß die Tür hinter ihnen und fragte sich, wann Miss Garbo endlich einmal Schlaf finden werde.

»Lottie, Sie sollten zu Bett gehen. Ich brauche Sie heute nacht nicht mehr.«

»Und was ist mit Ihnen? Sie müssen morgen früh raus.«

»Keine Sorge. Gehen Sie, bitte. Wir haben eine Menge zu besprechen.«

»Ja, Ma'am.« Es klang gereizt. Lottie war sehr verärgert, daß man sie ausschloß. Sie wollte anbieten, frische Schokolade zu machen, aber da es um einen Giftmörder ging, hielt sie es für klüger, sie nicht daran zu erinnern, daß auch sie sich früher einmal in diesem Metier versucht hatte.

Als Lottie gegangen war, berichtete Arnold den Damen, daß Kriegman auf ähnliche Weise wie Mrs. Wolheim getötet worden sei. Dann sagte er, Mrs. Wolheims richtiger Name sei Hannah Baum. Villon nahm ihm das Wort und erklärte, wie er und Arnold sich den Tatablauf vorstellten. Sie seien überzeugt, daß der Mörder sich im Schloß aufhalte.

Greta ließ sich von Villon Feuer geben und ging qualmend im Zimmer auf und ab. Sie war besorgt und sah keinen Grund, ihre Gefühle zu verbergen. Es war ihr bewußt, daß sie selbst in großer Gefahr sein könnte, aber sie schüttelte den Gedanken mit einem Achselzucken ab.

Garbo die Furchtlose, dachte Villon und verspürte den heftigen Wunsch, sie mit leidenschaftlichen Küssen zu erobern. Dann dachte er an seine geliebte Hazel Dickson, die mit ihrer Einheit irgendwo im Kriegsgebiet war, während er selbst wegen eines Lochs im Trommelfell hatte zurückbleiben müssen.

Arnold wünschte, Villon würde sich endlich diesen idiotischen Gesichtsausdruck abschminken.

»Ich habe viel Zeit mit Guiss verbracht«, sagte die Garbo. Sie stand jetzt mitten im Zimmer unter einer grauen Wolke Zigarettenrauch. »Ich habe ihn sehr sorgfältig beobachtet und bin mir absolut sicher, daß mit dem Bild, das er von sich gibt, etwas nicht stimmt.«

»Der Mann ist gefährlich, Greta«, sagte Mercedes. »Hör auf, die Polizistin zu spielen. Ich bin sicher, diese Männer hier sind durchaus in der Lage, die beiden Mordfälle allein aufzuklären.« Villon verkniff es sich, ihr eine Kußhand zuzuwerfen.

»Meine Liebe«, sagte die Garbo, »es geht hier nicht bloß um den Mord an zwei feindlichen Agenten. Wir müssen auch, und zwar an erster Stelle, darüber nachdenken, welchen weiteren Schaden die Überlebenden unserem Land zufügen können. Könnte es nicht noch andere geben, die eine Bedrohung darstellen und beseitigt werden müssen? Könnte es nicht sein, daß ihre subversiven Machenschaften sich unkontrolliert ausbreiten wie eine schlimme Seuche? Und die wichtigste Frage, jedenfalls ist sie mir sehr wichtig«, sagte sie, nun direkt zu Villon und Arnold gewandt, »was steckt in Wahrheit hinter dieser Produktion? Was soll dieser Film, warum gibt man so absurd viel Geld dafür aus? Was spielt sich hinter den Kulissen ab?«

Arnold sagte entschlossen: »Greta, seit einigen Stunden weiß meine Dienststelle beträchtlich mehr. Wir kennen die wahre Identität der Wolheims.« Er teilte es ihnen mit. »Wir kennen den Zweck dieser Produktion. Die fünf Millionen werden mit Sicherheit nicht vollständig für den Film ausgegeben.«

Salka lachte. »Ach nein? Warten Sie ab, bis von Stroheim damit fertig ist.« Mercedes pflichtete ihr mit wissendem Nicken bei.

»Er hat Sparmaßnahmen eingeleitet«, sagte Arnold. »Meinen Informationen zufolge schnallt er den Gürtel enger.«

»Ja«, stimmte die Garbo zu, »er verzichtet auf überflüssige Filmmeter. Ich schätze, er hat einen Tagesschnitt von drei bis vier Minuten. Das ist sehr gut bei einer Produktion wie dieser, mit all den Schlachtszenen und Panoramaaufnahmen, zu denen scharenweise Statisten gebraucht werden. Also, Arnold, wozu soll denn nun der größere Teil des Geldes verwendet werden?«

»Zur Finanzierung ihrer diversen Organisationen in diesem Land. So einfach sieht die Sache aus. Sie müssen Gelder hierherleiten, um ihren Spionagering zu finanzieren.«

»Aber wie haben sie diesmal die Millionen ins Land gebracht?« Die Garbo stellte keine Frage, es war eine Forderung.

»Die Deutschen bringen das Geld nach Nordirland. Die Iren haben in Amerika Scheinfirmen aufgebaut, die das Geld nach Erhalt ausbezahlen.«

»Aber das ist ja schrecklich!« meinte Salka.

»Sehen Sie, Salka«, erklärte Arnold. »Die Nordiren führen seit fast dreihundert Jahren einen vergeblichen Kampf für ihre Unabhängigkeit. Sie hassen die Briten. Um sie zu besiegen, schrecken sie vor nichts zurück. Werden die Engländer geschlagen, bekommen sie ihre Unabhängigkeit.«

»Was sind das für Scheinfirmen?« fragte Mercedes.

»Bedaure«, sagte Arnold, »das ist Dienstgeheimnis. Aber warten Sie, bis der Krieg vorbei ist. Die Welt, und besonders Wall Street, kann sich auf einen großen Schock gefaßt machen, wenn wir die Schurken entlarven.«

»Demnach sitzen wir im Zentrum eines Wirbelsturms, Arnold.« Die Garbo knabberte geistesabwesend an einem Hydrox-Keks. Sie sah ihre Freundinnen an und kicherte.

»Was ist daran so komisch?« fragte Mercedes.

»Wir drei, wir sind die drei Hexen von Shakespeare.« Schaurig rezitierte sie: »›Wann kommen wir drey uns wieder entgegen. In Donner, Blitzen oder Regen?‹ Ich wollte die böse Hexe im *Zauberer von Oz* spielen, aber der arme Louis B. bekam einen Anfall, als ich ihn fragte. Dabei hätte ich's umsonst getan.« Sie seufzte dramatisch auf. »Wie oft mich solch kleine Niederlagen quälen.« Dann warf sie den Keks auf den Tisch und sagte zu Villon und Arnold: »Leute, kommen wir auf Albert Guiss zurück. Irgend etwas an ihm läßt mir keine Ruhe. Er ist überlebensgroß. Mehr als überlebensgroß. Sein Lebensstil, sein übertrieben exzentrisches Gebaren. Das Schloß. Die Dutzende von Hausdienern, die meisten davon überflüssig. Wer leistet sich schon heutzutage einen Majordomus als Küchenaufsicht? Vollkommen lächerlich. Und diese Lanzenträger mit ihren albernen Uniformen.« Sie lachte. »Das ist alles so dämlich. Aber wenn die Zeitschriften anfragen, ob sie Fotos von den Innenräumen machen dürfen, treffen sie auf einen eisernen Vorhang des Schweigens. Besten Dank, bloß keine Publicity. Dieser ganze lächerliche Protz ist nur zu unserem eigenen Vergnügen da. Sagt mir, wenn ich mich irre, Freunde, aber habt ihr nicht auch den Verdacht, daß Guiss nicht sein eigener Herr ist?«

»Kluge Frau«, sagte Arnold; er hoffte, dem Stolz der Garbo zu schmeicheln, aber sie hatte noch anderes auf dem Herzen, was sie loswerden mußte.

»Mißverstehen Sie mich nicht, ganz bestimmt ist Albert Guiss in mancher Hinsicht ein sehr mächtiger Mann; aber sagen Sie mir, Arnold, Ihre Leute haben bei der Entlarvung der Wolheims und bei der Ermittlung so vieler anderer wichtiger Tatsachen so großartige Arbeit geleistet, aber warum weiß man noch immer nicht, wo Guiss' Reichtum herkommt? Oder weiß man es doch?«

»Wir wissen nichts Genaues. Wir haben den starken Verdacht, daß er der Strohmann einer mächtigen Gruppe von Geldgebern ist.«

»Und, wer sind diese Geldgeber?« Die Garbo sah ungeduldig die Frauen an, die ihre Neugier teilen sollten.

»Wir wissen es nicht«, antwortete Arnold wahrheitsgemäß. »Wir können nur vage Vermutungen anstellen, aber wir wissen nichts Genaues.«

Die Garbo fragte provokativ, beinahe flirtend: »Und was vermuten Sie?«

Arnold spielte mit. »Sie sind eine kluge Frau. Was glauben Sie, was wir vermuten?«

»Hahaha. Na schön, ich sag's Ihnen. Ich glaube, Albert Guiss wurde lanciert, um in den Zusammenbruch der freien Welt zu investieren. Ich denke, während der letzten zehn Jahre, oder wie lange das gedauert hat, haben die Achsenmächte Albert Guiss zu diesem bombastischen Finanzmenschen gemacht, damit er frei und ohne Verdacht zu erregen in der Welt herumreisen und die Investitionen tätigen konnte, die sie zum Aufbau der gewaltigen Kriegsmaschinerie brauchen, mit der die Alliierten geschlagen werden sollen. Klingt das vernünftig?«

»Greta, haben Sie Zugang zu unseren Akten gehabt?« Arnold war beeindruckt.

»Nein, das wissen Sie doch. Ich genieße es nur sehr, Teile meines Gehirns zu entdecken, für die ich bisher keine Verwendung hatte. Salka, Mercedes, ich möchte euch beiden ein Vorbild sein. Kümmert euch weniger um Drehbücher und Flüchtlinge, und konzentriert euch mehr darauf, euren Verstand für neue Tätigkeitsfelder zu aktivieren.«

»Blasiertheit steht dir nicht«, sagte Salka. »Es ist spät, ich denke, wir sollten jetzt alle nach Hause gehen, damit Greta ein wenig schlafen kann. Meine Herren, Ihnen ist sicher bewußt, daß Greta selbst in Gefahr sein könnte. Da sie es so eilig hat, ihre reizenden Schlüsse mit jedermann zu teilen, werden Guiss und seine widerlichen Kreaturen auf den Gedanken kommen, daß sie sich am Ende zur richtigen Lösung durchschließen könnte. O Gott, Greta, warum mußt du nur so selbstmörderisch sein?«

»Wie sollte ich aus meiner Haut können? Ich bin Schwedin. Wir haben die höchste Selbstmordrate in der ganzen Welt. Kannst du dir das vorstellen? Das muß an diesen vielen dunklen Wintermonaten liegen. Gute Nacht, meine Lieben. Kommt gut nach Hause. Nein, Arnold, Sie und

Herbert warten noch kurz. Ich bin noch nicht fertig mit Ihnen.«

Villon dachte daran, ihr anzubieten, über Nacht zu bleiben, aber was würde geschehen, wenn er aufgefordert würde, das Bett mit ihr zu teilen, fragte er sich und gab sich gleich selbst die Antwort. Er würde sich als ungeschicktes Nervenbündel anstellen, über das sie und ihre Freundinnen sich schieflachen würden.

Jetzt waren die drei allein. »Ich mußte sie loswerden«, sagte Greta, »die schweben meinetwegen in tausend Ängsten, als ob ich dünn und zerbrechlich wäre. Bin ich aber nicht. Ich bin ziemlich stark. Fühlen Sie mal meine Muskeln, na los, fühlen Sie schon.« Es war ein sehr starker Muskel. Villon fragte sich, ob sie wohl Lust auf eine Runde Armdrücken hätte.

Nachdem sie ihren Wunsch erfüllt hatten, fühlte die Garbo sich neu gestärkt und wurde wieder ernst. »Also, Leute, da draußen läuft ein Mörder herum, der unsere Freunde bedroht. Lisa und Gruber sind sicher in Gefahr, oder?« Arnold nickte. »Wissen Sie was? Ich habe so eine Ahnung, daß Guiss über die Morde sehr verärgert ist. Ich bin sicher, für ihn waren diese Taten überflüssig.«

»Wie kommen Sie darauf?« fragte Villon.

»Mord erregt unerwünschte Aufmerksamkeit, richtig? Da wird Kriegman ermordet, und Kriegman war Alberts Butler; jetzt werden ihm Polizei und Presse die Tür einrennen, und auf diese Art von Aufmerksamkeit wird er bestimmt verzichten können. Richtig, Leute?«

»Absolut richtig«, sagte Arnold.

»Also ist Guiss nicht der Mörder. Werner Lieb könnte es sein, oder Gustav Henkel, vielleicht Risa Barron ...« Sie dachte kurz nach. »Wie sagt man doch? Giftmörder sind meistens Frauen, ja?«

»Ja«, sagte Villon, »Gift hat für Frauen etwas Verlockendes. Viele von ihnen bringen ihre Opfer damit um.«

»Und Risa Barron ist so bezaubernd, ich finde sie wirklich bezaubernd. Ich beneide sie um diese Fähigkeit. So hart, wie ich selbst daran arbeiten muß.«

Heuchlerin, dachte Villon.

»Risa ist so eine, die könnte jemanden in ein falsches Gefühl von Sicherheit wiegen. Sie könnte einen ängstlichen Menschen davon überzeugen, daß sie ihm nur helfen will, sie hat so etwas an sich. Schade, unter anderen Umständen hätten sie und ich Freunde werden können. Starke Frauen, starke Menschen ziehen mich immer an. Salka und Mercedes sind sehr stark. Nehmen Sie zum Beispiel Salka. Ihr Haus ist der Treffpunkt aller großen Geister, die im Exil leben. Eines Tages nehme ich Sie mal zu einem ihrer Empfänge mit. Sie werden dort Einstein und andere große Wissenschaftler sehen. Die größten Schriftsteller der Welt. Thomas Mann, Lion Feuchtwanger, Ferenc Molnár. Die Konversation ist umwerfend, überwältigend, und ich, die angeblich göttliche Garbo, verziehe mich in eine Ecke und bete, daß die anderen mich nicht bemerken.«

»Nach dem Wissen, das Sie heute abend offenbart haben«, sagte Arnold, »dürften Sie sich, wenn Sie nur wollten, gegen die anderen behaupten können.«

»Lassen Sie sich nicht von mir veralbern, ich behaupte mich schon. Immerhin bin ich die Garbo. Die anderen nicht. Aber die Garbo ist eine Fassade, die von Hollywood gemacht wurde. Hinter dieser Fassade verbirgt sich, wie Sie bestimmt schon erraten haben, ein sehr ängstliches Mädchen. Aber genug davon.« Sie unterbrach sich, um die nächste Zigarette anzuzünden. »Arnold, Herbert, ich möchte etwas sagen, das Sie möglicherweise für reichlich dumm halten werden. Etwas sehr Melodramatisches, das gut in einen Film mit Basil Rathbone passen würde.«

»Lassen Sie hören«, sagte Arnold.

»Ich denke, daß derjenige, der Albert Guiss seine Anweisungen gibt, sich hier, hier in Los Angeles aufhält. Ich glaube wirklich, daß es so jemanden gibt; wahrscheinlich sind wir ihm bereits begegnet. Dieser Mensch ist viel mächtiger als Guiss und daher auch viel gefährlicher. Was meinen Sie? Ist das logisch, oder ist es melodramatischer Unsinn?«

Arnold Lake sagte: »Ich denke, das war mal wieder ein Volltreffer, Greta.«

Sie klatschte in die Hände. »Nun, dann liegt es wohl bei mir, dieses geheimnisvolle Wesen zu finden und zu entlarven.« Ihre Augen wurden schmal. »Und ich bin ziemlich sicher, daß es mir gelingen wird. Versuchen Sie nicht, mich zu entmutigen. Es spornt mich an, etwas für mein Land zu tun. O ja, es ist mein Land. Ich werde die Staatsbürgerschaft annehmen.« Sie lächelte sanft. »Und ich hoffe, Sie beide als Zeugen dabeizuhaben.« Sie klatschte noch einmal in die Hände. »Anschließend gehen wir in irgendeinen stillen Saloon in der Nähe des Gerichtsgebäudes, trinken uns einen schönen Schwips an und verraten uns vielleicht gegenseitig ein paar Geheimnisse, die man besser für sich ... ach was. Was sind schon Geheimnisse? Doch bloß Nebensachen. Rede ich dummes Zeug?«

Villon sprach aus tiefster Seele: »Sie reden wunderbar. Und ich liebe Sie.«

»Natürlich«, sagte die Garbo, »natürlich.«

ACHTZEHN

Binnen weniger als einer Woche wurden die ungelösten Mordfälle von der Presse praktisch aufs Abstellgleis geschoben. Der Krieg eroberte die Schlagzeilen zurück. Die Arbeiten an *Johanna die Große* wurden mit Volldampf fortgeführt. Von Stroheim setzte jeden, insbesondere Guiss, mit seiner gesteigerten Tatkraft in Erstaunen. Fast war es soweit, daß die Kulissenarbeiter nicht mehr Schritt mit ihm halten konnten. Er schrie weniger herum, und wenn er etwas verlangte, tat er es höflicher. Er hielt mit seinen Gefühlen für Alysia Hoffman nicht hinterm Berg, und niemand war sonderlich überrascht, als er ihr die herausgehobene Rolle einer der Kurtisanen des Kronprinzen anvertraute. Die Gefahr, daß sie als Mitgefangene Johannas enthauptet werden könnte, war damit abgewendet. In der Forschungsabteilung wurde ohnehin bezweifelt, daß es damals bereits irgendeine Art von Guillotinen gegeben habe; andererseits – warum sollte man Johanna eigentlich den Kopf abschlagen, anstatt sie auf dem Scheiterhaufen zu verbrennen?

Die Garbo freute sich für Alysia und sagte ihr das auch. »Sind Sie in Von verliebt?«

Alysia hielt sich bedeckt. »Er war nett zu mir. Er lebt von seiner Frau getrennt. Er liebt seinen Sohn über alles. Er scheint nicht viele Freunde zu haben, und ich habe eine sehr schöne Zeit mit ihm. Ist das verwerflich?«

»Natürlich nicht«, versicherte die Garbo, »solange Sie im Kopf behalten, daß Von kein Mann für dauerhafte Bindungen ist. Er hatte, als er in Frankreich arbeitete, eine Reihe von Geliebten, und glauben Sie mir, ich meine es nicht böse, wenn ich Sie warne, daß die Konkurrenz auch hier nicht fern sein könnte.«

Alysia lachte. »Das stört mich nicht. Ich lebe nur von heute auf morgen.«

»Sehr klug. Genau wie ich.«

Martin Gruber erschien aus dem Nichts. Er trug eine große Blumenschachtel. Lottie Lynton schnüffelte und sagte: »Noch mehr Blumen.«

»Von Mr. Guiss natürlich«, bemerkte Gruber mit knappem Lächeln.

Die Garbo zu Alysia: »Er überschwemmt mich mit Blumen. Ich schicke sie an die hiesigen Krankenhäuser weiter. Was hat er nur?«

»Ach, Sie sind ein Schalk, Greta. In der letzten Woche sind Sie, soweit ich weiß, mindestens dreimal nach den Dreharbeiten mit ihm ausgegangen.«

Die Garbo setzte eine überhebliche Miene auf. »Sie brauchen nicht mitzuzählen, Alysia. Das bringt Unglück.« Und zu Gruber gewandt: »Die Aufnahmen waren ausgezeichnet, Martin. Sie sind ein sehr guter Fotograf.«

»Hat Von nicht wissen wollen«, fragte Alysia, »wo er so eine Kamera kaufen kann?«

»Richtig, Martin hat mich gefragt. Aber ich habe keinen blassen Schimmer. Ich habe nicht die leiseste Ahnung, ob sie in diesem Land erhältlich sind.«

Gruber sagte: »Ich habe mich erkundigt, in einigen Fotogeschäften nachgefragt. Aussichtslos. Die Marke scheint hier nicht lieferbar zu sein.«

Alysia sagte: »Vielleicht ist es ein Einzelstück.«

Die Garbo saß am Schminktisch und hellte ihren Lidschatten auf. »Wäre das nicht ungewöhnlich? Es ist doch bestimmt unrentabel, nur eine einzige Kamera herzustellen, eine klitzekleine Kamera. Man stelle sich vor, General Electric würde nur einen einzigen Kühlschrank herstellen, oder nur einen Toaster. Ha! Das gäbe ein wirtschaftliches Chaos! Wissen Sie, ich habe schon überlegt, ob ich Erich die Kamera schenken soll, wenn der Film fertig ist, aber jetzt finde ich sie nicht mehr. Lottie und ich haben das ganze Haus danach abgesucht, aber wir können sie nicht finden.«

Lottie sagte aus der Kochnische: »Also ich kann mich nicht erinnern, das verdammte Ding jemals im Haus gesehen zu haben. Sind Sie sicher, daß Mr. Gruber sie Ihnen zurückgegeben hat?«

»Absolut sicher«, sagte die Garbo.

»Ja, ich erinnere mich genau«, sagte Gruber. »Lisa war dabei, als ich sie Ihnen zurückgegeben habe.«

»Nicht aufregen, Martin. Ist nicht so wichtig. Ich habe genug andere Kameras, und diese wird auch wiederauftauchen. Ich verlege ständig was, und Tage später finde ich es wieder. Martin, sagen Sie Mr. Guiss, ich werde ihm persönlich für die Blumen danken. Später.«

Martin ging, und Alysia sah zu, wie Lottie die langstieligen Rosen in einer Vase arrangierte. Von ihrer geheimnisvollen Miene merkten die anderen nichts.

Sam Goldwyn hörte sich die Litanei von Sophie Gangs Mitteilungen an.

»Mrs. Goldwyn hat angerufen, sie habe eine Geldspende für ihr Kinderhilfswerk erhalten. Es war ein hoher Betrag, aber ohne Absender, und jetzt weiß sie nicht, wem sie danken soll.«

»Was regt sie sich auf? Es ist eben eine synonyme Spende.«

»Ich habe Mr. Guiss Ihr Budget für *Bewaffnet Aufwärts* vorgelegt. Er sagte, er wird in wenigen Tagen Bescheid geben, ob er bereit ist zu investieren.«

»Zum Teufel mit ihm. Wer braucht sein Geld? Sie wissen, ich finanziere immer selbst. Holen Sie das Budget zurück.«

Sophie war entgeistert. »Das kann ich nicht. Das wäre unhöflich.«

»Ich kann den Mann sowieso nicht leiden. Irgendwas stimmt nicht mit ihm. Er speist nie mit uns anderen in der Kantilene. Für wen hält er sich denn? Hitler? So ein Blödmann.«

Sophie warf einen »Himmel-hilf«-Blick an die Decke und kam auf ihre Notizen zurück. »Anruf aus New York. Random House schickt uns sehr interessante Fahnen. Von einem Buch, das im Herbst erscheinen soll. Die sind ganz begeistert davon.«

»Und? Wovon handelt es?« Er biß das Ende einer Zigarre ab.

»Es geht um Euthanasie.«

»Heiliges Abflußrohr! Sophie! Wie käme ich dazu, einen Film über Kuhkrankheiten zu produzieren?«

Werner Lieb war mit Henkel und Risa Barron in Guiss' Büro auf dem Studiogelände. Der Stand der Dreharbeiten hatte Guiss in Hochstimmung versetzt. »Von Stroheim leistet wirklich Außerordentliches«, sagte er. »Im Vergleich zu den schrecklichen ersten Tagen hat er sich ungeheuer gesteigert.«

Risa befingerte ihre Lapislazulikette und sagte: »Alysia Hoffman hat ihn beflügelt. Jetzt hat sie eine größere Rolle. Greta sollte sich vorsehen. Bald wird die Hoffman die Johanna spielen. Machen Sie nicht so ein Gesicht, Henkel.«

»Für die Johanna ist sie eine Nummer zu klein. Was sind das für Bilder, die Sie da haben, Werner?«

Lieb nahm das Monokel aus dem Auge, hauchte es an und polierte es mit einem Taschentuch. »Das sind Bilder vom Studio, die Martin mit einer sehr seltsamen, sehr ungewöhnlichen Kamera aufgenommen hat.« Er erzählte ihnen von der Episode mit Martin und der Kamera am Anfang der Woche, das heißt an dem Tag, an dem Kriegman ermordet wurde.

»Das sind also die Fotos, die er gemacht hat?« fragte Guiss. »Er hat Ihnen diese Abzüge gegeben?«

»So ist es. Ich fand die Kamera so ungewöhnlich, da hat er versprochen, mir die Bilder zu zeigen. Greta habe ihn gebeten, die Aufnahmen zu machen, hat er gesagt.«

»Stimmt«, sagte Guiss. »Sie hat sie mir gezeigt. Sind recht gut geworden.«

»Sie sind ausgezeichnet«, stimmte Werner Lieb zu. Er gab die Bilder Risa, die sich nicht dafür interessierte und sie an Henkel weiterreichte. Lieb fuhr fort: »Kriegman wurde am vierzehnten ermordet. Beim Entwickeln wird auf der Rückseite immer das Datum vermerkt. Drehen Sie ein Bild um, Henkel. Welches Datum steht da?«

»Der sechzehnte.«

»Tja. Das hier sind also nicht die Fotos von dem Film, der in der Kamera war, als ich mit Martin auf dem Flur gesprochen habe. Diese Aufnahmen sind später entstanden. Demnach muß auf dem Film in der Kamera offensichtlich etwas ganz anderes gewesen sein.«

Henkel fragte: »Sie meinen, er hat die Kamera benutzt, um etwas anderes zu fotografieren?«

»Bin ich der einzige von uns«, fragte Lieb, »dem aufgefallen ist, daß Martin und Lisa anscheinend sehr eng befreundet sind?«

»Und? Was ist daran auszusetzen?« fragte Risa. »Sie ist jung und schön, und er ist jung und ansehnlich. Wie hat man früher im Stummfilm gesagt? ›Jung und jung gesellt sich gern‹?«

Lieb fuhr fort: »Peter Lorre meint, sie sei die Frau vom Strand, in der Nacht, als wir belauscht wurden.«

»Ach?« zweifelte Guiss. »Genauso schnell hat er gesagt, er habe sich geirrt.«

»Viel zu schnell«, sagte Lieb. »Angenommen, sie war wirklich diese Frau. Und sie haben Lorre unter Druck gesetzt, um sie zu schützen. Er hat verdammt gute Augen.«

»Er hat unter Drogen gestanden, Werner«, sagte Risa überdrüssig. Schauspieler langweilten sie. Dreharbeiten langweilten sie. Sie wollte in Brasilien sein, in Rio, wohin die meisten ihrer Freunde sich verdrückt hatten. Wo sie in Saus und Braus lebten. Internationale Intrigen langweilten sie. Sie hatte es satt, ständig über die Schulter zu blicken, ob jemand ihr folgte. Auch die Männer in diesem Zimmer und ihre ständige Gegenwart hatte sie satt.

Lieb sprach ruhig, kühl und eindringlich. »Ich denke, Lisa Schmidt war diese Frau am Strand. Ich denke, man hat Martin Gruber diese raffinierte Kamera gegeben, damit er Kriegman fotografiert – weil Greta vermutete, er sei Wolheim. Gruber hat sein Foto gemacht, die Garbo hat ihn identifiziert, und Kriegman wurde beseitigt.«

Guiss stützte sich mit den Ellbogen auf seinen Schreibtisch und baute aus seinen Fingern eine Pyramide. »Warum sollten sie ihn beseitigen? Warum nicht verhaften? Fürs FBI wäre es das Vernünftigste gewesen, ihn dingfest zu machen und gnadenlos ins Verhör zu nehmen. Wissen Sie, so wie wir es bei Edward G. Robinson gesehen haben. Daß sie Kriegman und Hannah Baum umgebracht haben sollen, ergibt keinen Sinn. Absolut keinen Sinn. Völlig unlogisch.«

Risa Barron hatte eine neue Zigarettenspitze, die mit kleinen Splittern kostbarer Edelsteine besetzt war. Sie nahm einen Zug, einen langen und wohligen Zug, atmete aus und bemerkte dann sachlich: »Jetzt stellt Greta eine Gefahr für die anderen dar.« Sie genoß die Verärgerung, die sich in Guiss' Miene zeigte. »Sie kann Agathe und die drei Jungen identifizieren. Wenn Agathe verhaftet wird, dürfte sie, um sich zu retten, die Seiten wechseln. Die Ermordung Kriegmans hat ihre angeschlagene Moral nicht gerade gestärkt.« Sie gluckste. »Beim kleinsten Geräusch springt sie vor Angst vom Stuhl. Ehrlich, heute morgen hat sie das Rattern des Rasenmähers mit einer Maschinengewehrsalve verglichen. Ist das zu fassen? Und, Albert, wozu brauchen wir so viele Gärtner? Die laufen überall herum. Man kann unmöglich im Park spazierengehen, ohne daß einer von ihnen plötzlich hinter einem Baum oder Busch auftaucht und man sich zu Tode erschreckt. Aber ich muß sagen, das Personal vom Swimmingpool ist sehr jung und attraktiv. Findest du nicht, Albert? Greta ist eine Gefahr für unsere Sicherheit!«

»Falls sie es je war, ist sie es jetzt nicht mehr.«

»Du scheinst dir sehr sicher zu sein«, sagte Risa.

»Ich habe Grund zu der Annahme, daß Greta ihre Zusammenarbeit mit den Behörden bedauert. Du weißt, wieviel Wert sie auf ihr Privatleben legt. Seitdem sie Kriegmans Leiche gefunden hat, ist ihr Leben die reinste Hölle. Ihr Strandhaus wird von Reportern und Fotografen belagert. Du hast selbst gesehen, wie sie ihr am Studioeingang auflauern. Jetzt will sie nur noch den Film zu Ende drehen und Hollywood verlassen.«

»Und wohin?«

An einem Abend vor wenigen Tagen waren sie durch den Schloßpark geschlendert – die Garbo mit verschränkten Armen, einen Pullover locker umgehängt zum Schutz gegen die kühle Abendluft. Guiss legte ihr einen Arm um die Schulter. In letzter Zeit ließ sie ihn gewähren, wenn er das tat. Sie war überzeugt, daß er sie liebte. Sie kannte die Zeichen. Sie war noch immer eine Meisterin in der Kunst, sich Liebhaber zu machen. »Hier in Hollywood«, sagte sie mit rauchiger Stimme, »herrscht eine ungesunde Atmosphäre. Das liegt nicht nur am Krieg, sondern mehr noch an der Branche selbst. Die Juden haben die ganze Branche im Griff. Mayer, die Warner Brothers, Sam Goldwyn. Dazu kommt jetzt der Zustrom von Juden aus Europa, und auch die sind mit diesem Bedürfnis, dieser krankhaften Machtgier infiziert. Das gefällt mir nicht. Ich muß hier weg.«

»Wohin wollen Sie denn?«

»Das überlege ich mir noch. Für eine Weile werde ich wohl nach New York zurückgehen. Dort warte ich das Ende des Krieges ab. Dann gehe ich in die Schweiz. Salka besitzt ein Haus in Gstaad.«

»Und Salka ist eine Ausnahmejüdin, die nicht machtgierig ist?« Er hatte die Hand von ihrer Schulter genommen, um sich eine Zigarette anzustecken.

»Haben Sie nie einen Juden kennengelernt, den Sie gemocht haben?«

»Ich hatte nie sonderlich viel mit ihnen zu tun.«

»Sie nehmen mich auf den Arm!«

»Ich wünschte, es wäre so.«

»Seien Sie ernst. Sie haben keine Geschäfte mit jüdischen Finanzleuten gemacht? Wie haben Sie das denn geschafft, Sie Dummer!«

Guiss' Miene erstarrte. »Ich bin nicht dumm. Die Leute, mit denen ich Finanzgeschäfte betreibe, bedeuten mir nichts. Was interessiert mich ihre Herkunft, wichtig sind nur die Konditionen ihrer Banken. Ich habe früh gelernt, alle Gefühle zu unterdrücken. Ich bin ein harter Geschäftsmann, Greta, und zwar deshalb, weil ich mir die Mächtigen gesellschaftlich vom Leibe halte. Sicher, ich trinke mit ihnen, gehe notgedrungen mit ihnen essen oder auf Reisen, aber ich habe eine strenge Regel: keine Vertraulichkeiten.«

Sie lachte. »Wie Sie sich widersprechen! Da bin ich hier allein mit Ihnen unter den Sternen, in einem himmlisch duftenden, herrlich duftenden Garten, Sie haben mir den Arm um die Schulter gelegt: Ist das keine Vertraulichkeit?«

»Hier geht es nicht um Geschäfte. Sondern um Mann und Frau«, er nahm ihre Hand und küßte sie, und dann flüsterte er: »Greta, ich will dir die Welt zu Füßen legen.«

»Auf die Welt kann ich verzichten«, sagte sie ungehalten. »Viel zu viel Arbeit, damit fertigzuwerden. Im übrigen bieten Sie mir damit eine beschädigte Ware an. Würde die Welt mir gehören, wäre ich für die Instandsetzung und Rekonstruktion all der zerstörten Städte und Völker verantwortlich. Was für eine entsetzliche Vorstellung.«

»Ich mache dich zur Königin der europäischen Filmindustrie.«

»Aha, jetzt verkleinern Sie Ihr Angebot. Erst bieten Sie mir die Welt, und jetzt ist es nur noch Europa.« Sie fand, die Zeit sei reif für den entscheidenden Schritt: »Sagen Sie mir die Wahrheit, Albert. Sie sind ein Freund von Hitler, stimmt's?« Sie standen im Schatten eines Pavillons. Mondsichel und Sterne spendeten wenig Licht. Sie konnte sein Gesicht nicht deutlich sehen, aber so, wie er Atem holte, mußte sie ihn an einer empfindlichen Stelle getroffen haben. »Ich muß es wissen, Albert. Meine Zukunft hängt davon ab.«

»Warum?« Die Art, wie er diese Worte aussprach, gab ihr keinen Hinweis auf seine Gefühle.

»Ich sage Ihnen warum, und Sie werden dieses Geständnis gewiß genauso respektieren wie ich das Ihre. Vor dem Krieg hat Hitler mir über seine hiesige Botschaft angeboten, ich könnte nach Deutschland zurück und dort Filme machen. Er hat mir die Ufa-Studios zur Verfügung stellen wollen. Ein großartiges Gelände. Ich hoffe, die Alliierten zerbomben es nicht bis zur Unkenntlichkeit. Eines Tages werde ich es wohl besitzen. Ich habe das Angebot damals nicht nur abgelehnt, weil ich es für unverschämt hielt, sondern auch, weil meine Karriere dank des Erfolgs von *Ninotschka* steil nach oben ging.«

»Da hatten Sie mit lauter Juden zu tun.«

»Sehr begabte Leute – Lubitsch, Billy Wilder, Melvyn Douglas.«

»Ina Claire?«

»Gütiger Himmel, nein. Das ist eine Schickse, eine ganz schlimme Frau. Wußten Sie, daß sie meinen John Gilbert geheiratet hat, nachdem ich ihn am Altar versetzt hatte? Egal, ist nicht so wichtig. Eine alte Geschichte, und ich bin keine Historikerin. Albert, ich habe in letzter Zeit viel über mich und meine Zukunft als Schauspielerin nachgedacht. Wenn es eine Zukunft für mich gibt, dann bestimmt nicht in diesem Land. Nur Europa kommt in Frage. Ich beherrsche mehrere Sprachen. Meine Muttersprache Schwedisch, Französisch, mein Spanisch ist nicht übel, und Deutsch kann ich ziemlich fließend. Wenn Sie direkten Kontakt zu Hitler haben und sein Angebot noch steht, bin ich interessiert.«

»Bravo! Bravo, Greta!« Er nahm sie in die Arme und küßte sie mit einer Inbrunst, die sie überrumpelte. Sie rang nach Luft.

»Ach Albert, deine Leidenschaft sagt mehr als tausend Worte!«

»Ich bin verrückt nach dir!«

»Nein, nicht verrückt sein, mit Verrücktheit komme ich so schwer zurecht. Ich habe meinen Vater immer für verrückt gehalten, dabei war er nur brutal.«

Während er sie weiter in seinen Armen hielt, bombardierte er sie mit Worten, die sie Villon und Arnold unbedingt wiederholen mußte. »Bravo, nicht weil du bereit bist, ins Vaterland zurückzukehren; sondern bravo, weil deine Worte mich zuversichtlich machen, daß du die Überzeugung hegst, wir werden den Krieg gewinnen ...«

Vaterland. Wir werden den Krieg gewinnen. Und doch, warum reiße ich mich nicht aus seinen Armen? Warum? Weil ich ein guter Soldat bin. Außerdem bin ich Spion, und zwar, auch wenn ich das selbst sagen muß, ein verdammt guter.

»... wir werden siegen«, fuhr Guiss fort, ohne Luft zu holen. »Greta, Greta, meine bezaubernde Greta, mein kostbares Juwel, heirate mich, wenn all das vorbei ist, o mein Liebling, heirate mich.«

»Wenn all was vorbei ist? Meinst du den Film? Manche Szenen werden sicher neu gedreht werden müssen.«

Er gab sie frei. Sie schob ein paar verirrte Haare an ihren Platz. »Du machst Witze«, sagte er. »Du machst dich über mich lustig.«

»Der Gedanke an die Ehe beunruhigt mich meistens. Ich bin kein Mensch, der sich von einem Ring und einem Stück Papier fesseln läßt. Wenn es sein muß, reden wir ein andermal darüber. Entschuldige, Albert. Ich bin für die Ehe nicht geschaffen und werde es auch niemals sein, denke ich. Wenn das also die Voraussetzung unserer Beziehung ist, sollten wir beide dieses Gespräch lieber vergessen und so tun, als hätte es nie stattgefunden.«

Er sah zu, wie sie von ihm fortschlenderte. Seine Worte brachten sie zum Stehen. »Ich werde dieses Gespräch nicht vergessen. Dafür liebe ich dich zu sehr. Ich werde mich an Goebbels wenden, und der sagt es Adolf. Ich bin sicher, die beiden werden sich, trotz schwerer Verluste auf den Schlachtfeldern, sehr freuen. Eva Braun ist ein großer Fan von dir.« Garbo erschauderte. »Ihr zwei werdet bestimmt eine Menge zu reden haben, wenn ihr euch kennenlernt.«

»Falls wir etwas finden, das wir gemeinsam haben«, sagte die Garbo. Sie führte ihn zum Schloß zurück.

Sie hatte Angst. Sie hatte zu viel erfahren. Guiss würde seiner üblen Dreierbande alles erzählen, worüber sie gesprochen hatten, und irgendeiner von ihnen würde ihr den Wunsch, nach Deutschland zurückzukehren, nicht abkaufen. Aber trotzdem, erinnerte sie sich, ich bin Soldat und habe einen Auftrag, und daß es ein furchtbar gefährlicher ist, wußte ich schon, als ich ihn übernommen habe. Ich habe keine Angst mehr. Ich bin stolz auf mich. Sehr stolz auf mich. Und Villon und Arnold Lake werden auch stolz auf mich sein. Und wenn Arnold mich nicht zur FBI-Agentin machen kann, macht er mich vielleicht zu einem Junior-G-man. Ich will auch die Haferflocken essen, von denen das gesponsert wird, und mir andächtig deren Radiosendung und natürlich auch *Portia Faces Life* und *Just Plain Bill* anhören.

Risa Barron konnte nicht aufhören zu lachen. Sie sah im Geiste schon die komische Szene vor sich, wie Garbo und Eva Braun Schnittmuster austauschten.

»Reiß dich zusammen, Risa«, sagte Guiss streng.

»Ich kann nichts dafür. Eva Braun ist so eine dumme Gans!« Sie lachte weiter.

Werner Lieb sagte: »Miss Greta Garbo dürfte inzwischen ein wenig zuviel über uns wissen.«

Guiss schlug mit der Faust auf den Schreibtisch. »Sie ist absolut vertrauenswürdig! Ich weiß es genau! Seit gestern nacht ist sie meine Geliebte.«

Risa erbleichte und stieß eine Zigarette in ihre Spitze. »Gratuliere«, sagte sie gleichmütig. Eifersucht konnte ihr nichts anhaben. Die primitiven, gewöhnlichen Gefühle ihrer

Schwestern waren ihr fremd. Frauen wie Risa Barron betrachten Männer, zumal sehr reiche Männer, als Gebrauchsgegenstände. Es hatte vor Guiss schon andere gegeben, und nach ihm würden andere kommen. Sie hatte sehr von ihm profitiert, ihre kostbare Schmucksammlung, die Investitionen, die er für sie getätigt hatte. Es ging ihr außerordentlich gut, und sie war entschlossen, den Krieg und sämtliche Folgen der Niederlage Deutschlands zu überleben. Bereits mehrere Monate vor Ausbruch des Konflikts hatte sie einen sicheren Fluchtweg nach Südamerika organisiert. Jetzt lag ihr etwas anderes auf dem Herzen, und sie sprach es aus. »Nun müssen wir uns also vor drei Leuten vorsehen. Lisa Schmidt, Martin Gruber und Miss Greta Garbo!«

»Risa, ich warne dich«, sagte Guiss unmißverständlich drohend.

Der Anflug eines Lächelns zeigte sich auf ihrem Gesicht. »Liebe kann so zerstörerisch sein.« Dann mit erhobener Stimme: »Sie hat dein Hirn lahmgelegt! Du, das große Genie, erschaffen von noch größeren Genies, du bist ein liebeskranker Schuljunge geworden. Das ist ein Klischee, stimmt aber trotzdem.«

»Es darf keine Morde mehr geben.« Guiss hatte ihre ungeteilte Aufmerksamkeit. »Der Mord an Hannah und Kriegman war eine Dummheit. Eine ungeheure Dummheit. Hätten sie weitergelebt, wären uns Polizei und FBI nie auf die Spur gekommen.« Niemand widerlegte seine Behauptung. »Haben Sie gehört, Werner?«

»Ich habe eine ganze Menge gehört«, sagte Lieb, während Gustav Henkel wieder einmal ein nervöses Gähnen unterdrückte.

»Und ich will kein Wort mehr über Greta Garbo hören. Wir haben von Stroheims Rohfassung gesehen. Dieser Film ist ihr Meisterwerk, und in gewisser Weise«, fügte er selbstgefällig hinzu, »ist er auch *mein* Meisterwerk!« Er stand auf und verkündete stolz: »Millionen rund um den Globus werden es lesen.« Er schwenkte die Arme wie ein Dirigent: »›Albert Guiss präsentiert Greta Garbo in Erich von Stroheims *Johanna die Große*‹. Klingt sehr beeindruckend, auch wenn ich es selbst sagen muß.« Mit verträumten Augen setzte er sich wieder hin. Daß seine Mitarbeiter verstimmt und wütend waren, kümmerte ihn nicht. Er merkte nicht, daß er auf einem Pulverfaß saß. Er war völlig versunken in selbstsüchtige Gedanken an künftigen Ruhm, an eine gemeinsame Zukunft mit Greta Garbo, und daß eben diese Träume seine Achillesferse ausmachten, fiel ihm nicht ein.

Die Garbo traf sich mit Villon und Arnold in Salka Viertels Haus. Sie hatten vereinbart, sich nicht mehr im Studio zu treffen, es sei denn, es gab einen offiziellen Grund für eine Polizeivisite. Das Strandhaus sollte tabu bleiben, bis die Presse ihre Jagd auf den Star eingestellt hatte.

»Salka, du bist jetzt also am Krieg beteiligt. Dein Haus ist unser geheimer Treffpunkt! Bist du nicht stolz, daß du auch einen Beitrag leistest?«

Salka schniefte und ging ins Arbeitszimmer, dort wartete ihr Feind, die Schreibmaschine. Sie haßte die Arbeit, aber wenn sie überleben wollte, brauchte sie Geld. Sie mußte mehrere Freundinnen unterstützen, die vom Pech verfolgt wurden. Und damit die anderen *sie* nicht verfolgten, mußte sie hart arbeiten. Sie setzte sich an die Schreibmaschine und verweilte in Gedanken noch einige Sekunden bei Greta Garbo; dann strich sie das Wort »Gefahr« aus ihrem Kopf und versuchte einen Dialog für Joan Crawford zu dichten.

Die Garbo erzählte Villon und Arnold alles. Sie verfügte über ein großartiges Gedächtnis und konnte ihnen die Szene mit Albert Guiss im Garten von vorn bis hinten vorspielen. Besonderen Nachdruck legte sie auf die Worte »Vaterland« und »Wir werden den Krieg gewinnen« und beteuerte, sie hege nun keinen Zweifel mehr, daß er eine Kreatur der Achsenmächte sei. Daß sie mit Guiss geschlafen hatte, verschwieg sie ihnen. Dergleichen verlangte Diskretion, und darin war sie eine Meisterin.

Arnold sagte: »Es ist nicht so, daß wir je daran gezweifelt hätten, daß diese Leute deutsche Agenten sind, aber jetzt haben wir endlich den Floh husten hören.«

»Was? Die Garbo? Ein Floh?« sagte sie mit gespielter Entrüstung. »Na ja, Salka meint, ich hätte ihr einen Floh ins Ohr gesetzt. Hahaha! Ich hab's also gut gemacht, ja?«

»Absolut brillant«, sagte Arnold.

»Dann kann ich also Junior-G-man werden?« Sie war direkt vom Studio zu dem Treffen gekommen und hatte Lottie mitgebracht, die sofort in die Küche gestürmt war, um Snacks und ihre unvermeidliche heiße Schokolade zuzubereiten. Während sie jetzt im Wohnzimmer, wo sie sich berieten, den Kaffeetisch deckte, staunte Arnold über die Widersprüche der Garbo.

Sie war ein großer Star, eine starke Frau, die sich selbst und ihr Schicksal, wie auch immer das aussehen mochte, offenbar in der Hand hatte, und doch hatte sie auch diese andere, diese amüsante und bezaubernd kindliche Seite. Etwa wenn sie »Leute« oder »Freunde« zu ihnen sagte oder »FBI-Agentin« oder gar »Junior-G-man« werden wollte. Oder verarschte sie sie nach Strich und Faden? Eine besonders witzige Frau war sie nicht, aber sie besaß einen wunderbaren Sinn für Humor. Ihre Freunde beteten sie an, und auch sie schien sie anzubeten. Trotzdem, er fand, daß sie etwas Trauriges und Rührendes an sich hatte. Ihr Verlangen nach Einsamkeit. Die wilde Entschlossenheit, ihren eigenen Weg zu gehen. Ob sie Verwandte hat? fragte er sich. Und wenn ja, würden sie für sie dasein, wenn sie sie einmal brauchen sollte?

Villon sagte gerade: »Es ist doch interessant, daß sie ausgerechnet Goldwyns Studio für die Produktion genommen haben. Ich meine, Sam Goldwyn – jüdischer geht's ja wohl kaum. Sie haben nicht zufällig gehört, daß Guiss ihn mal als ›Itzig‹ oder was ähnlich Unfreundliches bezeichnet hat?«

»Nein, Guiss doch nicht, der ist, was seine Abneigungen und Aversionen angeht, ein vollendeter Gentleman. Aber

Sie erinnern mich an was. Da war jemand anders, der die Juden als ›Itzigs‹ bezeichnet hat. Damals habe ich es nicht beachtet, aber jetzt … gibt es mir zu denken. Möchte jemand Schokolade?«

NEUNZEHN

Die Milchflasche stand im Flur neben Lisa Schmidts Wohnungstür. Der Milchmann kam früh, und allerlei Getreideflocken mit Milch waren Lisas Lieblingsfrühstück. Manchmal war dazu nicht Zeit genug, dann frühstückte sie erst im Studio. An diesem Morgen hatte sie jede Menge Zeit. Sie stellte die Flasche auf ihren kleinen Eßtisch und goß Milch über die Cornflakes. Der Flaschenverschluß saß ein wenig schief; das war ihr schon ein paarmal aufgefallen. Sie mußte dem Milchmann einen Zettel hinlegen, daß er nicht so unordentlich sein sollte. Er war nur Ersatzmann, wie sie von einem Nachbarn erfuhr. Seinen Vorgänger hatte der Krieg geholt.

Während sie gemächlich aß, dachte sie über manches nach. Die Guiss-Bande, wie sie diese Leute bei sich nannte; das Foto; von Stroheims Interesse an Alysia Hoffman. Die Hoffman selbst, eine entthronte Filmkönigin, die verzweifelt nach einem neuen Königreich suchte. Martin Gruber und das Risiko, das er mit der Kamera eingegangen war; Teufel auch, die Risiken, die sie alle eingingen, und dann wieder dieses Brennen in ihren Füßen. Das kam und ging jetzt schon die ganze Woche, immer morgens, wenn sie zu Hause frühstückte. Brennen in den Füßen ... *o mein Gott.*

Sie rief Villon an. Sie werde ohne jeden Zweifel vergiftet, erzählte sie ihm. Ihre Frühstücksmilch. Nein, sie sei nicht in Panik, aber sie habe Angst. Sie wisse nicht, wieviel Gift sich in ihrem Organismus befinde. Sie sei nicht sicher, wieviel Milch sie getrunken habe, aber sie bekomme täglich einen Liter. Sie esse gern Süßes und mache sich daher öfter mal Eiercreme oder Schokoladenpudding, viel zu oft eigentlich. »Kommen Sie schnell, Herb. Ich falle gleich um. Mir ist schlecht. Meine Füße brennen wie Feuer. Herb ...«

Villon kannte die Geräusche. Das Fallen des Telefons; Lisa, die zu Boden sackte. Keine Zeit mehr, Arnold anzurufen. Er holte einen seiner Beamten und fuhr wie der Leibhaftige, um zu retten, was von Lisa zu retten war. Um in die Wohnung zu gelangen, brauchten sie einen Dietrich; sie fanden sie auf dem Boden ausgestreckt. Villon hob sie auf und beauftragte den anderen, die Milchflasche mitzunehmen. Sie rasten mit Lisa zur Notaufnahme einer Klinik, wo Villon sich auswies und dem untersuchenden Arzt erklärte, es bestehe Verdacht, daß sie eine Thalliumnitratvergiftung habe. Der Doktor pfiff, nicht ganz in der richtigen Tonart, vor sich hin und gab Anweisung, Lisa den Magen auszupumpen. Ihre Atmung ging nicht mehr normal, und er fürchtete um ihr Leben.

Villon schickte den Beamten mit der Milchflasche aufs Revier zurück und fluchte über den Trottel, weil er sie nicht in ein Taschentuch gewickelt hielt. Er rief im Garden of Allah an, aber Arnold war nicht im Haus. Villon hinterließ auf seinem Revier Nachricht für ihn und sagte auch der Garbo Bescheid, falls Arnold bei ihr anrufen sollte.

Die Garbo erbleichte, als sie von Lisas Zustand hörte.

»Wir müssen uns um Gruber kümmern«, sagte Villon. »Gehen Sie und warnen Sie ihn. Und, Greta, Sie müssen auch aufpassen.«

»Tja nun, aber ich esse und trinke nur, was Lottie mir zubereitet. Und ich glaube nicht, daß sie vorhat, mich zu vergiften. Oder doch, Lottie?«

Lottie lächelte und wandte sich wieder ihrem Thunfischsalat zu.

»Ich werde Gruber warnen«, sagte Greta und legte auf. Sie rief im Studio an und bat die Zentrale, Gruber ausrufen zu lassen, nahm die Bitte aber gleich wieder zurück. Wenn die hören, daß ich Gruber ausrufen lasse, werden sie argwöhnen, daß ich was im Schilde führe. Der Mörder wird annehmen, daß das Gift seine Wirkung bei Lisa Schmidt getan habe. Der Mörder. Der Giftmörder. Dieser Irre, oder ist es eine Frau? Es klopfte an die Tür, und Lottie ging aufmachen. Davor stand Martin Gruber mit einer Blumenschachtel. Die Garbo dankte nicht Gott, sondern Guiss. »Kommen Sie rein, Martin. Lottie, schließen Sie die Tür. Legen Sie diese dummen Blumen weg.« Sie erzählte ihm von dem Attentat auf Lisa. Von den Milchflaschen.

»Wird Lisa durchkommen?« fragte Martin. Er war verliebt in sie, und erst jetzt, da ihr Leben an einem Faden hing, konnte er sich das eingestehen.

Die Garbo sagte: »Wer könnte wissen, wo sie wohnt?«

»So ziemlich jeder, der mit der Produktion zu tun hat. Jeder erhält eine Liste mit den Adressen und Telefonnummern der Beteiligten.«

»Und die hatten natürlich Zugang dazu. Diese Ungeheuer von Guiss' Spießgesellen. Martin, wir sind in schrecklicher Gefahr. Sie müssen sehr vorsichtig sein.«

»Um mich machen Sie sich mal keine Sorgen. Ich paß auf mich auf. Ich glaube nicht, daß sie hinter mir her sind.«

»Seien Sie nur nicht so sicher. Die haben wegen der Kamera ein ziemliches Theater aufgeführt. Unterschätzen Sie diese Leute nicht. Ich habe sie in den letzten Tagen gründlich kennengelernt. Es ist keiner dabei, dem ein Mord nicht zuzutrauen wäre.«

»Ich glaube nicht, daß Guiss dahintersteckt. Ich kenne von ihm diktierte Vermerke, in denen er sein Mißfallen über die Morde an Hannah Baum und Kriegman äußert.«

»Möchte wissen, ob jemand bemerkt hat, daß Lisa nicht zur Arbeit gekommen ist. Ich hab's! Ich ruf die Bande mit verstellter Stimme an, gebe mich als eine Freundin von Lisa aus und sage, sie sei ins Krankenhaus eingeliefert worden. Gute Idee, oder?« Sie war klug genug, nicht den Hauptanschluß zu wählen, sondern ließ sich mit dem Produktionsstudio verbinden und gab die Nachricht einem Assistenten durch. Dann legte sie auf und sagte strahlend: »Bin ich nicht eine erstklassige Agentin? Immerhin habe ich in *Der Krieg im Dunkel* eine Spionin gespielt, und als Mata Hari war ich auch nicht übel, auch wenn June Knight mich bei den Tanzszenen doubeln mußte. Haha, was wird Marlene eifersüchtig sein, wenn sie das erfährt!«

Im FBI-Hauptquartier in Los Angeles, wohin er zu einer, wie sich herausstellte, folgenschweren Besprechung zitiert worden war, hängte Arnold Lake sich ans Telefon und erkundete Herb Villons Aufenthaltsort. Man verwies ihn ans Krankenhaus, wo Herb ihm mitteilte, daß Lisa Schmidt ein zähes Ringen mit dem Tode führte. Er habe zusätzliche Schutzmaßnahmen für die Garbo angeordnet und zwei Beamte ins Studio geschickt, die Martin Gruber zu seiner eigenen Sicherheit abholen sollten.

»Hoffentlich kommt sie durch, ich bin verrückt nach ihr«, sagte Arnold. Die zunehmende Zahl ihrer Bewunderer hätte Lisa vielleicht aufgerichtet. »Herb, ich bin im Hauptquartier. Schon seit heute morgen. Wir haben Nachricht, daß die Deutschen eine Reihe ihrer Agenten nach Hause holen wollen; das heißt, wir müssen zuschlagen, und zwar schnell. Guiss und seine Bande werden heute noch hochgenommen.«

»Aber dann fällt der Film ins Wasser! Das wird ein schwerer Schlag für Greta und von Stroheim.«

»Pech, mein Freund. So ist das Leben.«

»Wann soll die Operation beginnen?«

»Läuft schon. Im Schloß.«

Einige Wochen zuvor hatte Agathe, die als Wolheims Tochter aufgetreten war und jetzt als eins von Risa Barrons Hausmädchen arbeitete, den Mut aufgebracht, das Schloß heimlich zu verlassen und sich Herb Villon zu stellen. Herb und Arnold wiederum überzeugten sie davon, daß sie ihnen in Freiheit auf dem Schloß nützlicher wäre als in Polizeigewahrsam.

»Aber man wird mich vergiften!« hatte Agathe unter Tränen beteuert.

»Sie können als feindliche Agentin hingerichtet werden«, log Herb.

»O mein Gott, überall lauert der Tod.«

»Sie haben im Schloß nichts zu befürchten. Dort wird man niemanden umbringen, schon um uns keinen Vorwand zu bieten, dort einzudringen. Seien Sie clever, Agathe, so clever, wie Sie in dem Dossier dargestellt werden, das wir über Sie angelegt haben . . .«

»Dossier«, wiederholte sie mit Geisterstimme.

Arnold sagte verschlagen: »Dossiers sind unsere Spezialität. Gehen Sie ins Schloß zurück. Beobachten Sie sorgfältig, was dort vorgeht. Berichten Sie unseren Leuten, die wir da drin haben.«

»Leute? Da drin?«

»Sind Sie bereit, zurückzugehen?« ließ Villon nicht lokker.

Agathe sagte ernst: »Wie heißt doch das Sprichwort? ›Wer A sagt, muß auch B sagen.‹ Okay. Auf der Spionageschule hat man sich die größten Dinge von mir versprochen. Na, von wegen. Als Fräulein Wolheim hab ich nichts getaugt. Jetzt habe ich Gelegenheit, mein Versprechen einzulösen. Sie werden von meiner Ausbildung profitieren, ha! Witzig, wie? Also, wer sind Ihre Leute da drin?«

Erst verblüfft und dann entzückt vernahm sie, daß etliche Gartenarbeiter und Küchenhilfen, Teile des Personals vom Swimmingpool sowie der für die Bedienung des Rasenmähers zuständige Gärtner allesamt FBI-Agenten waren, die man sorgfältig in Guiss' Dienste eingeschleust hatte, um seinen Sturz vorzubereiten.

»Der Mann mit dem Rasenmäher? Das ist lustig.«

»Wieso ist das lustig?« fragte Herb.

»Weil ich mit ihm geschlafen habe.« Sie zuckte die Achseln. »Rasenmähen kann er besser.«

Villon rief die Garbo an und erzählte ihr Arnolds Neuigkeiten. Sie atmete aus, als hätte sie einen Schlag in den Magen erhalten. Dann sagte sie ebenso rasch: »Es ist besser so.

Aber, Herbert, wie wollen Sie den Giftmörder ermitteln? Werden Sie je herausfinden, wer hier in Los Angeles Guiss' Vorgesetzter ist?« Sie dachte kurz nach und fuhr dann fort: »Wissen Sie, ich glaube, ich weiß, wer das sein könnte. Ich werde diese Person zur Rede stellen.«

»Greta!« rief Villon alarmiert. »Begehen Sie· keine Dummheit! Sie sind diesen Leuten nicht gewachsen!«

»Nicht gewachsen! Habe ich sie nicht ausgetrickst! Habe ich sie nicht überlistet! Und ob ich denen gewachsen bin!«

Sie hörte nicht, daß die Tür aufging. Lottie klapperte mit Töpfen und Tiegeln in der Kochnische. Er kam mit einer geöffneten Champagnerflasche herein. Dann sah sie ihn im Garderobenspiegel, sah die Champagnerflasche und hatte eine kluge Eingebung: »Wie nett von Ihnen, Mr. Henkel! Champagner! Und meine Lieblingsmarke!«

»Nicht trinken!« brüllte Villon.

»Bis bald, Herb«, sagte sie freundlich. »Lottie, Gustav Henkel hat mir Champagner gebracht. Gustav, es ist noch ein wenig früh am Morgen für Champagner. Möchten Sie nicht lieber etwas von Lotties ausgezeichneter Schokolade?«

Henkel war in seinem Büro gewesen, als er hörte, wie zwei von Villons Beamten eintrafen, um Martin Gruber in »Gewahrsam« zu nehmen. Da wußte er, daß die Zeit knapp wurde, und zwar sehr knapp. Um Lisa Schmidt hatte er sich gekümmert; Martin Gruber würde ihm entwischen; aber die Garbo war noch übrig, und sie gehörte ihm. Der Mord an ihr würde ihn unsterblich machen. Er hatte eine Flasche Champagner für sich und die anderen vorbereitet, das heißt mit Gift versetzt. Die Behörden sollten ihn lebendig nicht zu fassen bekommen, das hatte er sich vor langer Zeit geschworen. Und die anderen würde er auch erlösen. Lieb, dieser Größenwahnsinnige, hatte Henkels Hilfe dringend nötig.

Guiss war gut zu ihm gewesen. Er hatte ihn aus Hamburg verschwinden lassen, als die Polizei ihm immer näherzurücken begann. Ah, welche Lust, Leute umzubringen! Welch wundervolles Gefühl, zu wissen, daß sie unter gräßlichen Schmerzen starben, mit brennenden Füßen und Eingeweiden, die vor Ekel platzten – und er war der Herr ihres Schicksals. Nun wäre es bald aus damit, aber noch galt es, ein großes Ziel zu erreichen. Er nahm die Champagnerflasche, die mehr als genug Thalliumnitrat enthielt, und ging in Guiss' Büro. Lisa Schmidt tötete er mit kleinen Dosen, um ihre Qual auszudehnen; er hatte sie nicht ausstehen können, seit sie ihm unverfroren den Namen eines guten Zahnarztes genannt hatte.

Guiss war allein im Büro. Grubers »Verhaftung« hatte ihn furchtbar aufgeregt. Henkel tat sein Mitgefühl kund. Guiss suchte aus Akten und Schubladen hektisch alles heraus, was als Belastungsmaterial angesehen werden konnte. »Champagner? Ausgerechnet jetzt willst du Champagner trinken?«

»Warum nicht?« sagte Henkel blasiert. »Ich habe diese Flasche gerade für eine solche Gelegenheit aufgespart!« Er holte zwei Gläser von der Bar, stellte sie auf den Schreibtisch und schenkte ein. »Komm, Albert, das könnte unsere letzte Chance sein, zusammen ein Glas zu trinken.«

»Ich sollte überhaupt nicht mit dir trinken. Du ermordest Hannah Baum und Kriegman, und bevor Gruber in Haft genommen wurde, hat er mir erzählt, daß Lisa Schmidt in ernstem Zustand im Krankenhaus liegt. Ach Gustav, du hast so viel zu verantworten. Wo zum Teufel steckt Werner? Wo zum Teufel steckt Risa? Diese Idioten.«

»Komm, Albert, trink aus.« Henkel hob sein Glas. »Auf die abwesenden Freunde!«

Guiss leerte sein Glas auf einen Zug. Henkel schenkte nach. »Vorzüglich, Gustav. Hast du das Zeug aus Hamburg mit hierhergebracht?«

»Nein, es stammt aus unserem Keller im Schloß. Trink aus.«

Während Guiss sich anschickte, das zweite Glas mit seinem tödlichen Inhalt zu leeren, bemerkte er: »Weißt du, ich hätte dir das schon längst sagen sollen. Im Ernst, Gustav, du solltest mal was wegen deiner Zähne unternehmen.« Er leerte sein Glas und fühlte sich benommen. Er sank auf seinen Stuhl. »Gustav. Irgendwas stimmt nicht mit mir. Tu was. Ruf jemand. Ich fühle mich furchtbar. Meine Füße brennen. Mir ist entsetzlich schlecht ... Gustav! Du elender Mistkerl!«

Das Schloß wurde ohne Zwischenfälle eingenommen. Die unter die Belegschaft gemischten FBI-Agenten wußten, wer von den anderen aus Deutschland stammte und wer, geschickt von irgendeiner Vermittlungsagentur, als harmlos gelten konnte. Werner Lieb hatte sich in seinem Schlafzimmer verbarrikadiert, wo er zu Risa Barrons Enttäuschung Selbstmord beging, indem er sich eine Kugel in die rechte Schläfe schoß. Risa Barron hörte den Schuß, schüttelte traurig den Kopf und fragte sich, warum Agathe, die doch sonst so nervös und aufgeregt war, ganz gelassen am Fenster stand und zusah, wie die FBI-Agenten ihre Gefangenen aus dem Schloß in Polizeiautos verfrachteten. Risa hielt ihre Schmuckschachtel und einen kleinen Koffer bereit. Am nächsten Einsatzort würde sie ihre luxuriöse Garderobe wieder auffüllen. Mit einer raren Anwandlung von Freundlichkeit fragte sie Agathe: »Wollen Sie nicht mit mir kommen? Nach Südamerika, nach Rio? Sie können dort ein völlig neues Leben anfangen.«

»Nein«, sagte Agathe. »Aber bitte. Vielen Dank. Ich möchte hier in Amerika bleiben. Ich glaube, es wird mir hier gefallen.«

Risa lächelte. »Sie haben mit denen zusammengearbeitet, stimmt's?«

»Um meine Haut zu retten, ja. Ich habe die elektronischen Geräte unschädlich gemacht. Um herauszufinden, wie das geht, mußte ich mit einem Techniker schlafen, er war aber ganz nett. Sind Sie sicher, daß Sie denen entkommen werden?«

Risa drückte auf ein Fach in der Wandvertäfelung. Dahinter tat sich ein Geheimgang auf. »Meine Liebe, ich habe dieses Haus gemietet. Das Schloß wurde von einem berühmten und köstlich perversen Stummfilmregisseur gebaut. Durch diesen Gang konnte er vor der Nase seiner arglosen Gattin seine Freundinnen hereinschmuggeln. Ich wünsche Ihnen alles Gute, Agathe. Vielleicht sehen wir uns einmal wieder.« Sie stürzte in den Geheimgang und direkt in die Arme eines FBI-Agenten, der im Gartenpavillon den Eingang zu diesem Tunnel entdeckt hatte.

»Sie trinken den Champagner nicht, Greta?«

»Ich sagte bereits, es ist zu früh für mich.« Villon mußte schon unterwegs sein. Lottie kam mit zwei dampfenden Tassen Schokolade aus der Kochnische und sagte zu Greta:

»Trinken Sie bloß keinen Champagner. Heute morgen werden Sie auf dem Scheiterhaufen verbrannt. Da müssen Sie einen klaren Kopf haben. Denken Sie an Ihre Stichworte für das Feuer. Das kann sehr gefährlich werden. Es kümmert mich nicht, wieviel Vorkehrungen die angeblich getroffen haben. Unfälle gibt es immer wieder. Hier, Mr. Henkel, vergessen Sie den Champagner. Ich sorge dafür, daß sie ihn trinkt, wenn die Szene abgedreht ist. Hier«, sagte sie herzlich, »trinken Sie mit Miss Garbo meine Spezialschokolade.« Sie schwenkte eine Tasse vor seiner Nase herum. »Ist das nicht verführerisch?«

»O ja. Sehr verführerisch.« Er nahm die Tasse. Lottie brachte die Champagnerflasche in die Kochecke. Henkel beobachtete, wie die Garbo an ihrer Schokolade nippte und verzückt die Augen schloß. Er nahm selbst einen Schluck. Wirklich köstlich. Er sagte zur Garbo: »Die Polizei hat Martin Gruber verhaftet.« Sie schwieg. Er trank noch einen Schluck. »Sie sind nicht überrascht. Sie haben uns alle durchschaut. Sie haben Albert hereingelegt. Sie haben ihm weisgemacht, daß Sie ihn liebten, daß Sie nach dem Krieg nach Deutschland kommen wollten.« Noch ein Schluck.

»Sie waren sehr clever, Greta. Haben Sie erraten, daß ich der Giftmörder von Hamburg war?«

»Eigentlich hatte ich Werner Lieb in Verdacht. Er ist in Hamburg zur Schule gegangen. Wußte Guiss, daß Sie die Wolheims ermordet haben?«

»Ja.«

»Er hat Sie geschützt. Warum? Er war gegen diese Morde.«

Er kicherte und nahm noch einen Schluck Schokolade. Lottie kam mit einer Kanne aus der Küche. »Wir sind Brüder. Wir hatten uns sehr gern.« Er grinste, und seine Zähne sahen widerwärtiger aus denn je. Er hielt Lottie seine Tasse hin. »Sie möchten mir unbedingt noch mehr Schokolade einschenken. Sie ist so heiß wie meine Füße. Ich weiß, was Sie mit mir machen.« Er zwinkerte Lottie zu. »Ich kenne Ihre Vergangenheit, Lottie Lynton. Wir haben Sie gründlich durchleuchtet. Ist Thalliumnitrat nicht ein herrliches Zeug?«

Während Lottie ihm nachschenkte, bemerkte sie sachlich: »Manchmal ja und manchmal nein. Als ich es bei einem Pferd ausprobierte, kam die Wirkung ziemlich schnell. Es war eine alte Stute, wir hatten sie in der Scheune hinterm Haus. Sie hat den Wagen meines Mannes gezogen. Er war Schrotthändler und wollte den Gaul sowieso loswerden, viel zu alt und fast blind.«

Die Garbo hob eine Hand vor den Mund. Obwohl Henkel mit dem Tode rang, verschüttete er, wie sie staunend feststellte, keinen einzigen Tropfen seines Getränks und ließ dabei Lotties Gesicht nie aus den Augen.

»Aber Henry hat ewig gebraucht«, sagte Lottie, ihre Fingernägel bewundernd. »Er hatte die Konstitution eines Ochsen. Über zweihundertfünfzig Pfund, und alles Muskeln. Es kam mir wie eine Ewigkeit vor, bis er endlich tot war. Geben Sie mir die Tasse. Sie kleckern ja.« Sie bemerkte Gretas entsetzte Miene. Der Anblick des Sterbenden lähmte sie.

Henkel hielt sich krampfhaft den Magen. Er richtete seinen Blick auf die Garbo. Armes Ding. Ihr war das zuwider. Sie hätte mal sehen sollen, was Hannah Baum und Kriegman durchmachen mußten, bevor sie den Geist aufgaben. Meine Füße, meine Füße, o lieber Gott im Himmel, meine Füße. So fühlt sich das also an? Wie konnte ich nur. Was bin ich für ein Unmensch. Er stieß hervor: »Albert ist tot. Er hat den Champagner getrunken. Sie hätte ihn sowieso umbringen lassen. Er hätte das nicht überlebt. Sie hat mir befohlen, Hannah und Kriegman zu töten. Sie hatte eine Liste und war entschlossen, sie alle zu vernichten. Diese Schmidt, Gruber und Sie, Greta Garbo, sie hat Sie verachtet ... o mein Gott ... o mein Gott ... trotz ihrer Macht in der Nazi-Partei ... sie wollte sein wie *Sie* ...« Er sah Lottie in die Augen. *»Danke.«*

»Bitte«, gab Lottie zurück, während sie zuschaute, wie er zu Boden sank.

Villon kam, Gretas Namen schreiend und von Arnold gefolgt, in die Garderobe gestürzt.

Die Garbo war aufgestanden. »Mir geht's gut. Alles bestens. Lottie hat die Champagnerflasche.« Sie zeigte auf Henkels Leiche. »Er hat mir alles gesagt. Da ist er, Leute, mausetot. Wußten Sie, daß er Alberts Bruder war? Und es gibt jemand, der noch mächtiger war als Albert.«

»Wissen wir«, sagte Arnold. »Seine Frau. Seine Witwe.«

Der Scheiterhaufen war in der Mitte des Tonstudios aufgeschichtet. Der Szenenaufbau erinnerte Peter Lorre an die frühen impressionistischen deutschen Stummfilme. Eine Atmosphäre wie bei *Caligari* und *Warning Shadows*, und für kurze Zeit sehnte Lorre sich wehmütig nach der Heimat zurück. Vielleicht nach dem Krieg ... Das Erscheinen der Garbo mit Villon und Arnold unterbrach seine Gedanken. Es waren über zweihundert Statisten anwesend. Die Schauspieler, die die Inquisitoren darstellen sollten, waren äußerst ungeduldig. Boris Karloff bekam Zustände wegen der Hitze der Scheinwerfer, die für die Technicoloraufnahmen benötigt wurden. Bela Lugosi, der in dieser Sequenz nicht gebraucht wurde, war da, um zuzusehen, wie von Stroheim die Verbrennungsszene ins Werk setzen würde. Von Stroheim fummelte hektisch an Alysia Hoffman herum, die als die arrogante Adlige, die er sie spielen ließ, einfach umwerfend aussah. Sie sah die Garbo eintreffen. Sie sah Villon und Arnold. Sie klammerte sich an von Stroheims Handgelenk.

»Was ist los mit dir, Alysia?«

»Es ist so warm. Verläuft mein Make-up?«

»Du siehst phantastisch aus. Ich mach zuerst die große Nahaufnahme von dir, bevor ich Johanna in Brand stecke. Und dann noch einmal, wenn die Flammen auf deinem Gesicht flackern. Ich sage dir, die Kritiker werden begeistert sein. Was hast du denn bloß? Was zitterst du so? Ach, Sie sind's, Greta. Ich habe nicht nach Ihnen geschickt. Ich brauche Sie frühestens in einer Stunde.«

»Weit gefehlt, Erich. Ich werde jetzt gebraucht. Mr. Villon und Mr. Lake kennen Sie ja. Sie bringen sehr schlechte Neuigkeiten. Erich, es tut mir leid, Ihnen das sagen zu müssen, aber aus *Johanna die Große* wird nichts mehr werden.«

Wie aus dem Nichts tauchten Sam Goldwyn und Sophie Gang vor von Stroheim auf. Goldwyn, der soeben erfahren hatte, daß ein feindlicher Agentenring in sein Studio eingefallen war, hätte beinahe der Schlag getroffen. Sophie Gang konnte ihn mit einem kräftigen Schluck Brandy beschwichtigen, aber vorher verlangte er, diese Spione müßten »hergerichtet« werden.

»Hingerichtet«, korrigierte Sophie.

Greta hätte von Stroheim am liebsten in die Arme genommen und getröstet. Er hatte einen Schock erlitten; für ihn war die Welt zusammengebrochen. Zu ihrer Verblüffung machte Goldwyn ein Angebot: »Ich übernehme die Sache. Ich habe die Musterkopien gesehen und finde sie im großen ganzen ausgezeichnet. Hier und da ein wenig verstiegen, ein bißchen überkandidelt«, sagte er, indem er von Stroheim einen Arm um die Schulter legte, »und wir werden viele Meinungsverschiedenheiten haben, wie in alten Zeiten, okay, Erich?«

Von Stroheim war so überwältigt, daß ihm die Worte fehlten. »Sam, Sam, ich . . . ich liebe dich, Sam.«

»Sachte!« warnte ihn Goldwyn, »was sollen die Leute denken. Schöner wär's, wenn Greta mich lieben würde. Endlich arbeiten wir zusammen. Wo steckt sie? Wo ist sie hin?«

Die Garbo sprach mit Alysia Hoffman, die von Villon und Arnold flankiert wurde. Alysia stand wie eine Königin, die Hände, zu Fäusten geballt, an den Seiten, das Gesicht der Inbegriff von Trotz und Verachtung. »Und leider bin ich es, die Ihnen sagen muß, daß Albert tot ist. Sein Bruder hat ihn vergiftet.«

»So? So?« kreischte Alysia. »Jetzt wissen Sie also alles, wie? Vermutlich soll ich jetzt verhaftet werden, ha! Sehr witzig.« Und dann mit höhnischem Grinsen: »Jahrelang bin ich durch die europäischen Hauptstädte gereist, um für Albert Guiss diese mächtige Organisation aufzubauen. Guiss! Ha! Als ich ihn dazu bestimmte, der reichste Mann der Welt zu werden, hieß er Reinhard Henkel. Göring gefiel die Sache nicht, aber ich besitze mehr Macht als dieses fette Schwein, mehr Macht als dieser abscheuliche Krüppel Goebbels; manchmal hat sogar Hitler vor mir Angst. Und Sie, Greta Garbo, Sie und Ihre Freundin Mercedes habe ich geformt wie Wachs. Sie haben mir so willig in die Hände gespielt!«

Von Stroheim sagte zu Goldwyn: »Wahrscheinlich werden wir alle ihre Szenen neu drehen müssen. Wir können doch nicht einen Film herausbringen, in dem eine der Hauptrollen von einer Meisterspionin gespielt wird!«

Goldwyn war begeistert. »Sind Sie verrückt? Das gibt eine sensationelle Publicity. ›Life‹ und ›Look‹ und sämtliche anderen Zeitschriften werden sich nur so balgen, um einen Exklusivbericht zu bringen. Und ich werde ihnen allen einen verkaufen.«

»Aber ich brauche die Nahaufnahmen, die ich heute drehen wollte! Und daraus wird jetzt nichts mehr.«

Goldwyn klopfte von Stroheim auf die Schulter. »Ach ja? Lassen Sie mal den alten Irving machen.«

»Ihr Name ist Sam, Mr. Goldwyn«, erinnerte ihn Sophie Gang. Das ewige Leid stand ihr ins Gesicht geschrieben.

»Ich kenne meinen Namen, Sie dumme Frau.«

Goldwyn trat an Arnold Lake heran, die Garbo beobachtete Alysias Gesicht. Die Lippen der Frau zuckten, es kam aber kein Ton heraus. Sie blinzelte wild und fummelte ohne jeden Grund an ihrer kunstvollen Frisur herum. Die Garbo zog sich zurück und nahm Villon bei der Hand. Ein Prikkeln durchrieselte ihn. »Herb, Herb, sehen Sie doch. Alysia Hoffman. Ich glaube, sie dreht durch. Sie wird wahnsinnig.«

Alysia Hoffman ging langsam auf von Stroheim zu. Sie blickte in die Runde nach ihrem Publikum. Es war vollkommen still geworden. Jemand stieß ein irres Lachen aus. Sie merkte nicht, daß sie es selber war. Und dann sprach sie mit einer von Hysterie gezeichneten Stimme: »Mr. von Stroheim, ich bin bereit für die Nahaufnahme!«

EPILOG

Die Medien überschlugen sich mit Artikeln über die Zerschlagung von Alysia Hoffmans Agentenring. Es wurde heftig spekuliert, wer sonst noch im Lande für den Feind arbeiten könnte. Als Gegenleistung für die Zusage wohlwollender Behandlung übergab Risa Barron dem FBI eine umfangreiche Liste mit Verrätern in dessen Reihen. Die Konfiszierung ihrer sagenhaften Schmucksammlung machte einen ziemlichen Wirbel; Risa schäumte: »Hol euch der Teufel! Dafür habe ich hart gearbeitet!« Man zweifelte nicht daran, behielt die Sachen aber in Aufbewahrung, bis nach dem Krieg ein gewiefter jüdischer Anwalt ihre Freilassung und die Rückgabe ihres Eigentums erwirkte; sie floh nach Brasilien und eröffnete dort eine Kette von Juweliergeschäften.

Als *Johanna die Große* fertig war, verließ Greta Garbo Hollywood, wobei sie kaum ahnte, daß sie nie mehr einen Film drehen würde. Zwar machte sie Jahre später Probeaufnahmen für eine geplante Walter-Wanger-Produktion, und es gab auch Gerüchte, sie werde in einer etwaigen Verfilmung von Prousts *Auf der Suche nach der verlorenen Zeit* eine spezielle Nebenrolle annehmen, aber aus all dem wurde nichts, weil sie, dazu verdammt, ständig auf Achse zu sein, in der Welt herumreiste wie der Fliegende Holländer, bis sie schließlich in einer Wohnung in New York City zur Ruhe kam.

Solange *Johanna* noch gedreht wurde, blieb die Garbo mit Villon und Arnold in Kontakt. Sie waren jetzt gute Freunde, und obwohl sie jeden Grund zu der Annahme hatte, daß Herb Villon hoffnungslos in sie verliebt war, tat sie nichts, was ihn hätte ermutigen können. Seltsamerweise fehlte es im Verlauf der abschließenden Dreharbeiten sowohl bei der Darstellung der Garbo als auch bei von Stroheims Regie an jeglicher Begeisterung und Leidenschaft. Er gestand keiner Menschenseele, wie sehr er sich auf Alysia Hoffman festgelegt hatte, und machte einen lustlosen und unglücklichen Eindruck.

Mercedes de Acosta veröffentlichte 1960 bei Reynal eine brisante Autobiographie, *Here Lies the Heart*, in der sie schamlos und brühwarm von ihren angeblichen lesbischen Beziehungen berichtete, und zwar nicht nur mit der Garbo, sondern auch mit der Dietrich, Claudette Colbert und Eva Le Gallienne, um nur die Bekanntesten zu erwähnen. Ihre Behauptungen wurden mit sensationellen Fotos illustriert, darunter mehrere, die die Garbo nackt auf einer einsamen Insel zeigten.

Salka Viertel zog sich in die Schweiz zurück. Ihr Sohn Peter, der am Drehbuch für *African Queen* mitgearbeitet hatte, schrieb ein Buch über John Huston und die Verfilmung von *Weiße Jäger, schwarzes Herz*, das wiederum von Clint Eastwood verfilmt wurde, der dabei gleichzeitig Regie führte und Huston darstellte. Peter besaß Geschmack genug, Deborah Kerr zu ehelichen.

Peter Lorre und Bela Lugosi wurden Opfer ihrer Drogensucht. Nur mehr ein Schatten ihrer selbst, spielten sie im weiteren Verlauf ihres Lebens nur noch in billigen B-Filmen mit.

Von Stroheim widmete sich wieder der Schauspielerei, um bis zum Ende des Kriegs meist die Rolle des bösen Deutschen zu übernehmen. Dann ging er nach Europa zurück und arbeitete, hauptsächlich in Frankreich, weiter vor der Kamera, bis Billy Wilder ihn 1950 nach Hollywood zurückholte, wo er neben Gloria Swanson in deren brillantem Comeback *Sunset Boulevard* die Hauptrolle spielte. Der Film half der Karriere der beiden aber auch nicht mehr auf die Sprünge.

William Haines wurde nach dem Krieg verhaftet. Die Anklage lautete auf Belästigung eines Minderjährigen. Er entging einer Gefängnisstrafe, aber sein Leben war ruiniert. Sechs Monate nach seinem Tod nahm sich sein verzweifelter Geliebter das Leben.

Agathe, die mit Nachnamen Schulman hieß, veräußerte ihre Memoiren aus dem Leben einer Spionin an einen gierigen New Yorker Verleger. Das Buch verkaufte sich gut und wurde zur Grundlage einer erfolgreichen Fernsehserie. Es war zwar ein reines Phantasieprodukt, machte Agathe aber zur reichen Frau. Sie heiratete einen mexikanischen Playboy, der sie regelmäßig verprügelte und mit viel Geschick fast ihre ganzen Ersparnisse durchbrachte.

Marion Davies sollte es nicht gelingen, das Haus zu kaufen, das Schauplatz der beiden Morde gewesen war. Kurz nach dem Krieg stand Hearst am Rand des Bankrotts, und es fehlte nicht viel, daß er sein riesiges Zeitungsimperium verloren hätte. Marion, tapfer und loyal bis zum Ende, überließ ihm in einer Papiertüte ihren gesamten Schmuck, bei dessen Anblick Risa Barron der Schlag getroffen hätte, und Hearst war gerettet.

Arnold Lake kehrte nach Washington, D. C., zurück, heiratete eine vertrocknete Debütantin und versuchte, sich um das Amt des Präsidenten der Vereinigten Staaten zu bewerben. Nachdem er damit gescheitert war, kehrte er in seine Anwaltspraxis zurück und zeugte drei Söhne, allesamt fanatische Antisemiten. Herb Villon bekam jedes Jahr eine Weihnachtskarte von ihm.

Hazel Dickson kam aus dem Krieg als neue Frau zurück. Herb Villon hoffte sie zu heiraten, aber sie wollte nichts davon wissen. Ehemals Klatschkolumnistin eines Zeitungssyndikats, verlegte sie sich vom Klatsch auf politische Analysen und wurde zu einem Albtraum in Schwarz-auf-Weiß. Herb heiratete keine andere. Er zog sich nach Las Vegas zurück und blieb bis zu ihrem Tod mit der Garbo in Kontakt.

Vor Billy Haines' Tod und vor ihrem endgültigen Umzug nach New York lud die Garbo ihn einmal zum Lunch nach Beverly Hills in das Hotel ein, in dem sie vorübergehend ihren Wohnsitz aufgeschlagen hatte. Als er kam, stellte sie fest, daß er auch nicht mehr der Billy Haines von früher war.

»Sie sind so traurig, Billy. Warum gehen Sie nicht mit mir nach New York? Hollywood gibt es nicht mehr. Hier sind Sie bloß noch ein Dinosaurier.«

»Schlimmer. Ich bin ein Aussätziger. Ich kann mich nicht einmal an Crawfords Schulter ausweinen. Sie ist nach New York gezogen. Aber was soll's. Ich habe ein Haus, ich habe Geld, und so bleibe ich eben dieser perverse Alte auf dem Hügel. Was ist denn nun eigentlich aus *Johanna die Große* geworden?«

Die Garbo rieb sich das Kinn. »Ich bin nicht ganz sicher. Goldwyn meinte, der Film sei zu schlecht, er könne ihn nicht herausgeben. Und jetzt liegt er irgendwo auf Lager, unerwünscht, ungeliebt, genau wie ich.«

»Albert Guiss hat Sie geliebt.«

»Ja, das hat er. Sehr tragisch. Er hätte ein großer Mann sein können, aber er hat sich den falschen Leuten angeschlossen.« Sie lachte. »Wissen Sie, ich habe das noch nie jemandem erzählt, Billy«, sie beugte sich mit verschlagener Miene vor, »ich bin mit ihm ins Bett gegangen. Hahaha.«

Haines hob eine Augenbraue. »Ich auch, meine Liebe, ich auch!«

Nach so viel Trübsinn tat ihnen das gemeinsame Lachen gut. »Sie hätten die Kommentare meiner geliebten Lottie Lynton hören sollen, als sie argwöhnte, ich hätte Alberts Annäherungsversuchen nachgegeben. Die liebe Lottie, armes Ding.«

»Sagen Sie, was ist aus ihr geworden?«

»Ach, das wissen Sie nicht? Sie hat sich in einen Mann verliebt, einen Tankstellenbesitzer aus Pasadena. Aber die Ehe ging schnell kaputt, und wissen Sie was?«

»Nein. Was?«

»Er hat sie vergiftet! Hahahahaha!«

ANMERKUNGEN

Junior-G-man: Es geht um einen seinerzeit beliebten Kinder-Club, der von einer Haferflockenfirma im Rahmen einer von ihr gesponserten Radiosendung gegründet wurde. Der Witz ist nun der, daß FBI-Agenten in Amerika »G-men« (G wie Government) genannt werden. Weder das Wortspiel noch die nostalgische Reminiszenz lassen sich ins Deutsche retten.

Portia Faces Life und **Just Plain Bill:** populäre Radio-Seifenopern im Amerika der 40er Jahre.

HAFFMANS' ENTERTAINER

Die rasante, amüsante, wohlfeile, heiße Reihe mit Krimis, Komik, Kino, Abenteuer, SF, Erotik und jeder Art von Unterhaltung. Elegante gebundene Bücher mit Schutzumschlag zum Preis von Taschenbüchern, je 12.50-28.50

HAFFMANS' KRIMINELLE ENTERTAINER:

THOMAS ADCOCK
Hell's Kitchen

Ein Neil-»Hock«-Hockaday-Krimi. Aus dem Amerikanischen von Jürgen Bürger. Umschlagbild von Nikolaus Heidelbach. Deutsche Erstausgabe.

New York City zwischen Hell's Kitchen und Harlem, unter Planern, Predigern und Polizisten und den vielen, wo Mord für eine Behausung unter Tage alle Tage vorkommt.

Feuer und Schwefel

Ein Neil-»Hock«-Hockaday-Krimi. Aus dem Amerikanischen von Jürgen Bürger. Umschlagbild von Nikolaus Heidelbach. Deutsche Erstausgabe.

New York zwischen Brooklyn und Cony Island: Picasso, ein verkannter Künstler, schlägt zu nach der Art der eigenen Bilder, und das gekonnt.

JULIAN BARNES
Vor meiner Zeit

Roman. Aus dem Englischen von Michael Walter. Umschlagbild von Nikolaus Heidelbach. Neuausgabe.

Der Roman einer Eifersucht: Wenn Männer zu sehr lieben. Neuausgabe von *Als sie mich noch nicht kannte* anläßlich des Shakespeare-Preises für Julian Barnes.

GEORGE BAXT

Mordfall für Alfred Hitchcock

Kriminalroman. Aus dem Amerikanischen von Ruth Keen. Umschlagbild von Michael Sowa. Deutsche Erstausgabe.

München 1925: Hitch dreht seinen allerersten Film, Mordfälle in seiner Crew bleiben ungeklärt; zwanzig Jahre später pocht die Vergangenheit beim Mord-Meister an die Tür.

Mordfall für Tallulah Bankhead

Kriminalroman. Aus dem Amerikanischen von Gertraude Krueger. Umschlagbild von Nicky Zann. Deutsche Erstausgabe.

New York 1952: McCarthys Kommunistenverfolgung ist in vollem Gange. Es treten u.a. auf: die Nervensäge und Schauspielerin Tallulah Bankhead, das Reff Dorothy Parker – und McCarthy höchstpersönlich.

Mordfall für Greta Garbo

Kriminalroman. Aus dem Amerikanischen von Werner Schmitz. Umschlagbild von Klaus Dill. Deutsche Erstausgabe.

Hollywood 1944: Sogar Los Angeles wird aus Angst vor Luftangriffen nächtens verdunkelt. Ein teuflischer Plan hat die Garbo zur neuen Mata Hari auserkoren.

W. ARNOLD BREUER

Interview mit einer Toten

Roman einer Ermittlung. Umschlagbild von Nikolaus Heidelbach. Erstausgabe.

Eine ermordete Prostituierte auf St. Pauli: für die Polizei ein routinemäßig unerledigter Fall. Nicht so für die ›Gesellschaft zum Schutz vor Gewalt gegen Frauen‹ – obwohl die Frau lange ein Mann war.

EDMUND CRISPIN

Der wandernde Spielzeugladen

Kriminalroman. Aus dem Englischen von Andreas Vollstädt. Umschlagbild von Nikolaus Heidelbach. Deutsche Erstausgabe.

Eine ermordete Lady liegt im Spielzeugladen. Kurz darauf ist die Leiche weg – und der Laden auch. Kein leichtes Spiel für den Spezialisten: Gervase Fen, Amateurdetektiv und Oxford-Don.

JÜRGEN EBERTOWSKI

Maltagold

Kriminalroman. Mit einem klassischen Umschlagbild. Erstausgabe.

Ritter, Rommel, Reiserummel. Ein Krimi durch 500 Jahre europäisch-maltesisch-türkischer Geschichte voller Reiselust und Goldgier.

AARON ELKINS

Fluch!

Ein Gideon-Oliver-Krimi. Aus dem Amerikanischen von Jürgen Bürger. Umschlagbild von Nikolaus Heidelbach. Deutsche Erstausgabe.

Der Anthropologe Gideon Oliver auf Ausgrabung und als Knochen-Detektiv auf der Suche nach dem Mörder eines sehr alten Maya.

KINKY FRIEDMAN

Lone Star

Ein Kinky-Krimi. Aus dem Amerikanischen von Hans-Michael Bock. Umschlagbild von Nikolaus Heidelbach. Deutsche Erstausgabe.

Ein Serienkiller legt nacheinander sämtliche Sänger um, die in New Yorks Country-Music-Club »Lone Star« auftreten; auch Kinky von den Texas Jewboys soll wieder einmal vorsingen.

Wenn die Katze weg ist ...

Ein Kinky-Krimi. Aus dem Amerikanischen von Hen Hermanns. Umschlagbild von Nikolaus Heidelbach. Deutsche Erstausgabe.

... tanzen die Mäuse auf dem Tisch. Ein haariger Fall für den »Texas Jewboy«: der Kinkster wird von einer Raubkatze in Menschengestalt wie Großwild niedergestreckt. Doch damit geht der Tanz erst los...

Frequent Flyer

Ein Kinky-Krimi. Aus dem Amerikanischen von Georg Deggerich. Umschlagbild von Nikolaus Heidelbach. Deutsche Erstausgabe.

Kinky kriegt eine Einladung zur Beerdigung seines Kumpels aus alten gemeinsamen Militärzeiten. Doch der da begraben wird, ist nicht sein Kumpel. Dafür kommt Carmen, und das stark.

Nie wieder Tequila

Ein Kinky-Krimi. Aus dem Amerikanischen von Hen Hermanns. Umschlagbild von Nikolaus Heidelbach. Deutsche Erstausgabe.

Tequila ist der erste. Dann werden weitere Mitglieder der ehemaligen Kinky-Country-Band »Texas Jewboys« umgenietet. Einer nach dem anderen. Genau in dieser Reihenfolge. Bis F wie Friedman.

SUSAN GEASON

Fish im Trüben.

Syd-Fish-Kriminalstories. Aus dem australischen Englisch von Hen Hermanns und Henner Löffler. Umschlagbild von Nikolaus Heidelbach. Deutsche Erstausgabe.

Wie Fish vom Pivatsekretär eines Politikers zum Privatdetektiv und selbständigen Unternehmer umsattelt und Australien nicht nur von der Sonnenseite besieht.

STEPHEN GREENLEAF

Blutgruppe

Ein John-Marshall-Tanner-Krimi. Aus dem Amerikanischen von Sepp Leeb. Umschlagbild von Nikolaus Heidelbach. Deutsche Erstausgabe.

Wie Blutkonserven entstehen und gehandelt werden. Wer Blut braucht, kann sich den Spender nicht aussuchen. Lebensrettung mit letalem Ausgang.

Auf der Kippe

Ein Polizei-Roman. Aus dem Amerikanischen von Jürgen Bürger. Umschlagbild von Nikolaus Heidelbach. Deutsche Erstausgabe.

Washington D.C. Hauptstadt der Weltmacht Nr. 1. Und die Stadt mit der höchsten Kriminalitätsrate der Welt. Neben dem Weißen Haus sieht's schwarz aus und geht's finster zu.

ELLIOT PAUL

Mickey Finn

Ein Homer-Evans-Krimi. Aus dem Amerikanischen von Michael Schulte. Umschlagbild von Nikolaus Heidelbach. Deutsche Erstausgabe.

Ein reicher Amerikaner im Prag der zwanziger Jahre gerät in einen Strudel von Steuerhinterziehung, Kunstfälschung, Raub, Mord und verwandten Ereignissen, die er gutgelaunt genießt.

DAVID M. PIERCE

Rosen lieben Sonne

Ein Victor-»Vic«-Daniel-Discount-Krimi. Aus dem Amerikanischen von Ulrich Hoffmann. Umschlagbild von Nikolaus Heidelbach. Deutsche Erstausgabe.

Für einen butterweichen Job ist Discount-Detektiv Vic Daniel mit seinem knochenharten Witz genau der Richtige. Sein Traum: einmal in einen Nacktfotoskandal um ein Hollywood-Starlet verwickelt zu sein.

Hear the Wind Blow

Ein Victor-»Vic«-Daniel-Discount-Krimi. Aus dem Amerikanischen von Ruth Keen. Umschlagbild von Nikolaus Heidelbach. Deutsche Erstausgabe.

Discount-Detektiv Vic und der Fall vom illegalen Einwanderer aus dem Süden direkt in die Falle.

Angels in Heaven

Ein Victor-»Vic«-Daniel-Discount-Krimi. Aus dem Amerikanischen von Ulrich Hoffmann. Umschlagbild von Nikolaus Heidelbach. Deutsche Erstausgabe.

Discount-Detektiv Vic Daniel muß nach Mexiko. Sein Blutsbruder sitzt dort im Knast. Vic soll ihn knacken, den Knast. Sara gibt dafür sogar ihr Punkerleben auf.

WALTER SATTERTHWAIT

Wand aus Glas

Ein Joshua-Croft-Krimi. Aus dem Amerikanischen von Cornelia Philipp. Umschlagbild von Nikolaus Heidelbach. Deutsche Erstausgabe.

Privatdetektiv Joshua Croft soll den Raub eines Kolliers aufklären. Dabei kommt er einer internationalen Schmugglerbande auf die Schliche und in die Quere.

Mit den Toten in Frieden

Ein Joshua-Croft-Krimi. Aus dem Amerikanischen von Christa Krüger. Umschlagbild von Nikolaus Heidelbach. Deutsche Erstausgabe.

Joshua Croft auf der Suche nach einem sehr alten Navajo.